Belos fracassados

Leonard Cohen

Belos fracassados

tradução e posfácio
Daniel de Mesquita Benevides

todavia

Para Steve Smith (1943-64)

Somebody said lift that bale.

Ray Charles cantando "Ol' man river"

Belos fracassados 11

Posfácio, por Daniel de Mesquita Benevides 268

Livro um
A história de todos eles

1.

Catherine Tekakwitha, quem é você? Você é (1656-1680)? Isso é suficiente? Você é a Virgem Iroquesa? Você é o Lírio das Margens do Rio Mohawk? Posso te amar do meu jeito? Sou um velho acadêmico, mais bonito hoje do que antes. É o que acontece com quem nunca tira a bunda da cadeira. Vim te buscar, Catherine Tekakwitha. Quero saber o que se passa aí debaixo do seu manto cor-de-rosa. Tenho esse direito? Fiquei apaixonado quando te vi num santinho. Você estava no meio de bétulas, minha árvore favorita. Só Deus sabe até onde iam os laços de seus mocassins. Atrás de você tinha um rio, com certeza o Mohawk. Na frente, à esquerda, dois pássaros pareciam loucos para receber um carinho seu nos pescocinhos brancos, ou que os usasse numa parábola. Tenho algum direito de ir atrás de você com a mente empoeirada e impregnada do conteúdo inútil de cinco mil livros? Logo eu, que quase nunca vou ao campo. Você me daria uma aula sobre as folhas? Sabe alguma coisa sobre cogumelos alucinógenos? Lady Marilyn morreu há poucos anos. Posso dizer que, daqui a uns quatrocentos anos, algum velho acadêmico, talvez da minha linhagem, irá atrás dela do mesmo jeito que estou atrás de você? A essa altura você já deve conhecer bem o Paraíso. Por acaso parece um desses altares de plástico que brilham no escuro? Juro que não me importo se parecer. As estrelas são mesmo pequenas, no fim das contas? Será que um velho acadêmico ainda pode encontrar o amor em vez de ficar, todas as noites, batendo punheta na cama até dormir? Eu nem odeio mais os livros. Já esqueci quase tudo o que li e, francamente, nem eu nem o mundo perdemos muito com isso. Meu amigo F. costumava dizer, com seu jeito alucinado: Precisamos aprender a nos deter bravamente na superfície. Precisamos aprender a amar as aparências. F. morreu numa cela acolchoada, com o cérebro apodrecido de tanta perversão sexual. Seu rosto ficou preto, vi com meus próprios olhos; disseram também que sobrou pouco de seu pau. Uma enfermeira me contou que ficou parecendo a parte de dentro de um verme. À sua saúde, F., amigo louco e leal! Me pergunto se será lembrado no futuro. E se quer saber, Catherine Tekakwitha, sou tão humano que sofro de prisão de ventre, meu prêmio por uma vida sedentária. Entende por que meu coração está nessas bétulas? Entende agora por que um velho acadêmico que nunca ganhou muito dinheiro quer entrar no seu postal Technicolor?

2.

Sou um antropólogo conhecido, uma autoridade nos A——s, tribo que não tenho intenção de prejudicar por interesse. Há talvez dez A——s autênticos vivos e, entre eles, quatro meninas adolescentes. Devo acrescentar que F. se aproveitou do meu status antropológico e comeu as quatro. Velho amigo, você acabou pagando por isso. Aparentemente os A——s surgiram no século XV, ou ao menos uma parte considerável da tribo. Sua breve história é marcada por derrotas sucessivas. O próprio nome da tribo, A——, significa cadáver na língua das tribos vizinhas. Não há nenhum registro de batalha vencida por esse povo desafortunado; já as canções e lendas de seus inimigos poderiam se resumir a um grande brado de triunfo. Meu interesse por esse pacote de fracassos trai minha índole. Quando pegava dinheiro emprestado de mim, F. sempre dizia: Obrigado, velho A——! Está ouvindo, Catherine Tekakwitha?

3.

Catherine Tekakwitha, eu vim te resgatar dos jesuítas. Sim, um velho acadêmico também ousa pensar grande. Não sei o que dizem sobre você hoje em dia, pois meu latim está quase morto. *"Que le succès couronne nos espérances, et nous verrons sur les autels, auprès des Martyrs canadiens, une Vierge iroquoise — près des roses du martyre le lis de la virginité."* Nota de um certo Ed. L., C.J., escrita em agosto de 1926. Mas o que importa? Não quero levar minha velha vida beligerante viajando rio Mohawk acima. *Pace*, Companhia de Jesus! F. disse: Um homem forte tem de amar a Igreja. O que importa se eles te moldarem em gesso, Catherine Tekakwitha? No momento estudo o projeto de uma canoa feita de tronco de bétula. Seus irmãos esqueceram como se faz. E se o seu corpo virar um bonequinho de plástico nos painéis de cada táxi em Montréal? Não seria má ideia. O Amor não deve ficar escondido. Não tem um pouco de Jesus em qualquer crucifixo por aí? Acho que tem. O Desejo transforma o mundo! O que faz a encosta de bordos ficar vermelha? *Pace*, ó fazedores de medalhinhas! Vós manipulais material sagrado! Catherine Tekakwitha, vê como fico empolgado? Como quero que o mundo seja bondoso e místico? As estrelas são pequenas, afinal? Quem vai nos fazer dormir? Devo preservar as unhas? A matéria é sagrada? Quero que o barbeiro enterre meus cabelos. Catherine Tekakwitha, você já está fazendo efeito em mim?

4.

Marie de l'Incarnation, Marguerite Bourgeoys, Marie-Marguerite d'Youville,* talvez vocês pudessem me excitar, caso eu conseguisse sair de mim mesmo. Quero tudo a que tenho direito. F. disse que nunca ouviu falar de uma santa com quem ele não quisesse trepar. O que ele quis dizer? F., não me diga que afinal você está ficando profundo? F. disse uma vez: aos dezesseis, parei de foder rostos. O comentário surgiu quando expressei meu repúdio por sua nova conquista, uma jovem corcunda que ele conheceu visitando um orfanato. Naquele dia, F. falou comigo como se eu fosse um ignorante; ou talvez nem estivesse falando comigo quando murmurou: Quem sou eu para recusar o universo?

5.

Foram os franceses que deram nome aos iroqueses. Dar nome a alimentos é uma coisa, nomear um povo é outra; não que o povo em questão pareça se importar com isso. E se nunca se importou, pior para mim: estou mais do que disposto a enfrentar as supostas humilhações sofridas por povos indefesos, como é evidente no meu trabalho com os A——s. Por que me sinto tão imprestável quando acordo de manhã? Já pensando se conseguirei cagar ou não. Meu corpo vai funcionar? Meu intestino vai se mexer? Será que a velha máquina deixou a comida marrom? É alguma surpresa eu ter escavado bibliotecas atrás de informações sobre vítimas? Vítimas fictícias! Todas as vítimas que não matamos ou prendemos são fictícias. Vivo num prédio pequeno. O poço do elevador é acessível por uma passagem no subsolo. Quando eu estava no centro da cidade preparando um

---

* Missionárias e educadoras no Canadá sob o domínio francês. As três foram santificadas. [Esta e as demais notas de rodapé são do tradutor]

artigo sobre os lemingues, ela se esgueirou para o poço do elevador e se sentou, com os braços enlaçando os joelhos dobrados (ao menos foi o que a polícia conseguiu determinar do que sobrou). Chego em casa toda noite às vinte para as onze, tão pontualmente quanto Kant. Minha cara esposa queria me dar uma lição de moral. Você e suas vítimas fictícias, costumava dizer. Quase imperceptivelmente, sua vida foi ficando cinzenta, e eu juro que, naquela mesma noite, provavelmente no momento exato em que ela estava sendo esmagada pelo elevador, dei uma pausa na pesquisa sobre os lemingues, fechei os olhos e lembrei dela jovem e radiante, a luz do sol dançando em seus cabelos enquanto ela me chupava numa canoa no lago Orford. Éramos os únicos que viviam no subsolo, éramos os únicos que controlavam o pequeno elevador naquelas profundezas. Mas ela não deu nenhuma lição de moral, não o tipo de lição que pretendia dar. Um entregador do Bar-B-Q fez o serviço sujo quando confundiu o endereço num pacote quente de papel marrom. Edith! F. passou a noite comigo. Às quatro da manhã ele confessou que transou com Edith umas cinco ou seis vezes nos vinte anos em que conviveu com ela. Ironia! Pedimos frango no mesmo lugar e falamos sobre minha pobre esposa esmagada, uma simples amizade. E eu tinha a opção de subir no alto da montanha da experiência, lá longe, e acenar docemente com minha cabeça chinesa para aquele casinho de amor? Seu cuzão idiota, eu disse, quantas vezes, cinco ou *seis*? Ah, F. sorriu, a dor nos torna precisos! Saiba então que os iroqueses, irmãos de Catherine Tekakwitha, foram nomeados pelos franceses. Eles se autodenominavam hodenosaunee, ou seja, O Povo da Casa Comprida. Desenvolveram uma nova dimensão de conversação. Acabavam cada fala com a palavra *hiro*, que significa: como eu disse. Isso fazia com que cada pessoa assumisse totalmente a responsabilidade por se intrometer no inarticulado murmúrio das esferas. A *hiro* eles acrescentavam a palavra *koué*, expressão de alegria ou agonia, dependendo se era cantada ou gritada. Buscavam, assim, rasgar a cortina misteriosa que se interpõe na conversa dos homens: sempre que alguém terminava de falar, dava um passo atrás, simbolicamente, e tentava subverter o encanto do intelecto com a voz da emoção verdadeira. Ó Catherine Tekakwitha, fale comigo em *Hiro-Koué*. Não tenho o direito de lamentar o que os jesuítas disseram aos escravos, mas na fresca noite lourenciana que tento evocar, instalados em nosso foguete de bétula e unidos em carne e espírito por laços ancestrais, eu te faço minha velha pergunta: afinal, as estrelas são pequenas, ó Catherine Tekakwitha? Responda em *Hiro-Koué*, por favor. Naquela noite eu e F. discutimos por horas. Não percebemos quando amanheceu, pois a única janela daquele apartamento miserável dava para a ventilação do poço do elevador.

— Seu cuzão imbecil, quantas vezes, cinco *ou* seis?
— Ah, a dor nos torna precisos!
— Cinco ou seis, cinco ou seis, cinco ou seis?
— Repare, meu amigo, o elevador está funcionando de novo.
— F., não me venha com seu misticismo de merda.
— Sete.
— Sete vezes com Edith?
— Correto.
— Você tava tentando me poupar com uma mentira opcional?
— Correto.
— E o número sete pode ser só mais uma opção.
— Correto.
— Mas você tava tentando me poupar, não tava? F., você acha que eu consigo perceber o que é diamante no meio dessa merda?
— É tudo diamante.
— Vai tomar no cu, seu comedor de mulher alheia, essa resposta não serve de conforto nenhum. Você estraga tudo com suas santas pretensões. Essa manhã tá péssima. Minha mulher não tá em forma pra ser enterrada. Vão endireitá-la em alguma

bosta de hospital de bonecas. Como é que vou me sentir no elevador, quando for para a biblioteca? Não me venha com essa merda de é tudo diamante, enfia no seu orifício oculto. Ajude um camarada. Não coma sua mulher por ele.

E assim a conversa avançou pela manhã sem que a gente percebesse. Ele se agarrou ao argumento dos diamantes e eu queria acreditar nele, Catherine Tekakwitha. Conversamos até cansar e então nos masturbamos um ao outro, como a gente fazia quando éramos garotos, no bosque onde hoje é o centro da cidade.

6.

F. falava muito dos indígenas, com uma facilidade irritante. Até onde eu sei, ele não tem nenhuma especialização no assunto, tirando a leitura menor e desdenhosa que fez dos meus livros, a exploração sexual de minhas quatro adolescentes A——s e de uns mil faroestes hollywoodianos. Ele compara os indígenas aos gregos antigos, sugerindo que há uma semelhança de caráter, uma crença comum de que todo talento deve evoluir para a luta, um gosto pelo combate, uma incapacidade inerente de união pelo tempo que for, uma dedicação absoluta pela ideia da competição e pela virtude da ambição. Nenhuma das quatro adolescentes A——s atingiu o orgasmo; segundo ele, isso deve ser indicador do pessimismo sexual da tribo, o que faz acreditar, concluiu, que qualquer outra indígena atingiria. Não consegui argumentar. É verdade que os A——s parecem uma acurada versão negativa da imagem dos indígenas como um todo. Fiquei até um pouco enciumado por causa de sua dedução. Seu conhecimento da Grécia antiga se deve unicamente a um poema de Edgar Allan Poe, alguns encontros homossexuais com restaurateurs (ele comia de graça em qualquer birosca da cidade) e uma reprodução em gesso da Acrópole, que, por alguma razão, ele havia coberto com esmalte vermelho. Sua intenção era usar esmalte incolor como conservante, mas sucumbiu naturalmente a uma disposição espalhafatosa quando se viu no balcão da farmácia, em frente a uma fortaleza de amostras berrantes, alinhadas como a polícia montada do Canadá. Escolheu uma cor chamada Desejo Tibetano, que achou divertida, pois era uma contradição em termos. Durante toda a noite dedicou-se a pintar seu modelo de gesso. Sentei ao lado dele enquanto trabalhava. Ele cantarolava trechos de "The Great Pretender", uma canção que transformaria a música popular do nosso tempo. Eu não conseguia tirar os olhos do pequeno pincel que ele esgrimia alegremente. Uma coluna depois da outra, o branco virava vermelho viscoso, uma transfusão de sangue para os dedos quebradiços do pequeno monumento. F. dizia: *I'm wearing my heart like a clown*. E assim sumiram métopas e tríglifos leprosos e outras palavras tortuosas que significam pureza, e o templo lívido e o altar destruído foram desaparecendo sob o brilho escarlate. F. pediu que eu terminasse as cariátides. Então assumi o pincel, como Clito depois de Temístocles. F. cantava: *Ohohohoho, I'm the great pretender, my need is such I pretend too much*, e por aí vai — uma canção óbvia naquela situação, mas não inapropriada. F. sempre dizia: Nunca subestime o óbvio. Estamos felizes! Por que eu deveria resistir a essa exclamação? Eu não ficava feliz assim desde antes da puberdade. Neste mesmo parágrafo, estive bem perto de trair essa noite feliz! Mas não, não vou! Quando terminamos de cobrir cada pedaço daquele velho osso de gesso, F. colocou-o numa base de cartolina em frente à janela. O sol despontava sobre a cobertura serrilhada de uma fábrica em frente. A janela estava rosada e nossa obra, ainda úmida, brilhava como um grande rubi, uma joia fantástica! Parecia um intrincado refúgio dos poucos sentimentos frágeis e nobres que consegui manter, um lugar seguro onde eu podia guardá-los. F. se esticou no carpete, barriga para baixo, queixo nas mãos sustentadas pelos pulsos e cotovelos, e ficou olhando para a Acrópole vermelha e a suave manhã que surgia ao longe. Com um gesto, me chamou para deitar ao seu lado. Olhe para ela daqui, ele disse, aperte um pouco os olhos. Fiz como ele sugeriu, estreitei os olhos e vi uma linda explosão de fogo, mandando raios em todas as direções (menos para baixo, onde estava a base de cartolina). Não chore, disse F., e começamos a conversar.

— Deve ser assim que ela aparecia pra eles, quando a olhavam bem cedo.

— Os antigos atenienses — sussurrei.

— Não — F. disse —, os indígenas ancestrais, os peles-vermelhas.

— Eles tinham algo assim, eles construíram uma acrópole?

Depois de mil pinceladas, precisei fazer a pergunta, já que eu parecia ter esquecido tudo o que sabia e estava aberto a acreditar em qualquer coisa.

— Não sei.

— Então do quê você tá falando? Tá querendo me fazer de bobo?

— Relaxe, continue deitado. Você precisa se disciplinar. Não está feliz?

— Não.

— Por que você se deixou ser enganado?

— F., você estraga tudo. A gente estava tendo uma bela manhã.

— Por que você se deixou ser enganado?

— Por que você sempre tenta me humilhar?

Perguntei a ele com tanta solenidade que eu mesmo me assustei. Ele se levantou e cobriu o modelo com a capa de plástico de uma Remington. E o fez tão gentilmente, com uma certa dor, que pela primeira vez vi que F. sofria, só não sabia por quê.

— A gente quase começou uma conversa perfeita — ele disse, enquanto sintonizava o noticiário das seis. Então ligou o rádio num volume tão alto que começou a gritar como um louco, sobrepondo a voz do comentarista, que recitava uma lista de calamidades. — Naveguemos, naveguemos, ó Navio do Estado, acidentes de carro, nascimentos, Berlim, curas para o câncer! Ouça, meu amigo, ouça o presente, o aqui e agora, está tudo à nossa volta, pintado como um alvo, vermelho, branco e azul. Navegue em direção ao alvo como um dardo num boteco sujo, e cravemos o meio num golpe de sorte. Esvazie sua memória e escute o fogo ao seu redor. Não esqueça sua memória, deixe que ela exista em algum lugar precioso, em todas as cores que for preciso, mas em outro lugar, desfralde sua memória como uma vela pirata no Navio do Estado e concentre sua atenção no tilintar do presente. Você sabe como fazer isso? Você sabe ver a acrópole como os indígenas a viam, mesmo sem ela existir? Foda uma santa, é assim que se faz, encontre uma santinha e transe com ela várias vezes em algum canto agradável do paraíso, vá direto a seu altar de plástico, medite com sua medalha de prata, penetre-a até que ela soe como uma caixinha de música para turista, até que as luzes em memória dos mortos se acendam de graça, encontre uma santa fingidora como Teresa ou Catherine Tekakwitha ou Lesbos, que nunca viram um pau, mas que vivem deitadas num poema de chocolate, encontre uma dessas graciosas e impossíveis bocetas e coma ela com toda sua alma, gozando no céu inteiro, coma ela na lua, com uma ampulheta de aço enfiada no seu cu, deixe-se enroscar em suas vestimentas fátuas, chupe o nada de seus fluidos, chlap, chlap, chlap, um cão no éter, então volte para esta terra gorda e vagueie por esta terra gorda nos seus sapatos de pedra, seja espancado por um fugitivo, aceite os golpes, de novo e de novo, uma direita no espírito, um bate-estaca no coração, um chute no saco, socorro! socorro! chegou minha hora, meu segundo, minha farpa dessa merda de árvore da glória, polícia, bombeiros! Olhem para o trânsito de felicidade e crime, está queimando em crayon como a acrópole rosa!

E por aí vai. Não consegui escrever nem metade do que ele disse. Ele exultava como um lunático, os perdigotos voando a cada palavra. Imagino que a doença já estivesse afetando seu cérebro, pois morreu assim, anos depois, nessa fala incoerente. Que noite! Vendo agora, como foi doce nosso debate, dois adultos deitados no chão! Que noite perfeita! Juro que ainda sinto o calor daquele momento, e na verdade não importa o que ele fez com Edith, eu me casei com os dois em sua cama ilegal, e com o coração aberto afirmo o direito de todo homem e toda mulher a noites escuras e molhadas, já suficientemente raras, contra as quais muitas leis conspiram. Se ao menos eu pudesse viver com essa perspectiva. Como é veloz o vaivém das lembranças de F., das noites de camaradagem, dos muros que pulamos e das paisagens felizes do simples relógio humano. Como a mesquinharia voltou rapidamente, e aquela mais ignóbil forma de propriedade, a ocupação possessiva e tirânica sobre cinco centímetros quadrados de carne humana, a xana da esposa.

7.

Os iroqueses quase ganharam. Seus três maiores inimigos eram os huronianos, os algonquinos e os franceses. "*La Nouvelle--France se va perdre si elle n'est pas fortement et promptement secourue.*"* Assim escreveu Vimont, Padre Superior de Québec, em 1641. Upa! Upa! Lembre-se dos filmes. Os iroqueses eram uma confederação de cinco tribos, situada entre o rio Hudson e o lago Erie. Partindo de leste a oeste, tínhamos os agniers (que os ingleses chamavam de mohawks), os oneidas, os onondagas, os cayugas e os senecas. Os mohawks (que os franceses chamavam de agniers) ocupavam um território entre a parte mais

---

* A "Nova França" é a área colonizada pela França entre 1534 a 1763, numa extensão que chegou a incluir regiões costeiras do Canadá, Estados Unidos e México.

alta do rio Hudson, o lago George, o lago Champlain e o rio Richelieu (antes chamado rio Iroquês). Nascida em 1656, Catherine Tekakwitha era uma mohawk. Passou vinte e um anos de sua vida entre os mohawks, às margens do rio Mohawk, como uma verdadeira dama mohawk. Os iroqueses compunham-se de vinte e cinco mil almas. Eles podiam colocar dois mil e quinhentos guerreiros em campo, dez por cento da confederação. Destes, apenas quinhentos ou seiscentos eram mohawks; eram poucos, mas eram especialmente ferozes, e também possuíam armas de fogo, as quais trocavam por peles com os holandeses, em Fort Orange (Albany). Fico orgulhoso por Catherine Tekakwitha ter sido ou ser uma mohawk. Provavelmente seus irmãos aparecem naqueles despretensiosos filmes em preto e branco, do tempo em que a psicologia ainda não havia contaminado o faroeste. Neste exato momento sinto em relação a ela o que muitos de meus leitores devem sentir no metrô diante de belas negras e suas pernas finas e fortes surgindo de róseos mistérios. Que muitos de meus leitores nunca vão desvendar. É justo? E quanto aos cacetes de lírio, desconhecidos por tantas cidadãs americanas? Tirem as roupas, tirem as roupas, tenho vontade de gritar, vamos olhar uns para os outros. Precisamos de educação! Disse F.: aos vinte e oito anos (sim, meu amigo, demorou tudo isso) eu parei de foder cores. Catherine Tekakwitha, espero que você seja bem escura. Quero sentir o cheirinho de carne crua e sangue branco em seu negro cabelo grosso. Espero que tenha sobrado um pouco de gordura em seu negro cabelo grosso. Ou está tudo enterrado no Vaticano, em jazigos de pentes escondidos? Uma noite, no nosso sétimo ano de casamento, Edith passou um troço bem vermelho e gorduroso no corpo, que ela tinha conseguido em alguma loja de bugigangas para teatro. A coisa vinha num tubo. Quando voltei da biblioteca, às vinte para as onze, lá estava ela, completamente nua no meio do quarto, uma surpresa sexual para seu caro marido. Ela me passou o tubo dizendo: Sejamos outras pessoas. Acho que ela quis dizer com isso novas formas de beijar, morder, chupar, mexer. É estúpido, ela disse, com a voz falhando, mas sejamos outras pessoas. Por que menosprezar sua intenção? Talvez ela quisesse dizer: Vem comigo nessa nova viagem, uma viagem que só pode ser feita por estranhos; iremos nos lembrar depois, quando voltarmos a ser nós mesmos, e por isso nunca mais seremos meramente nós mesmos. Talvez ela tivesse alguma paisagem em mente, algum lugar para o qual sempre quis ir, assim como eu visualizo um rio a norte, uma noite tão clara e limpa como as pedrinhas desse rio, quando penso na minha suprema viagem com Catherine Tekakwitha. Eu deveria ter transado com Edith. Eu deveria ter saído das minhas roupas e entrado naquele disfarce gorduroso. Por que só agora, depois de tantos anos, meu pau fica duro de imaginar ela parada ali, tão absurdamente pintada, com seus peitos escuros como berinjelas e seu rosto parecendo o do Al Jolson? Por que meu sangue corre agora tão inutilmente? Desprezei seu tubo. Eu disse: tome um banho. E ouvi ela se lavando enquanto pensava no nosso lanchinho da meia-noite. Meu breve e cruel triunfo tinha me deixado faminto.

8.

Muitos padres foram mortos e devorados e por aí vai. Micmacs, abenaqueses, montanheses, aticamegueses, huranianos: deram trabalho para a Companhia de Jesus. Muito sêmen na floresta, aposto. Não dos iroqueses, que comiam o coração dos padres. Imagine a cena. F. disse que uma vez comeu um coração de ovelha cru. Edith gostava de miolos. René Goupil teve seu dia no 29 de setembro de 1642, primeiro clérigo vítima dos mohawks. Nham, nhammm. Le Réverend Jogues caiu sob a "machadinha dos bárbaros" em 18 de outubro de 1646. Está tudo registrado, preto no branco. A Igreja adora esses detalhes. Eu adoro esses detalhes. Temos os anjos apetitosos, com suas bundinhas de veado. Temos os indígenas. Temos Catherine Tekakwitha, dez anos depois, lírio surgido no solo, regado com o sangue dos mártires pelo Jardineiro. Você destruiu minha vida com seus experimentos, F. Você devorou um coração cru de ovelha, você comeu casca de árvore e uma vez comeu merda. Como posso viver no mesmo mundo das suas malditas aventuras? F. disse uma vez: Não há nada mais deprimente do que a excentricidade de um contemporâneo. Ela era uma tortoise, do melhor clã dos mohawks. A jornada será lenta, mas a gente chega lá. O pai era um iroquês, e se revelou um escroto. A mãe era algonquina cristã, batizada e educada em Three Rivers, uma péssima cidade para uma garota indígena (foi o que me disse recentemente uma jovem abenáque que estudou lá). Foi raptada num ataque iroquês, e provavelmente teve sua melhor trepada. Alguém me ajude a segurar minha língua viperina, por favor. Onde foi parar meu nobre linguajar? Eu não devia falar de Deus? Ela foi escrava de um bravo iroquês e tinha uma língua indomável ou algo assim, pois ele se casou com ela, ao invés de abandoná-la. Foi aceita pela tribo e daquele dia em diante partilhou de todos os direitos de uma legítima tortoise. Está nos registros que ela rezava incessantemente. Glup, glup, meu Deus, trepa, peida, ó todo Poderoso, chluuuup, flarg, grunf, hic, hic, se esfrega, zzzzzzz, bufa, Jesus, a vida dele devia ser um inferno ao seu lado.

9.

Disse F.: não faça conexões. Ele gritava isso pra mim enquanto ignorava meu pau molhado, cerca de vinte anos atrás. Não sei o que via nos meus olhos desmaiados, talvez o brilho de uma falsa compreensão universal. Às vezes, depois de gozar ou logo antes de dormir, meus pensamentos parecem ir por um caminho estreito como uma linha sem fim, uma linha da mesma cor da noite. Longe, bem longe, minha mente navega essa linha, levada pela curiosidade, iluminada pela aceitação, longe, bem longe, como um anzol com penas, lançado num golpe magnífico para o raio de luz que penetra o rio. Em algum lugar, fora do meu alcance, o anzol se desdobra numa lança, essa lança se afina numa agulha e essa agulha une o mundo em sua costura. Minha agulha costura a pele ao esqueleto e o batom aos lábios, e Edith à sua pintura gordurosa, agachada (na medida em que eu, este livro, ou um olho eterno pode lembrar) em nosso porão sem luz, costura os talhos na montanha, e continua assim através de tudo, como um incansável fluxo sanguíneo, o túnel preenchido por uma mensagem reconfortante, a bela sabedoria da unidade. Todas as diferenças do mundo, as diversas asas do paradoxo, as caras ou coroas do problema, as pétalas puxadas pelas perguntas, a consciência em forma de tesoura, todas as polaridades, coisas e suas imagens e coisas que não projetam sombras, e as explosões diárias nas ruas, este rosto e aquele, uma casa e uma dor de dente, explosões cujos nomes meramente trocam de letras, minha agulha perfura a tudo, a mim mesmo, minhas fantasias gananciosas, tudo o que já existiu e existe, somos partes de um colar de beleza incomparável, sem sentido. Não faça conexões: F. gritava. Arrume as coisas lado a lado na sua mesa de fórmica, se precisar, mas não faça conexões! Volte a si, gritava F., puxando meu pau mole como a corda de um sino, balançando-o como a sineta na mão de uma anfitriã altiva pedindo que o próximo prato seja servido. Não se deixe enganar, ele berrava. Como eu disse, isso foi há vinte anos. Agora estou só especulando o que poderia ter causado seu ataque, ou seja, esse esgar de accitação universal, que é muito desagradável no rosto de um jovem. E foi nessa mesma tarde que F. me contou uma das suas mentiras mais marcantes.

— Meu amigo — disse F. —, você não deve se sentir culpado por nada disso.
— Disso o quê?
— Ah, você sabe, a gente se chupar, ver filmes, a vaselina, as coisas com o cachorro, as escapadas na hora do trabalho, os sovacos.
— Mas eu não me sinto nem um pouco culpado.
— Sente sim. Mas não sinta. Sabe — disse F. —, isso tá longe de ser homossexualidade.
— Ah, F., não fode. Homossexualidade é só um nome.
— Mas é isso o que eu tô falando, meu amigo. Você vive num mundo de nomes. E é por isso que eu explico as coisas pra você caridosamente.
— Você tá tentando estragar mais uma noite?
— Me escuta, seu pobre A——!
— É você que se sente culpado, F. Culpado pra caralho. Você é a parte culpada.
— Ha. Ha. Ha. Ha. Ha.
— Eu sei qual é seu plano, F. Você quer estragar a noite. Você não tá satisfeito com duas simples gozadas e uma bela cutucada no cu.
— Tudo bem, meu amigo, você me convenceu. Eu tô morrendo de culpa. Vou ficar quieto.
— O que você ia dizer, afinal?
— Alguma fabulação da minha culpa culpada.
— Bom, agora que você começou, conta logo de uma vez.
— Não.
— Conta, F., pelo amor de Deus, é só uma conversa agora.
— Não.
— F., seu desgraçado, você tá tentando estragar a noite.
— Você é patético. É por isso que você não deve tentar fazer nenhuma conexão, seria patético. Os judeus não deixavam os jovens estudar a Cabala. As conexões tinham de ser proibidas aos cidadãos abaixo de dezessete.

— Conta, por favor.
— Você não deve se sentir culpado em relação a isso porque não é algo estritamente homossexual.
— Eu sei disso, mas...
— Cala a boca. Não é estritamente homossexual porque eu não sou estritamente homem. A verdade é que eu fiz uma operação na Suécia, eu era mulher.
— Ninguém é perfeito.
— Cala a boca, cala a boca. É cansativo para um homem esse trabalho de caridade. Eu nasci menina, fui para a escola como menina, numa túnica azul, com um pequeno bordado na frente.
— F., você não tá falando com um de seus amigos de sapatos lustrosos. Eu te conheço muito bem. A gente morava na mesma rua, ia juntos para a escola, estudava na mesma classe e eu te vi um milhão de vezes no chuveiro depois da ginástica. Você era um menino quando ia pra escola. A gente brincava de médico no bosque. Aonde você quer chegar?
— E assim os que têm fome recusam o alimento.
— Eu detesto como você tenta encerrar as coisas.

Mas fui eu que acabei com a discussão quando percebi que já eram quase oito e a gente corria o risco de perder a sessão dupla. Como gostei dos filmes naquela noite. Por que me senti tão leve? Por que eu tinha uma sensação tão profunda de cumplicidade com F.? Voltando para casa na neve, o futuro parecia se abrir para mim: resolvi desistir do trabalho sobre os A——s, cuja história desastrosa ainda não era clara para mim. Eu não sabia o que queria fazer, mas isso não me preocupava, pois sabia que o futuro estaria cheio de compromissos, como numa agenda presidencial. O frio, que normalmente congelava meu saco todo inverno, nessa noite me acolheu, e meu cérebro, pelo qual sempre tive pouco respeito, parecia feito de arranjos de cristal, como uma tempestade de flocos de neve, preenchendo minha vida com imagens de arco-íris. No entanto, não foi assim que as coisas aconteceram. Os A——s encontraram seu porta-voz e o futuro secou como uma teta velha. Qual foi a parte de F. naquela noite adorável? Será que ele fez alguma coisa que abriu portas, portas que bati com força nos batentes? Ele tentou me contar alguma coisa. E eu ainda não entendi o que é. É justo que eu não entenda? Por que tenho de ficar preso a um amigo tão obtuso? Minha vida podia ter sido tão gloriosamente diferente. Eu nunca deveria ter casado com Edith, que, eu agora confesso, era uma A——!

10.

Eu sempre quis ser amado pelo Partido Comunista e pela Santa Igreja. Queria viver numa canção folk, como Joe Hill. Queria chorar pelas pessoas inocentes que depois eu mutilaria com uma bomba. Queria agradecer ao velho camponês que nos alimentou em nossa fuga. Queria usar a manga dobrada e presa com um alfinete, e ver as pessoas sorrirem diante de minha saudação com a mão errada. Queria ser contra os ricos, mesmo que alguns conhecessem Dante: pouco antes de ser destruído, um deles saberia que eu também conheço Dante. Queria que meu rosto fosse carregado por Pequim, com um poema escrito no ombro. Queria sorrir para o dogma, mesmo que isso arruinasse meu ego. Queria desafiar as máquinas da Broadway. Queria que a Quinta Avenida lembrasse as trilhas dos indígenas que por ali passaram. Queria sair de uma cidade de mineiros e adotar as convicções e maneiras rudes de um tio ateu e alcoólatra, a vergonha da família. Queria cruzar a América num trem blindado e ser o único branco aceito pelos negros na Convenção do Tratado. Queria ir a recepções de comes e bebes com uma metralhadora. Queria dizer a uma antiga namorada, chocada com meus métodos, que as revoluções não acontecem em mesas de bufê, que você não pode escolhê-las, e então ver seu vestido de noite prateado umedecer entre as pernas. Queria lutar contra o golpe da Polícia Secreta, mas *de dentro* do Partido. Queria que uma velha senhora que tivesse perdido os filhos incluísse meu nome em suas orações numa igreja de taipa, e jurasse por eles que o faria. Queria fazer o sinal da cruz quando ouvisse palavrões. Queria tolerar os vestígios de algum ritual pagão que desafiasse a Cúria. Queria administrar uma propriedade ilegal, ser agente de um bilionário anônimo e ancião. Queria escrever elogiando os judeus. Queria ser alvejado entre os bascos por carregar o Corpo para o campo de batalha contra Franco. Queria pregar sobre o matrimônio, do alto do inquestionável púlpito da virgindade, e ver os cabelos pretos nas pernas das noivas. Queria escrever um tratado contra o controle de natalidade num inglês bem simples, um panfleto a ser vendido nos vestíbulos, ilustrado em duas cores por estrelas cadentes e a eternidade. Queria proibir a dança por algum tempo. Queria ser um padre junkie e gravar um disco pela Folkways. Queria ser exilado por motivos políticos. Acabo de saber que o Cardeal —— recebeu farto suborno de uma revista feminina, sofri assédio do meu confessor, vi os camponeses serem traídos por uma causa necessária, mas os sinos ainda tocam esta noite, é mais uma noite nesse mundo do Senhor, e há muitos para alimentar, muitos joelhos ansiosos por serem dobrados, e assim eu subo os degraus gastos em meu surrado casaco de pele.

II.

A casa dos iroqueses devia ser ampla e luminosa. Comprimento: algo entre trinta e quarenta e cinco metros. Altura e largura: sete metros e meio. Colunas laterais servindo de apoio para um teto feito de pedaços grandes de cortiça, cedro, freixo, olmo ou pinheiro. Nenhuma janela ou chaminé, mas uma porta em cada extremidade. A luz entrava e a fumaça saía através de buracos no teto. Várias fogueiras na cabana, quatro famílias por fogueira. As famílias se acomodavam de modo a formar um corredor de ponta a ponta na cabana. "*La manière dont les familles se groupent dans les cabanes n'est pas pour entraver le libertinage*." Assim escreveu P. Edouard Lecompte, C.J., em 1930, atiçando nosso apetite sexual com a expertise da Companhia. O arranjo na grande cabana fez pouco para "desencorajar a promiscuidade". O que acontecia no túnel escuro? Catherine Tekakwitha, o que você via com seus olhos inchados? Que fluídos se misturavam sobre a pele de urso? Era pior do que numa sala de cinema? Disse F.: A atmosfera das salas de cinema é a de um casamento noturno entre a prisão do homem e a prisão da mulher; os prisioneiros não percebem nada — é um acordo que só envolve os tijolos e os portões; a união mística é consumada no sistema de ventilação: os cheiros se absorvem uns aos outros. A observação extravagante de F. coincide com o que um padre me contou. Ele disse que nas manhãs de domingo sente-se o cheiro de sêmen no ar, como se houvesse uma nuvem úmida sobre os homens reunidos para a missa na prisão de Bordeaux. A sala moderna de cinema de arte, feita de concreto e veludo, é uma piada, ou, como disse F., a morte de uma emoção. Não há casamento nesses confinamentos sóbrios, com todos sentados sobre seus genitais, e isso porque: há genitais de prata na tela. Tragam de volta o sexo escondido! Deixem que os paus cresçam novamente e se enrosquem como trepadeiras nos raios dourados dos projetores, e que as bocetas se abram debaixo de luvas e sacos de doces, e que nenhum vislumbre de seios nus atraia a roupa suja de nossas vidas diárias ao palácio do cinema, fatal como um sinal de radar, e que nenhuma cena explícita de foda neorrealista pendure, entre as pessoas do público, as cortinas impenetráveis das possibilidades! Na sombria e comprida cabana da minha mente, deixe-me trocar de esposas, deixe-me tropeçar em você, Catherine Tekakwitha, com seus trezentos anos de idade, perfumada como um jovem ramo de bétula, apesar do que lhe fizeram os padres e a peste.

12.

A Peste! A Peste! Ela invade os papéis de minha pesquisa. De repente, minha escrivaninha fica contaminada. Minha ereção vem abaixo como a Torre de Pisa num filme futurista de Walt Disney, ao som de címbalos e portas rangendo. Abro o zíper e deixo cair poeira e escombros. Meu solitário pau duro me leva a Ti, e isso eu sei, pois perdi tudo nessa poeira. Peste entre os mohawks! Começou em 1660 e se espalhou pelo rio Mohawk, atingindo as aldeias indígenas Gandaounagué, Gandagoron e Tionnontoguen como um incêndio florestal aumentado pelo vento, até chegar a Ossernenon, onde vivia Catherine Tekakwitha, aos quatro anos de idade. Caíram doentes seu pai guerreiro e sua mãe cristã, ruminando a última confissão, e seu irmãozinho, cujo pintinho tornara-se um apêndice para sempre inútil. Dessa família interracial e amaldiçoada só restou Catherine Tekakwitha, mas o preço de sua sobrevivência ficou marcado no rosto. Catherine Tekakwitha não é bonita! O que me dá vontade de fugir dos meus livros e sonhos. Não quero foder uma baranga. Como posso sentir desejo diante de espinhas e marcas de varíola? Preciso sair para uma caminhada no parque e ver as longas pernas das garotas americanas. O que me mantém aqui enquanto lá fora os lírios crescem para todos? Será que F. pode me ensinar alguma coisa? Ele disse que aos dezesseis parou de foder rostos. Edith era adorável quando a encontrei pela primeira vez no hotel, vendendo cosméticos. Seu cabelo era preto, longo e fofo, com a textura do algodão, não da seda. Seus olhos eram negros, de um negror sólido e profundo, que não revela nada (a não ser uma vez ou duas), como aqueles óculos escuros espelhados. Na verdade, ela sempre usava esses óculos. Os lábios eram finos mas muito macios. Seus beijos eram frouxos e, de algum modo, vagos, como se a boca não soubesse onde ficar. Deslizavam pelo meu corpo como principiantes nos patins. Eu tinha a esperança de que alguma hora pousassem no lugar certo para meu êxtase, mas sempre ficavam muito pouco em cada canto, buscando apenas um equilíbrio, levados não pela paixão, mas pelo descascar mecânico de uma banana. Deus sabe o que F. diria sobre isso, o desgraçado. Eu não poderia suportar se descobrisse que ela se demorava mais sobre ele. Fica, fica, eu queria gritar para ela no ar sufocante do segundo subsolo, volta, volta, você não vê para onde minha pele sinaliza? Mas logo ela se esquivava, passava pelos meus dedos, lambia minha orelha enquanto minha virilidade vibrava como uma frenética torre de rádio, volta, volta, um mergulho no meu olho que ela chupava com força (lembrando de seu gosto por miolos), aí não, aí não, e então ela roçava os pelos do meu peito como uma gaivota na espuma das ondas, *come back to Capistrano*, cantava o calombo acima da patela do joelho, e ela explorava a patela, aquele deserto de sensações, tão cuidadosamente que parecia procurar uma passagem escondida que sua língua pudesse abrir, enervante desperdício de língua, e se esfregava como roupa suja no tanque das minhas costelas, sua boca querendo que eu me virasse para que ela pudesse descer pela minha espinha como numa montanha-russa ou uma bobagem assim, não, eu não vou me virar e enterrar minhas esperanças, mais embaixo, mais embaixo, volta, volta, não vou me dobrar sobre o estômago como um sofá-cama, Edith, Edith, deixa que as coisas nos levem ao céu, não me faça te dizer isso!... Nunca pensei que isso fosse se intrometer nas preliminares. É muito difícil te cortejar, Catherine Tekakwitha, com sua cara marcada pela varíola e sua curiosidade insaciável. Uma lambida, de vez em quando, algumas breves e calorosas coroações, prometendo a glória, uma ocasional gargantilha de dentes de arminho, e então uma súbita desonra, como se o arcebispo percebesse de repente que coroou o filho errado, e a saliva dela, fria como um pingente de gelo, secando enquanto se retirava, e este meu membro rígido como uma trave de gol, desenganado como uma torre de sal diante da destruição, finalmente pronto para contentar-se com uma noite solitária com minhas próprias mãos, Edith! Expus a F. meu problema.

— Eu te ouço com inveja — disse F. — Você não percebe que ela te ama?

— Mas eu quero que ela me ame do *meu* jeito.

— Você precisa aprender a...

— Não me venha com recomendações, não vou aceitar suas recomendações desta vez. É minha cama e minha mulher, tenho meus direitos.

— Então peça a ela.

— O que você quer dizer com "peça a ela"?

— Por favor, Edith, me faça gozar com sua boca.

— Você me dá nojo, F. Como se atreve a usar esse linguajar pra falar de Edith? Não te contei tudo isso para você sujar nossa intimidade.

— Desculpe.

— Claro que eu poderia pedir a ela, é óbvio. Mas aí ela ficaria constrangida, ou pior, poderia se sentir obrigada. Não quero botar uma coleira nela.

— Sim, você quer.

— Estou te avisando F., não vou tolerar esse seu papinho covarde de guru.

— Você está sendo amado, está sendo convidado a um grande amor, e eu te invejo.

— E fique longe da Edith. Não gosto quando você senta entre nós dois no cinema. Só deixamos por gentileza.

— E eu sou muito grato a ambos. Mas posso te assegurar que ela jamais amaria outro homem como ela te ama.

— Você acha mesmo, F.?

— Tenho certeza. Um grande amor não é uma sociedade, pois uma sociedade pode ser desfeita por lei ou acordo entre as partes, e você está ligado a um grande amor, na verdade, você está ligado a dois grandes amores, o de Edith e o meu. E um grande amor precisa de um servo, mas você não sabe usar seus servos.

— Como devo pedir a ela?

— Com chicotadas, com ordens imperiosas, com uma enfiada na boca dela até ela engasgar e aprender.

Posso ver F. de pé, a janela atrás dele, e suas orelhas finas como papel, quase transparentes. Lembro-me de sua espelunca, ricamente mobiliada, a vista para a fábrica que ele estava tentando comprar, sua coleção de sabonetes montada como a maquete de uma cidade sobre o feltro verde de uma mesa de bilhar elaboradamente entalhada. A luz atravessava suas orelhas como se fossem feitas de sabonete Pears. Ouço sua voz afetada, com o leve sotaque esquimó que ele imitava depois de um curso de verão no Ártico. Você está ligado a dois grandes amores, F. dizia. Que pobre guardião desses dois amores eu fui, um guardião ignorante, que perdeu seus dias num museu onírico de autopiedade. F. e Edith me amavam! Mas não ouvi a declaração dele naquela manhã, ou não acreditei nela. Você não sabe como usar seus servos, F. dizia, com suas orelhas iluminadas como lanternas japonesas. Eu era amado em 1950! Mas eu não falei com Edith, não me sentia capaz. Todas as noites deito no escuro escutando os ruídos do elevador, meus comandos de silêncio enterrados no cérebro, como aquelas urgentes e altivas inscrições nos monumentos egípcios, caladas sob toneladas de areia. Então a boca dela percorria loucamente meu corpo, como um bando de pássaros do atol de Bikini, com os instintos migratórios destruídos pela radiação.

— Mas eu te asseguro — F. continuava —, vai chegar o dia em que você não vai querer outra coisa no mundo além desses beijos sem direção.

Falando em pele transparente, o pescoço de Edith era coberto da mais fina e suave pele que havia. Dava a impressão de que um colar pesado de conchas provocaria um filete de sangue. Beijá-la ali era como invadir um lugar privado e esquelético, como os ombros de uma tartaruga. Os ombros eram ossudos, mas não descarnados. Não era magra, mas não importava quão apetitosa fosse, seus ossos estavam sempre no comando. Desde os treze anos ela tinha esse tipo de pele que chamam de madura, e os homens que então a perseguiam (ela acabou sendo violada numa pedreira) falavam que ela era o tipo de menina que ia envelhecer depressa, que é como os homens nas esquinas se consolam a respeito de uma garota que nunca poderão tocar.

Ela cresceu numa cidadezinha na margem norte do St. Lawrence, onde enfurecia os vários homens que se achavam no direito de bolinar seus peitos pequenos e sua bunda redonda só porque ela era uma indígena, e uma A——, ainda por cima! Aos dezesseis, quando se casou comigo, eu mesmo achei que sua pele não iria durar. Tinha aquela textura úmida e frágil que associamos a coisas que crescem e logo definham. Aos vinte e quatro, no ano em que ela morreu, nada tinha mudado, a não ser suas nádegas. Com dezesseis, eram duas meias esferas suspensas no ar, depois caíram numa curva bastante acentuada, e essa foi a extensão de sua decadência antes de ser esmagada de um golpe só. Preciso pensar sobre ela. Gostava que eu passasse azeite de oliva em sua pele. Eu fazia sua vontade, mas não gostava muito de usar comida desse jeito. Às vezes ela cobria o umbigo de azeite e com o dedinho desenhava os aros da Roda de Asoka, e então espalhava tudo, deixando a pele escura. Seus peitos eram pequenos, de certa forma musculosos, frutas com fibras. A lembrança de seus mamilos aberrantes me dá vontade de destruir minha escrivaninha, e é o que eu faço nesse momento, miserável memória de papel, enquanto meu pau voa sem esperanças para dentro de seu caixão espremido, e meus braços se desfazem de minhas obrigações, inclusive de você, Catherine Tekakwitha, a quem cortejo com esta confissão. Seus espantosos mamilos eram escuros como a lama e cresciam bastante quando estimulados pelo desejo, ficavam com mais de três centímetros de altura, enrugados de sabedoria e sucção. Eu os enfiava nas minhas narinas (um por vez). Enfiava nas minhas orelhas. Acreditava piamente que se a anatomia permitisse e eu enfiasse um mamilo em cada orelha ao mesmo tempo — tratamento de choque! Por que reviver essa fantasia, agora que ela é impossível? Mas quero aqueles eletrodos de couro na minha cabeça! Quero ouvir a explicação do mistério, quero ouvir as conversas entre aqueles sábios rígidos e enrugados. Havia mensagens passadas entre eles que nem Edith captava, sinais, avisos, conceitos. Revelações! Equações!, contei a F. no dia em que ela morreu.

— Você podia ter tudo o que quisesses.
— Por que você me atormenta, F.?
— Você se perdeu nos detalhes. Todas as partes do corpo são erógenas, ou ao menos têm a possibilidade de se tornarem. Se ela tivesse enfiado os dedos indicadores nos seus ouvidos, você teria tido o mesmo efeito.
— Tem certeza disso?
— Sim.
— Já tentou?
— Sim.
— Tenho de perguntar: com Edith?
— Sim.

— F.!

— Ouça, meu amigo, os elevadores, as buzinas, os ventiladores: o mundo está acordando na cabeça de alguns milhões de pessoas.

— Para. Você fez isso com ela? Você foi até esse ponto? Fizeram isso juntos? Você vai sentar aqui e me contar cada detalhe. Eu te odeio, F.

— Bem, ela enfiou os dedos indicadores...

— Ela tinha feito as unhas?

— Não.

— Tinha sim, seu canalha, tinha sim! Para de tentar me poupar.

— Tudo bem, ela tinha. Ela enfiou as unhas vermelhas nos meus ouvidos...

— E você gostou, né?

— Ela enfiou os dedos nos meus ouvidos, e eu enfiei os dedos nos ouvidos dela e nós nos beijamos.

— Vocês fizeram isso um com o outro? Com os próprios dedos? Vocês tocaram dedos e ouvidos?

— Você está começando a entender.

— Cala a boca. Como eram os ouvidos dela?

— Apertados.

— Apertados!

— Edith tinha ouvidos muito apertados, quase virgens, eu diria.

— Sai daqui, F.! Sai da nossa cama! Tira suas mãos de mim!

— Me escuta, ou vou quebrar seu pescoço, seu voyeur de meia-tigela. Nós estávamos totalmente vestidos, com exceção dos dedos. Sim! Chupamos nossos dedos e depois metemos nos nossos ouvidos...

— O anel, ela tirou o anel?

— Acho que não. Eu estava preocupado com meus tímpanos por causa das unhas vermelhas dela, muito compridas, e ela estava cavoucando com força. Nós fechamos os olhos e nos beijamos como amigos, sem língua. E de repente os sons do lobby sumiram e eu só ouvia Edith.

— O corpo dela! Onde isso aconteceu? Quando você fez isso comigo?

— Então são essas as suas perguntas. Aconteceu na cabine de telefone no lobby de um cinema no centro.

— Que cinema?

— O System.

— Você tá mentindo! Não tem cabine telefônica no System. Tem só um ou dois telefones na parede separados por divisórias de vidro, eu acho. Você fez isso na rua! Eu conheço aquele lobby escuro e sujo! Tem sempre alguma bicha zanzando por ali, desenhando pintos e números de telefone na parede verde. Na rua! Tinha alguém vendo? Como você pôde fazer isso comigo?

— Você estava no banheiro. A gente estava te esperando ao lado dos telefones, chupando picolé com cobertura de chocolate. Não sei por que você demorava tanto. A gente terminou o sorvete. Edith viu um pedaço de chocolate grudado no meu dedinho. De um jeito bem charmoso, ela se inclinou e pegou o pedaço com a língua, como um tamanduá. Mas ela não tinha visto um floco de chocolate em seu próprio punho. Eu me abaixei e o peguei, meio atrapalhado, confesso. Então aquilo virou uma brincadeira. E as brincadeiras são a criação mais bonita da natureza. Todos os animais brincam; a verdadeira visão messiânica da irmandade entre todos os seres deveria ser baseada na ideia de brincadeira, aliás...

— Então quem começou foi a Edith! Quem tocou primeiro no ouvido do outro? Agora eu quero saber tudo. Você viu a língua dela esticada, deve ter visto. Quem começou com a história dos ouvidos?

— Não me lembro. Talvez a gente estivesse sob a influência dos telefones. Se você se lembra, uma das luzes fluorescentes estava falhando, e o canto onde a gente estava ficava entrando e saindo da sombra, como se asas enormes sobrevoassem o local, ou imensas pás de um gigantesco ventilador elétrico. Os telefones mantinham firmemente o preto, a única forma estável naquela escuridão variável. Eles ficavam ali pendurados, como máscaras entalhadas, pretos, brilhantes, suaves como os pés beijados dos santos de pedra da I.C.R. A gente estava chupando os dedos um do outro, meio assustados agora, como crianças com pirulitos durante uma perseguição de carros. E então um dos telefones tocou! Tocou só uma vez. Eu sempre fico espantado quando um telefone público toca. É tão nobre e triste, como o melhor poema de um poeta menor, como o Rei Miguel se despedindo da Romênia comunista, como uma mensagem na garrafa que começasse assim: Se alguém encontrar essa garrafa, saiba que...

— Porra, F.! Você tá me torturando. Por favor.

— Você pediu pela história inteira. Esqueci de dizer que as luzes ficavam zunindo, irregularmente, como os ruídos de uma pessoa com sinusite. Eu chupava o dedo mindinho dela, tomando cuidado com a unha pontuda, pensando nos lobos que sangram até a morte quando lambem a isca de uma faca ensanguentada. Quando a luz estava forte, nossas peles pareciam amarelas, com as mínimas espinhas aumentadas, e quando falhava, a gente caía numa palidez púrpura, como velhos cogumelos úmidos. E quando soou o toque, levamos um tal susto que nos mordemos! Crianças numa caverna assustadora. Sim, tinha alguém nos observando, não que a gente se importasse com isso. Ele nos via pelo espelho da máquina de adivinhação do futuro, que ele ficava acionando toda hora, uma moeda atrás da outra, discando várias perguntas, ou a mesma, não dava pra saber. E onde diabos você estava? O subsolo do System é um lugar horrível se você não está com as pessoas com quem veio. Cheira como uma clareira sitiada por ratos...

— Você está mentindo. A pele de Edith era perfeita. E ali cheira a mijo, nada mais, só mijo. E não importa o que eu estava fazendo.

— Eu sei o que você estava fazendo, mas deixa pra lá. Quando o telefone tocou, esse cara se virou, saiu de perto da máquina, com certa elegância até, devo dizer, e naquele momento todo o ambiente estranho parecia ser seu escritório pessoal. Nós estávamos entre ele e seu telefone, e eu temi (soa ridículo) que ele fosse partir para a violência, puxar uma faca ou se exibir, já que toda sua vida cansativa, passada entre canos e urinóis, parecia depender daquela chamada...

— Eu me lembro dele! Ele usava uma daquelas gravatinhas de caubói.

— Isso. Eu me lembro de pensar que ele mesmo tinha provocado o toque, com seu discar incessante, que era algum tipo de ritual, de fazer chover ou algo assim. Ele estava olhando através de nós quando deu um passo à frente. Ele parou, esperando, suponho, pelo segundo toque, que nunca veio. Ele estalou os dedos, virou-se, subiu de volta na plataforma e retornou às suas combinações. Nos sentimos realizados, Edith e eu! O telefone, até então tão ameaçador e poderoso, era nosso amigo! Era o agente de alguma divindade eletrônica benigna, e queríamos louvá-lo. Imagino que certas danças primitivas, do pássaro ou da cobra, tenham começado assim, com essa necessidade de imitar o belo e o terrível, um procedimento de simulação pra adquirir algumas das qualidades da impressionante e adorada besta.

— O que você está tentando me contar, F.?

— Nós inventamos a Dança do Telefone. Espontaneamente. Não sei quem deu o primeiro passo. De repente nossos indicadores estavam nos nossos ouvidos. Nós viramos telefones!

— Não sei se rio ou se choro.

— Por que você está chorando?

— Você acabou com minha vida, F. Por anos a fio eu contei meus segredos pro inimigo.

— Você está errado, meu amigo. Eu te amei, nós dois te amamos, e você está bem perto de entender isso.

— Não, F., não. Talvez seja verdade, mas está sendo muito difícil, uma educação muito louca, e Deus sabe pra quê. Dia sim, dia não, tive de aprender alguma coisa, uma lição, uma parábola fraca, e o que eu sou nessa manhã, um Doutor de Merda.

— É isso! Isso é amor!

— Por favor, vai embora.

— Você não quer saber o que aconteceu quando virei um telefone?

— Eu quero, mas não quero implorar. Tenho que implorar a você por cada migalha de informação sobre o mundo.

— Mas é o único jeito pra que você dê valor. Se caísse das árvores, você ia achar que eram frutas podres.

— Então me conta sobre Edith quando vocês eram telefones.

— Não.

— Arrrg! Snif! Hahaha! Snif!

— Controle-se. Disciplina!

— Você está me matando, você está me matando, você está me matando.

— Agora você está preparado. Nós enfiamos os dedos nos ouvidos um do outro. Não vou negar as implicações sexuais. Você está preparado para encarar isso agora. Todas as partes do corpo são erógenas. Idiotas podem ser treinados com chicotes e beijos, é elementar. Os paus e bocetas tornaram-se monstros! Abaixo o imperialismo genital! Toda carne pode gozar! Não percebe o que a gente perdeu? Por que abdicamos de tantos prazeres em nome disso que vive nas nossas cuecas? Orgasmos no ombro! Joelhos gozando como fogos de artifício! Cabelos em movimento! E não me refiro apenas às carícias que nos levam ao substancial clímax anônimo, ou à chupação e buracos molhados, mas ao vento e à conversa, e a um belo par de luvas, com os dedos brilhando! Tudo isso perdido! Perdido!

— Você é louco. Eu contei meus segredos a uma pessoa louca.

— Lá estávamos nós, envolvidos na Dança do Telefone. Os ouvidos de Edith começaram a envolver meus dedos, ao menos era o que parecia. Ela era muito evoluída, talvez a mulher mais evoluída que eu jamais conheci. Seus ouvidos se dobravam em volta dos meus dedos latejantes...

— Eu não quero saber dos detalhes! Consigo ver os dois muito mais claramente do que você jamais poderia descrever. É uma imagem que eu nunca vou conseguir tirar da cabeça.

— O ciúme foi a educação que você escolheu.

— Vai se foder. O que você ouviu?

— Ouvir não é a palavra certa. Eu *me tornei* um telefone. Edith era a conversa telefônica que passava por mim.

— O.k., mas o que era isso, o que era?

— Um mecanismo.

— Mecanismo?

— Um simples e constante mecanismo.

— E?

— Um simples e constante mecanismo.

— Era isso o que você ia dizer?

— Um simples e constante mecanismo, como o ranger das estrelas.

— Assim é melhor.

— Mas é uma distorção da realidade, e dá pra perceber que ela caiu bem. Alterei a realidade pra facilitar as coisas pra você. A realidade é: um simples e constante mecanismo.

— E foi bom?

— Foi a coisa mais linda que eu já senti.

— E ela, gostou?

— Não.

— Verdade?
— Não, ela gostou. Como você fica ansioso pra ser enganado!
— F., eu podia te matar pelo que você fez. Os tribunais não me condenariam.
— Você já matou o suficiente por uma noite.
— Sai da minha cama! Nossa cama! Essa era nossa cama!

Não quero pensar muito no que F. disse. Por que deveria? Quem era ele afinal, além de um louco que perdeu o controle dos intestinos, um comedor de mulher alheia, um colecionador de sabonetes, um político? Simples e constante mecanismo. Será que entendi isso? Esta manhã é uma nova manhã, as flores se abriram novamente, homens viraram de lado para ver com quem se casaram, tudo está pronto para recomeçar. Por que devo ficar preso ao passado pelas palavras de um morto? Por que devo reproduzir tão dolorosamente essas conversas, sem deixar que uma vírgula perdida altere o ritmo de nossas vozes? Eu quero falar com as pessoas nos ônibus e bares e esquecer de tudo. E você, Catherine Tekakwitha, queimando na tenda do tempo, gosta que eu me exponha tão cruelmente? Tenho medo do cheiro da Peste. A ampla cabana em que você ficava de cócoras dia após dia cheirava a Peste. Por que minha pesquisa é tão difícil? Por que não consigo decorar as estatísticas de beisebol como o Primeiro-Ministro? Por que as estatísticas de beisebol têm cheiro de Peste? O que aconteceu com a manhã? Minha escrivaninha fede! 1660 fede! Os indígenas estão morrendo! As trilhas fedem! Estão construindo estradas sobre as trilhas, mas não adianta. Salvem os indígenas! Sirvam a eles o coração dos jesuítas! Capturei a Peste na minha rede de borboletas. Eu só queria comer uma santa, como F. aconselhou. Não sei por que parecia uma ideia tão boa. Eu mal a entendi, mas parecia a única coisa que me restava. Aqui estou eu, usando a pesquisa para cortejar, o único malabarismo que sei fazer, esperando que as estátuas se mexam — e o que acontece? Envenenei o ar, perdi minha ereção. Será porque tropecei na verdade sobre o Canadá? Não quero tropeçar na verdade sobre o Canadá. Os judeus pagaram pela destruição de Jericó? E os franceses, vão aprender a caçar? Há suvenires suficientes nas tendas? Sábios da Cidade, matem-me, pois eu falei demais sobre a Peste. Eu pensava que os indígenas tinham morrido de ferimentos a bala e tratados rompidos. Mais estradas! A floresta fede! Catherine Tekakwitha, tem algo de sinistro na sua fuga da Peste? Devo amar uma mutante? Olha para mim, Catherine Tekakwitha, um homem com um maço de papéis contaminados, aleijado na virilha. Olha para você, Catherine Tekakwitha, com a metade do rosto comida, impossibilitada de sair ao sol por causa das feridas nos olhos. Será que eu não deveria estar caçando alguém de uma era anterior? Disciplina, como disse F. Não deve ser fácil. E mesmo que eu soubesse onde minha pesquisa ia dar, qual seria o perigo? Confesso que não sei mais a razão de nada. Dê um passo para o lado e tudo será absurdo. O que é trepar com uma santa morta? É impossível. Todos nós sabemos disso. Vou publicar um artigo sobre Catherine Tekakwitha e pronto. Vou me casar de novo. O Museu Nacional precisa de mim. Já passei por muita coisa, serei um ótimo palestrante. Se eu usar os ditos de F. como se fossem meus, serei um gênio, um gênio místico. Ele me deve isso. Doarei sua coleção de sabonetes para as estudantes, uma barra por vez, bocetas de limão, bocetas de pinho, serei um mestre na mistura de fluidos. Me candidatarei ao Parlamento, como F. Praticarei o sotaque esquimó. Conquistarei as mulheres dos outros. Edith! Seu corpo adorável volta a me cercar, o andar equilibrado, os olhos egoístas (ou não eram?). Ah, ela não fede a Peste. Por favor, não me faça lembrar de suas partes. Seu umbigo era uma pequena espiral, quase escondida. Se a brisa necessária para mover as pétalas de uma rosa se tornasse carne, seria como seu umbigo. Em diferentes ocasiões ela o cobriu com azeite, sêmen, perfume de trinta e cinco dólares, uma pedra, arroz, urina, pedaços de unha de um homem, lágrimas de outro homem, cuspe, um dedal de água de chuva. Preciso lembrar dessas ocasiões.

AZEITE: Várias vezes. Ela mantinha uma garrafa de azeite de oliva ao lado da cama. Eu sempre achava que ia atrair moscas.

SÊMEN: Do F. também? Eu não suportaria. Ela me fez botar ali. Queria ver minha masturbação pela última vez. Como eu podia dizer a ela que foi o gozo mais intenso da minha vida?

ARROZ: Arroz cru. Ela mantinha um grão ali a semana inteira, dizendo que iria cozinhá-lo.

URINA: Não fique com vergonha, ela disse.

UNHAS: Ela disse que os judeus ortodoxos enterravam seus restos de unhas cortadas. Fico meio inquieto quando lembro disso. É justamente o tipo de observação que F. teria feito. Será que ela tirou dele essa ideia?

LÁGRIMAS DE HOMEM: Um curioso incidente. Estávamos tomando sol na praia de Old Orchard, no Maine. Um completo estranho num calção de banho azul se atirou sobre a barriga dela chorando. Puxei-o pelo cabelo para tirá-lo dali. Ela bateu na minha mão com força. Olhei em volta; ninguém tinha reparado, então me senti um pouco melhor com a situação. Cronometrei: ele chorou por cinco minutos. Havia milhares de pessoas esparramadas pela praia. Por que ele tinha de escolher a nós? Eu sorria que nem um estúpido pras pessoas que passavam, como se aquele maluco fosse um cunhado de luto. Ninguém parecia reparar. Ele usava um desses calções de banho baratos, de lã, que não favorecem muito o saco. Ele chorava baixinho, com a mão direita de Edith em sua nuca. Isso não está acontecendo, eu tentava acreditar, Edith não é uma puta da areia. De repente ele se apoiou num joelho, meio desajeitado, levantou-se e saiu correndo. Edith ficou olhando para ele por um tempo, depois virou-se para me explicar. Ele é um A——, sussurrou. Impossível! Eu gritei, furioso. Tenho todos os A——s vivos documentados! Você está mentindo, Edith! Você adorou senti-lo babando no seu umbigo. Admita! Talvez você tenha razão. Talvez ele não fosse um A——. Era uma possibilidade que eu não podia tolerar. Passei o resto do dia patrulhando quilômetros de praia, mas ele tinha sumido, com o nariz escorrendo.

CUSPE: Não sei por quê. Na verdade, não me lembro da ocasião. Será que foi imaginação minha?

ÁGUA DA CHUVA: Ela enfiou na cabeça que estava chovendo às duas da manhã. Não dava pra saber por causa do estado da janela. Peguei um dedal e fui averiguar. Ela apreciou o favor.

Sem dúvida ela acreditava que seu umbigo fosse um órgão sensorial, ou mais que isso, uma bolsa que guardava o que fosse preciso para seu sistema pessoal de vodu. Várias vezes ela me segurou ali com força, contando histórias durante a noite. Por que eu nunca ficava confortável? Por que eu sempre ouvia a ventilação e o elevador?

13.

Dias de folga. Por que essa lista me deprime tanto? Eu nunca deveria ter feito essa lista. Fiz uma maldade com sua barriga, Edith. Tentei usá-la. Tentei usar sua barriga contra a Peste. Tentei ser um cara num quarto fechado a cadeado, que conta uma história bonita e obscena para a eternidade. Tentei ser um mestre de cerimônias animando um grupo de casais em lua de mel, com a cama cheia de esposas preteridas pela sinuca. Esqueci que eu estava desesperado. Esqueci que comecei essa pesquisa por desespero. Minha pasta me enganou. Minhas anotações ordenadas me deixaram perdido. Achei que estivesse fazendo uma obra. Os velhos livros de P. Cholenec sobre Catherine Tekakwitha, os manuscritos de M. Remy, *Miracles faits en sa paroisse par l'intercession de la B. Cath. Tekakwith*, 1696, dos arquivos do Collège Sainte-Marie — as evidências me fizeram achar que eu dominava o assunto. Comecei fazendo planos como uma aula de graduação. Esqueci quem eu era. Esqueci que nunca aprendi a tocar gaita. Esqueci que desisti do violão porque a corda em fá fazia meus dedos sangrarem. Esqueci das meias que endureceram com meu sêmen. Tentei me afastar da Peste remando numa gôndola, jovem tenor a ser descoberto por um turista caçador de talentos. Esqueci dos potes que Edith me pedia para abrir e eu não conseguia. Esqueci como Edith morreu e como F. morreu, limpando a bunda com a cortina. Esqueci que eu só tinha mais uma chance. Achei que Edith fosse ficar para sempre num catálogo. Achei que eu fosse um cidadão, um indivíduo, utilizador dos serviços públicos. Esqueci a prisão de ventre! A prisão de ventre não me deixa esquecer. Prisão de ventre que surgiu desde que fiz a lista. Cinco dias arruinados na primeira meia hora. Por que eu? — a grande reclamação dos que estão com o intestino preso. Por que o mundo não me ajuda? O homem solitário sentado numa máquina de porcelana. O que fiz de errado ontem? Que margem inatingível da minha psique precisa se aliviar? Como posso começar qualquer coisa com o dia de ontem inteiro dentro de mim? O sujeito que odeia a história sentado no vaso imaculado. Como provar que o corpo está do meu lado? Será que o estômago é meu inimigo? O perdedor crônico nas roletas matutinas planeja seu suicídio: saltar no St. Lawrence com o peso dos intestinos entupidos. O que há de bom nos filmes? Estou muito estufado para música. Sou invisível se não deixar pistas diárias. A comida velha é um veneno, e os sacos começam a vazar. Liberte-me! Exausto Houdini! Perdeu a mágica habitual! O homem agachado negocia com Deus, submetendo listas e listas de resoluções de Ano-Novo.

Comerei apenas alface. Dai-me diarreia se eu tiver de ter alguma coisa. Deixai-me ajudar as flores e os besouros que se alimentam de fezes. Aceitai-me como sócio do mundo. Não tenho visto o sol se pôr, então para quem ele queima? Vou perder o trem. Minha parcela na obra do mundo não será feita, vou logo avisando. Se o esfíncter deve ser moeda, que seja chinesa. Por que eu? Contra vós, usarei a ciência. Tomarei um bombardeio de comprimidos. Desculpai-me, desculpai-me, não torneis tudo mais difícil. Nada ajuda, é isso o que desejais que eu aprenda? O homem se espremendo com força, pousado num círculo, prepara-se para abandonar todos os sistemas. Podei levar a esperança, as catedrais, o rádio, minha pesquisa. É difícil renunciar a essas coisas, mas é ainda mais difícil renunciar a uma descarga de merda. Sim, sim, abandonarei até mesmo o sistema da renúncia. No tribunal ladrilhado da manhã, um homem dobrado tenta mil juramentos. Deixai-me testemunhar! Deixai-me provar a Ordem! Deixai-me lançar uma sombra! Por favor, deixai-me vazio, pois se estiver vazio posso receber, e se puder receber, significa que algo vem de fora de mim, e se vem de fora de mim não ficarei sozinho! Não aguento essa solidão. É solidão, acima de tudo. Não quero ser uma estrela que meramente se apaga. Por favor, deixai-me a fome, e assim não precisarei ser o centro morto, assim conseguirei reconhecer as árvores uma a uma, assim ficarei curioso sobre os nomes dos rios, a altitude das montanhas, as diferentes pronúncias de Tekakwitha, Tegahouita, Tegahkouita, Tehgakwita, Tekakouita, ó, quero me fascinar pelos fenômenos! Não quero viver para dentro. Renovai minha vida. Como posso existir como o recipiente do massacre de ontem? Será que a carne está me punindo? Haverá manadas selvagens pensando mal de mim? Assassinato na cozinha! Fazendas de Dachau! Estamos criando seres para serem comidos! Será que Deus ama o mundo? Que sistema mais monstruoso de alimentação! Todos nós, tribos animais, em guerra eterna! O que ganhamos com isso? Humanos, os nazistas da dieta! A morte no centro da nutrição! Quem vai se desculpar com as vacas? Não é nossa culpa, não fomos nós que planejamos tudo isso. Estes rins são rins. Isto não é galinha, isto é uma galinha. Pense nos campos de extermínio nos porões de um hotel. Sangue nos travesseiros! Matéria empalada nas escovas de dentes! Todos os animais comendo, não por prazer, não por dinheiro, não por poder, mas meramente para existir. E isso para o Prazer eterno de quem? Amanhã começarei o jejum. Desisto. Mas não posso desistir com o estômago cheio. Fazer jejum Vos agrada ou ofende? Deveis interpretar isso como orgulho ou covardia. Meu banheiro vai ficar na cabeça para sempre. Edith mantinha-o bem limpo, já eu tenho sido menos cuidadoso. É justo pedir ao condenado que esfregue a cadeira elétrica? Estou usando só jornais velhos, comprarei papel higiênico quando merecer. Prometi dar mais atenção à privada, e desentupi-la, se ela for boa comigo. Mas por que preciso me humilhar agora? Não se limpa as janelas num acidente de carro. Quando meu corpo der a largada, as outras rotinas vão voltar, prometo-vos! Socorro! Dai-me uma pista. A não ser pelas primeiras meias horas de fracasso, faz cinco dias que não consigo entrar no banheiro. Meus dentes e cabelos estão sujos. Não consigo começar a me barbear, ou a tirar sarro de mim mesmo com um pouco de barba. Eu iria feder numa autópsia. Ninguém gostaria de me comer, garanto. Como é lá fora? Existe um lá fora? Sou o entupido, morto, impermeável museu do meu apetite. Esta é a brutal solidão da prisão de ventre, é assim que o mundo se perde. Fico tentado a arriscar tudo num rio, pelado diante de Catherine Tekakwitha, sem a garantia de recompensas.

14.

Entremos no mundo dos nomes. De todas as leis que nos ligam ao passado, a nomeação das coisas é a mais relevante, disse F. Se onde me sento é a poltrona do meu avô, e por onde olho é a janela do meu avô — então estou mergulhado no universo de meu avô. F. disse: Nomes preservam a dignidade da Aparência. A Ciência começou nomeando as coisas sem cuidado, num desejo de ignorar o desenho e destino particulares de cada forma de vida vermelha, chamando a todas de Rosa, disse F. Para um olhar mais bruto, impaciente, *todas* as flores se parecem, como os negros e os chineses. F. nunca se calava. Sua voz entrava em meu ouvido como uma mosca numa armadilha, zunindo sem parar. Seu estilo me colonizava. Deixou-me em testamento seu quarto no Centro, a fábrica que havia comprado, sua casa na árvore, a coleção de sabonetes e seus escritos. E eu não estou gostando do jato do meu mijo. Tenho de cuidar de mim mesmo. É coisa demais, F.! Desse jeito minhas orelhas vão ficar transparentes. Por que de repente eu sinto sua falta tão intensamente, F.? Tem alguns restaurantes em que eu nem entro mais. É necessário que eu seja seu monumento? Nós éramos amigos, afinal? Lembro o dia em que você finalmente comprou a fábrica, oitocentos mil dólares, e eu caminhei com você sobre aqueles pisos de madeira irregulares que você tanto varreu quando menino. Acho que você estava chorando. Era noite alta e metade das luzes estava apagada. Andamos entre fileiras de máquinas de costura, mesas de molde, passadoras de pressão inertes. Não existe nada mais silencioso que uma fábrica parada. De vez em quando a gente chutava um monte de cabides, ou balançava uma arara, onde eles ficavam pendurados como arames em videiras, e ressoava um tilintar curioso que parecia vir de uma centena de homens entediados mexendo nos bolsos, um som estranhamente violento, como se os homens estivessem no meio das sombras grotescas das máquinas abandonadas, homens esperando o salário, brutamontes aguardando um sinal para se rebelar contra a ordem de F. para fechar a fábrica. Eu estava vagamente assustado. Fábricas, como parques, são espaços públicos, e era uma ofensa para o ideal democrático ver F. tão profundamente comovido com sua propriedade. F. pegou um ferro de passar velho e pesado que estava conectado a uma base de metal por uma mola grossa. Ficou brincando com aquilo, deixando-o cair da mesa, rindo enquanto o ferro subia e descia como um perigoso iôiô, projetando rabiscos de sombras nas paredes, como se fosse o apagador selvagem de um quadro-negro. De repente F. apertou um botão, as luzes foram surgindo, e o sistema central começou a funcionar, dando vida às máquinas de costura. F. passou a rezar. Ele adorava falar contra um fundo de ruído mecânico.

— Larry! — ele gritava, arrumando os bancos vazios. — Larry! Ben! Dave! Sei que vocês podem me ouvir! Ben! Não me esqueci do seu problema nas costas! Sol! Fiz aquilo que eu tinha prometido! Minha pequena Margerie! Você pode comer seus chinelos velhos agora! Judeus, judeus, judeus! Obrigado!

— F., isso é revoltante.

— Toda geração tem de agradecer a seus judeus — F. disse, saindo de perto de mim. — E aos indígenas. Deveríamos agradecer aos indígenas pela construção de nossas pontes e arranha-céus. O mundo é feito de raças, é melhor que você aprenda isso, meu caro. As pessoas são diferentes! As rosas são diferentes entre si! Larry! Sou eu, F., garoto gói, em cujo cabelo loiro você gostava de mexer. Fiz o que eu tinha prometido a você no depósito escuro, tantas tardes atrás. É minha! É nossa! Estou dançando nos retalhos! Transformei tudo num playground! Estou aqui com um amigo!

Quando se acalmou, F. pegou minha mão e me levou ao depósito. Grandes carretéis vazios e cilindros de papelão lançavam suas sombras precisas na meia-luz, colunas de um templo. Ainda sentia-se no ar um respeitável e animalesco cheiro de lã. Uma camada de óleo parecia se formar no meu nariz. De volta ao piso da fábrica, a central elétrica ainda ligada, as máquinas de costura continuavam funcionando, sem agulhas. F. e eu estávamos bem próximos.

— Então você acha que eu sou um canalha — disse F.

— Eu nunca imaginei que você fosse capaz de um sentimentalismo tão barato. Falar com pequenos fantasmas de judeus!

— Eu estava brincando, como eu tinha prometido uma vez.

— Você estava babando.

— Não é um lugar lindo? Não é tranquilo aqui? Estamos no futuro. Logo os homens ricos vão construir lugares como este em suas propriedades para visitá-los à meia-noite. A história já mostrou que os homens adoram pensar e vagar e fazer amor em lugares que antes foram o palco de tanta atividade violenta.

— O que você vai fazer com esse lugar?

— Visitar, de vez em quando. Limpá-lo um pouco. Foder em cima das mesas reluzentes. Brincar com as máquinas.

— Você poderia ter ficado milionário. Os cadernos de economia comentavam o brilhantismo de suas maquinações. Mas devo confessar que esse seu golpe me parece mais um monte de merda que você juntou à enorme pilha que foi depositando ao longo dos anos.

— Vaidade! — gritou F. — Eu precisava saber se era capaz de fazer isso. Eu precisava saber se havia algum consolo aqui. Apesar de tudo o que eu sabia! Larry não esperava isso de mim, eu não tinha essa obrigação. Minha promessa de infância foi um álibi! *Por favor, não deixe que esta noite altere qualquer coisa que eu tenha dito a você.*

— Não chore, F.

— Perdão. Eu queria saborear a vingança. Eu queria ser um americano. Eu queria juntar as pontas soltas fazendo uma visita. Não era o que Larry esperava.

Meu braço bateu num cabideiro quando enlacei os ombros de F. O barulho de moedas não foi tão alto dessa vez — a sala em que estávamos era menor, e ainda havia o ruído das máquinas em funcionamento. Os brutamontes recuaram e nós ficamos ali, num abraço desamparado.

15.

Catherine Tekakwitha nas sombras da casa comprida. Edith agachada no quarto abafado, coberta de graxa. F. varrendo sua nova fábrica. Catherine Tekakwitha não pode sair ao ar livre com o sol a pino. Nas poucas vezes em que sai, precisa se enrolar num cobertor, múmia desajeitada. E assim ela passa a infância, longe da luz e do som da caça, testemunhando o fastio dos índios que só comem e trepam, com a imagem de Maria vibrando na cabeça mais que todos os instrumentos de dança, fugidia como o cervo de que ouvira falar. Que vozes ela ouvia, mais altas que os grunhidos, mais doces que os roncos? Como devia conhecer bem as regras do solo. Não sabia como o caçador cercava sua presa, mas sabia como ele se deitava com a barriga cheia e depois arrotava fazendo amor. Ela via todas as preparações e os resultados, sem a perspectiva de uma montanha ao fundo. Via a cópula sem ouvir as canções murmuradas na floresta e os pequenos presentes feitos de ervas. Confrontada com esse assalto de maquinaria humana, ela deve ter desenvolvido noções elaboradas e brilhantes do paraíso — e um ódio pela merda terrena. Mas ainda é um mistério como alguém perde o mundo. *Dumque crescebat aetate, crescebat et prudentia*,*

---

* Do latim, "À medida que ela crescia, aumentava sua prudência".

diz P. Cholenec em 1715. É sofrimento? Por que sua visão não era rabelaisiana? Tekakwitha foi o nome que lhe deram, mas não se sabe o sentido exato dele. Aquela que punha as coisas em ordem, é a interpretação do abade Marcoux, antigo missionário de Caughnawaga. Para o abade Cuoq, indianista sulpiciano: *Celle qui s'avance, qui meut quelque chose devant elle*. Alguém que anda nas sombras, com os braços erguidos à frente, é o palpite de P. Lecompte. Digamos que seu nome seja uma combinação dessas duas noções: Aquela que, avançando, arruma as sombras com cuidado. Talvez eu me aproxime de você do mesmo jeito, Catherine Tekakwitha. Um tio bondoso que adota uma órfã. Depois da peste, a aldeia inteira se deslocou quase dois quilômetros rio Mohawk acima, perto do encontro com o rio Auries. O lugar era chamado Gandaouagué, nome também conhecido de outras maneiras, Gandawagué, palavra em hurão usada por missionários para designar correntezas ou cascatas, Gahnawagué, no dialeto mohawk, Kaknawaké, que evoluiu para o atual Caughnawaga. Vou fazendo o que posso. Aqui ela morou com o tio, a esposa e as irmãs dele, na casa comprida que ele construiu, uma das principais cabanas da aldeia. As mulheres iroquesas é que faziam o trabalho pesado. Os caçadores não carregavam a presa. Faziam uma incisão na barriga do animal, pegavam as entranhas, e, dançando no caminho de casa, espalhavam as tripas aqui e ali, deixando restos pendurados em galhos ou espetados num arbusto. Matei, anunciavam para suas mulheres. E elas tinham de entrar na floresta e seguir os rastros deixados até encontrar o bicho, tendo como único prêmio levá-lo para o marido, que a essa altura dormia ao lado do fogo, com o estômago roncando. As mulheres faziam quase todas as tarefas desagradáveis. Guerra, caça e pesca eram as únicas atividades que os homens consideravam dignas. O resto do tempo eles fumavam, batiam papo, jogavam, comiam e dormiam. Catherine Tekakwitha gostava de trabalhar. As outras garotas corriam com as tarefas para terem tempo de dançar, flertar, pentear os cabelos, pintar o rosto, botar brincos e enfeitar-se com porcelana colorida. Usavam peles suntuosas, calças de malha bordadas e enfeitadas com contas e cerdas de porco-espinho. Lindas! Por que não posso amar uma delas? Será que Catherine consegue ouvi-las dançando? Ah, eu poderia me apaixonar por uma dessas dançarinas. Não quero perturbar Catherine, trabalhando na casa comprida, com o som abafado dos pés saltitantes formando círculos perfeitos de fogo em seu coração. As garotas não pensam muito no amanhã, mas Catherine junta os dias num colar de contas, unidas pelas sombras. Suas tias insistem. Veja esta pulseira, experimente-a, querida, por que você não pinta esse rosto abatido? Ela era muito jovem e se deixava adornar, mas nunca se perdoava. Vinte anos depois, iria chorar pelo que considerava um de seus maiores pecados. No que estou me tornando? É este o tipo de mulher que quero ser? Depois de um tempo, suas tias pararam de pressioná-la e ela se voltou totalmente ao trabalho, moendo, tirando água do poço, juntando lenha, preparando as peles para o comércio — tudo feito com a mais notável boa vontade. "*Douce, patiente, chaste et innocente*", diz P. Chauchetière. "*Sage comme une fille française bien élevée*", continua. Como uma francesinha bem-educada! Ó Igreja Sinistra! F., era isso o que você queria para mim? Este é meu castigo por não ter me besuntado com Edith? Ela me esperando toda coberta de graxa vermelha, e eu só pensava na minha camisa branca. Desde então apliquei o tubo em mim, só por curiosidade, uma coluna brilhosa, tão inútil quanto a Acrópole de F. naquela manhã. Agora leio que Catherine Tekakwitha tinha grande talento para trabalhos manuais, e que ela bordava belas calças de malha, bolsas de tabaco, moçassins e contas de búzios. Gastava todo seu tempo nisso, sempre às voltas com raízes e escamas de enguias, conchas, porcelana, penas. Para que todos usassem, menos ela! Quem sua mente adornava? Suas contas de búzios eram especialmente procuradas. Era assim que ela zombava do dinheiro? Talvez seu desprezo a libertasse para criar desenhos elaborados e arranjos coloridos, assim como o desprezo de F. pelo comércio o levou a comprar uma fábrica. Ou será que interpreto mal a ambos? Estou cansado dos fatos, cansado das especulações, quero ser consumido pelo desvario. Quero deixar-me levar. Agora não me importa o que acontece sob suas mantas. Quero ser coberto por beijos sem direção. Quero que meus textos sejam elogiados. Por que meu trabalho é tão solitário? Já passa da meia-noite e o elevador está parado. O linóleo é novo e as torneiras não ficam pingando, graças à intervenção de F. Eu quero todos os gozos que não pedi. Quero uma nova carreira. O que fiz com Edith, que nem mesmo seu fantasma aparece para me dar uma ereção? Detesto este apartamento. Por que o redecorei? Achei que a mesa ficaria bem pintada de amarelo. Ó Deus, por favor, me aterrorize. Por que os dois que me amaram não têm poder nenhum esta noite? O umbigo inútil. Mesmo o horror final de F. não tem mais sentido. Será que está chovendo? Quero as experiências de F., sua extravagância emocional. Não recordo de nada do que ele disse. Só consigo lembrar do modo como usava o lenço, que sempre dobrava meticulosamente para esconder a meleca do nariz, seus espirros estridentes e o prazer que tinha com eles. Estridentes e metálicos, instrumentais, sem dúvida, um estalo lateral no crânio, e então um olhar de surpresa, como se tivesse recebido um presente inesperado, e o levantar de sobrancelhas, que dizia: Olha só. As pessoas espirram, F., é só isso, não tente fazer disso um milagre, você me deprime, é deprimente esse seu hábito de adorar os espirros e de comer maçãs como se fossem mais suculentas para você e de ser sempre o primeiro a dizer quão bom é um filme. Você deprime as pessoas. Nós também gostamos de maçãs. Detesto pensar nas coisas que você disse a Edith, que provavelmente soaram como se o corpo dela fosse o primeiro que você tocou. Ela ficou encantada? Seus mamilos novos em folha. Vocês dois estão mortos. Nunca olhe demais para um copo de leite vazio. Não gosto do que está acontecendo com a arquitetura de Montréal. O que aconteceu com as cabanas? Gostaria de denunciar a Igreja. Eu acuso a Igreja Católica Romana de Québec de arruinar minha vida sexual e de espremer meu membro num relicário destinado a um dedo, eu acuso a I.C.R. de Q. de me fazer cometer atos libidinosos e horríveis com F., outra vítima do sistema, eu acuso a Igreja de matar indígenas, eu acuso a Igreja de não permitir que Edith trepasse comigo como devia, eu acuso a Igreja de cobrir Edith com graxa vermelha e de privar Catherine Tekakwitha da graxa vermelha, eu acuso a Igreja de assombrar automóveis e de provocar espinhas, eu acuso a Igreja de construir banheiros verdes para masturbação, eu acuso a Igreja de destruir as danças mohawk e de não compilar as canções folclóricas, eu acuso a Igreja de roubar meu bronzeado e de promover a caspa, eu acuso a Igreja de mandar pessoas com pés sujos aos bondes para que tramem contra a Ciência, eu acuso a Igreja pela circuncisão feminina no Canadá francês.

16.

Era um dia bonito no Canadá, um tocante dia de verão; tão breve, tão breve. Era 1664, o sol forte, as libélulas às voltas com o barulho dos remos, porcos-espinhos dormindo com seus focinhos róseos, garotas com tranças negras na pradaria colhendo ervas para um buquê aromático, cervos e jovens guerreiros cheirando o pinho no vento, sonhando com a sorte, dois meninos lutando ao lado da paliçada, num agarra-agarra. O mundo já tinha dois milhões de anos, mas as montanhas do Canadá eram ainda novas. Pombas estranhas sobrevoavam Gandaouagué.

— Buá — chorava o coração de oito anos.

O Coração ouvia, o Coração que não era nem novo nem velho, que desafiava qualquer descrição, e Thomas cantava para todas as crianças, *Facient quod in se est, Deus non denegat gratiam.*

— Brilhem no caminho,
Cerdas de porco-espinho;
Como a chuva nas cabanas
Contas de porcelana;
Guirlanda permanente

E um colar de dentes — cantavam as Tias, enquanto vestiam as crianças para o casamento singelo, de acordo com seus costumes, pois os iroqueses casam suas crianças.

— Não, não — lamentava um coração na aldeia.

Pombas estranhas sobrevoavam Gandaouagué.

— Ó, vá até ele, Catherine, ele é um homenzinho forte! — assopravam as Tias.

— Ha, ha — ria o garoto parrudo.

De repente parou de rir, o menino estava assustado, e não era um medo que ele conhecesse, não era o medo de ser chicoteado ou de perder o jogo, mas o daquela vez, quando um Feiticeiro morreu...

— O que aconteceu com eles? — perguntavam os familiares de cada um, preocupados em assegurar uma união vantajosa entre si.

— Rrru, rru — cantavam as pombas que circulavam por ali.

Guirlanda eterna, este colar de dentes, a canção das Tias feria seu coração com flechas, Não, não, ela chorava, isso é errado, isso é errado, e seus olhos rolavam para dentro da cabeça. Como ela deve ter parecido estranha ao pequeno selvagem, com seu rosto em transe, com sua intensidade, pois ele fugiu correndo.

— Não vamos nos preocupar — concordaram as Tias. — Logo ela estará mais velha e virão os fluidos, pois mesmo as mulheres algonquinas são humanas! — brincavam. — E aí não teremos problemas!

E assim a criança voltou à vida de obediência, trabalho pesado e timidez agradável, uma fonte de prazer para todos que a conheciam. As Tias não tinham motivo para suspeitar que aquela órfã não seguiria a tradição dos iroqueses. Assim que ela deixou de ser criança, as Tias conspiraram mais uma vez.

— Vamos preparar uma armadilha para a Tímida. Não vamos contar nada para ela!

A noite estava ótima para a cerimônia simples, que consiste no seguinte: um jovem entra na cabana da noiva, senta-se ao lado dela e recebe uma oferenda de comida. Assim se completava o ritual: os envolvidos não eram consultados, tudo se decidia por um acordo entre as respectivas famílias.

— Pode ficar tranquila, Catherine, todas as tarefas já foram feitas, querida, não precisamos mais de água — diziam as Tias, piscando o olho.

— Como está frio hoje à noite, Tias.

A lua de outono flutuava sobre o Canadá indígena, e o pássaro de três assobios, de cima dos galhos negros, soltava sua canção como flechas a esmo. Tchú! Chirú! Jurú! Uma mulher passava o pente de madeira por seu cabelo grosso, mecha por mecha, enquanto murmurava frases de um monótono canto fúnebre.

— ... venha comigo, sente-se ao meu lado na montanha...

O mundo se aproximou das pequenas fogueiras e panelas de sopa. Um peixe saltou para fora do rio Mohawk e ficou no ar, sobre a espuma, e continuou no ar mesmo depois que a espuma se desfez.

— Olha quem está aqui!

Os ombros largos de um jovem caçador cobriram a entrada da porta. Catherine levantou os olhos do colar que fazia, enrubesceu, e voltou ao trabalho. Um sorriso se esboçou nos lábios sensuais do belo guerreiro. Ele lambeu os beiços com uma língua longa e vermelha, sentindo os restos da carne que havia caçado e acabara de comer. Que língua!, impressionaram-se as Tias, apertando os nós dos dedos entre as pernas, debaixo do tricô. O sangue correu para as partes baixas do rapaz. Meteu a mão sob o couro e segurou com vigor o membro, grosso como o pescoço de um cisne. Ali estava ele, esperando! Foi como um gato até ela, que, agachada, tremia, tentando encaixar as conchinhas, e sentou-se ao seu lado, alongando de propósito o corpo, de forma a exibir suas coxas e sua bunda dura.

— He he — disse uma Tia.

Um peixe estranho pairava sobre o rio Mohawk, luminoso. De repente, e pela primeira vez, Catherine Tekakwitha soube que vivia num corpo, um corpo de mulher! Sentiu a presença de suas coxas e soube que elas podiam apertar, sentiu a afloração dos mamilos, sentiu a barriga comprimida até o vazio, a solidão de suas nádegas, a dor na entrada de sua xaninha, uma urgência de se abrir, e sentiu a existência de cada pelo pubiano, que eram poucos e tão curtos que sequer se curvavam! Ela vivia num corpo, um corpo de mulher, e ele funcionava! Estava molhada.

— Aposto que ele está faminto — disse outra Tia.

Tão brilhante!, o peixe que pulava no rio. Sentiu de antemão o anel dos braços fortes e marrons daquele caçador, os anéis que ele forçaria nos lábios da xana, os anéis de seus peitos espremidos sob o peso dele, o anel de sua mordida no ombro dele, o anel dos lábios de sua boca no afã dos beijos!

— Sim, estou louco de fome.

Os anéis eram feitos de chicotes e tiras de couro com nós nas pontas. Eles a apertavam, eles a estrangulavam, eles rasgavam sua pele, eram garrotes de presas e caninos. Suas tetas sangravam. Ela toda sangrava. Os anéis do amor se fechavam como uma forca, espremendo, esfolando, cortando. Os pelos se enroscavam em nós. Agonia! Um anel de fogo atacou sua xana e a arrancou de seu corpo como a tampa de uma lata. Ela vivia num corpo de mulher — mas esse corpo não era dela! E ela não podia oferecê-lo! Numa decisão repentina, lançou sua xana para sempre na escuridão da noite. Não poderia oferecê-la ao belo rapaz, ainda que os braços dele fossem fortes e a magia da floresta considerável. Assim que renunciou à carne, teve a noção clara da inocência dele, compreendeu claramente a beleza dos rostos ao redor das fogueiras crepitantes da aldeia. Ah, a dor diminuiu, a carne torturada que afinal não era sua foi cicatrizada pela liberdade, e uma nova percepção de si mesma, tão brutalmente conquistada, se infiltrou em seu coração: ela era Virgem.

— Traga comida para seu homem — ordenou ferozmente uma Tia bonita.

A cerimônia não podia se consumar, a mágica ancestral não podia ser honrada! Catherine Tekakwitha se levantou. O caçador sorriu, as Tias sorriram, Catherine Tekakwitha sorriu tristemente, o caçador pensou que fosse um sorriso de timidez, as Tias pensaram que fosse um sorriso de timidez, o caçador pensou que as Tias sorriam com vontade, as Tias pensavam que o caçador sorria com vontade, o caçador chegou a pensar que o pequeno rasgo na ponta de seu pau sorria, e talvez até Catherine Tekakwitha pensasse que sua boceta sorria dentro de sua velha nova casa. O peixe luminoso e estranho sorriu.

— Nhac, nhac, nham — falou o caçador, num murmúrio desarticulado.

Catherine Tekakwitha fugiu daquele pelotão agachado e faminto. Correu pelas fogueiras, passou pelos ossos, excrementos, atravessou a porta, cruzou a paliçada, abriu caminho pela fumaça da aldeia, meteu-se por baixo dos arcos das bétulas, e parou, pálida, sob a luz da lua.

— Atrás dela!
— Não deixe ela fugir!

— Foda com ela na floresta!
— Dê uma metida por mim!
— Uh uh uh!
— Chupa a boceta dela!
— Vai fundo!
— Põe atrás por mim!
— Hasteie a bandeira na cara dela!
— Traga ela de volta!
— Depressa!
— A Tímida está fugindo!
— Bota no rabo dela!
— Ela tá precisando!
— Chú! Chirú! Jirú!
— Serviço completo!
— Vai no sovaco!
— ... ande comigo, sente-se ao meu lado na montanha...
— Arf! Arf!
— Faça esse favor pra ela!
— Meta nela até explodirem as espinhas!
— Coma ela!
— *Deus non denegat gratiam*!
— Mija nela!
— Volta!
— Puta algonquina!
— Francesinha metida!
— Caga na orelha dela!
— Faça ela pedir arrego!
— Daquele jeito!

O caçador entrou na floresta. Não teria dificuldade em achá-la, a Tímida, Aquela Que Manca. Ele já perseguira gazelas mais espertas que ela. Conhecia todas as trilhas. Mas onde ela estava? Continuou avançando. Conhecia uma centena de recantos aconchegantes, camas de folhas de pinheiro, leitos de musgo. Pisou num graveto e o quebrou, pela primeira vez na vida! Essa foda estava saindo muito cara. Onde está você? Eu não vou te machucar. Um galho o atingiu no rosto.

— Ha ha — o vento carregava as vozes da aldeia.

No rio Mohawk, um peixe flutuava num halo de neblina dourada, um peixe esperando ser capturado pelas redes e devorado num festim, um peixe sorridente e luminoso.

— *Deus non denegat gratiam.*

Quando Catherine Tekakwitha voltou para casa na manhã seguinte, foi castigada pelas Tias. O jovem caçador havia retornado algumas horas antes, humilhado. Sua família estava furiosa.

— Algonquina desgraçada! Tome isso! E isso!

— Pá! Tum!

— Você agora vai dormir junto com a merda!

— Você não faz mais parte da família, você agora é só uma escrava!

— Sua mãe não valia nada!

— Você vai fazer o que a gente mandar! Póf!

Catherine Tekakwitha sorria beatificamente. Não era seu corpo que estava sendo chutado, nem era em sua barriga que as velhas pulavam com os mocassins que ela havia adornado. Ela olhava pelo buraco de onde saía a fumaça enquanto era torturada. Como ressaltou P. Lecompte, *Dieu lui avait donné une âme que Tertullien dirait "naturellement chrétienne"*.

17.

Ó Senhor, Vossa Manhã é Perfeita. As Pessoas Estão Vivas Em Vosso Mundo. Posso Ouvir As Criancinhas No Elevador. O Avião Voa No Azul Do Primeiro Céu. Bocas Mastigam O Café Da Manhã. O Rádio Está Alimentado Pela Eletricidade. As Árvores São Excelentes. Vós Ouvis As Vozes Dos Infiéis

Cobertos De Piche Na Ponte Dos Rebites. Recebi Vosso Espírito Na Cozinha. O Despertador Foi Também Vossa Ideia. O Governo É Fraco. Os Mortos Não Precisam Esperar. Vós Compreendeis Porque Alguém Precisa Beber Sangue. Ó Senhor, Esta É Vossa Manhã. Até Dos Trompetes Feitos de Fêmur Humano Sai Música. O Congelador Será Perdoado. Não Consigo Pensar Em Nada Que Não Seja Vosso. Os Hospitais Estão Cheios De Gavetas Com Cânceres Que Não Lhes Pertencem. Nas Águas Mesozoicas Abundam Répteis Marinhos Que Parecem Eternos. Vós Conheceis Os Pormenores do Canguru. A Praça Ville Marie Cresce E Diminui Como Uma Flor Em Vossos Binóculos. Existem Ovos Antigos No Deserto De Gobi. A Náusea É Um Terremoto Em Vosso Olho. Mesmo O Mundo Tem Um Corpo. Somos Eternamente Vigiados. Em Meio À Violência Molecular A Mesa Amarela Resiste Em Sua Forma. Estou Cercado Por Membros De Vosso Tribunal. Estou Assustado Com A Ideia De Que Minha Oração Vai Despencar Na Minha Mente. Em Algum Lugar A Agonia Dessa Manhã É Explicada. O Jornal Afirma Que Um Embrião Humano Foi Encontrado Embrulhado Num Jornal E Que O Suspeito É Um Médico. Tento Encontrar-Vos Na Cozinha Onde Estou Sentado. Temo Pelo Meu Coração Pequeno. Não Entendo Por Que Meu Braço Não é Uma Árvore Lilás. Estou Assustado Porque A Morte É Vossa Criação. Agora Já Não Acho Que É Minha Função Descrever Vosso Mundo. A Porta Do Banheiro Está Se Abrindo Sozinha E Eu Estou Tremendo De Medo. Ó Senhor, Creio Que Vossa Manhã é Perfeita. Nada Acontecerá Se Não For Por Completo. Ó Senhor, Estou Sozinho Em Meu Desejo Por Minha Formação Mas Deve Haver Um Desejo Maior Em Vós. Sou Uma Criatura Em Vossa Manhã Escrevendo Uma Porção De Palavras Começando Por Maiúsculas. São Sete E Meia Nas Ruínas De Minha Prece. Sento-me Imóvel Em Vossa Manhã Enquanto Os Carros Passam Lá Fora.

Ó Senhor, Se Existem Viagens Flamejantes, Estejais Com Edith Em Sua Ascensão. Estejais Com F. Se Ele Mereceu Sua Agonia. Estejais Com Catherine Que Morreu Há Trezentos Anos. Estejais Conosco Em Nossa Ignorância E Nossas Pobres Doutrinas. Todos Somos Atormentados Por Vossa Glória. Vós Fizestes Com Que Vivêssemos Na Crosta De Uma Estrela. F. Sofreu Muito Em Seus Últimos Dias. Catherine Foi Retalhada De Hora Em Hora Numa Máquina Misteriosa. Edith Gritava De Dor. Estejais Conosco Nesta Manhã De Vosso Tempo. Estejais Conosco Agora, Às Oito. Estejais Comigo Enquanto Perco As Migalhas da Graça. Estejais Comigo Quando A Cozinha Voltar. Por Favor, Estejais Comigo Especialmente Enquanto Procuro Uma Estação De Rádio Que Toque Música Sacra. Estejais Comigo Durante As Fases Do Meu Trabalho Pois Meu Cérebro Parece Ter Sido Chacoalhado E Eu Almejo Produzir Algo Pequeno E Perfeito Que Viverá Em Vossa Manhã Como Uma Estática Curiosa Numa Elegia Presidencial Ou Como Uma Corcunda Nua Se Bronzeando Na Praia Oleosa E Lotada de Gente.

18.

O lado mais original na natureza de um homem é frequentemente o mais desesperado. Assim, novos sistemas são impostos ao mundo por homens que simplesmente não suportam a dor de viver com o que existe. A única coisa que importa aos criadores é que seus sistemas sejam extraordinários. Se Hitler tivesse nascido na Alemanha nazista, não se satisfaria em aproveitar o clima reinante. Se um poeta não publicado reconhece uma de suas metáforas no trabalho de outro autor, isso não é motivo de conforto, pois sua ligação não é com a metáfora ou sua inserção no domínio público, mas sim com a ideia de que ele não está preso ao mundo tal como ele é, de que ele pode fugir do doloroso arranjo das coisas existentes. Jesus provavelmente elaborou seu sistema para que falhasse nas mãos de outros homens, pois esse é o modo como operam os maiores criadores: eles garantem o poder desesperador da própria originalidade ao lançar sistemas num futuro abrasivo. Estas são ideias de F., é claro. Nem acho que ele acreditasse nelas. Gostaria de saber por que ele se interessou tanto por mim. Agora que olho para trás, tenho a impressão de que ele estava me preparando para algo, e de que ele estava pronto para usar qualquer método para me manter histérico. Histeria é minha sala de aula, F. disse certa vez. E a ocasião em que soltou essa frase é interessante. Nós tínhamos ido a uma sessão dupla de cinema e depois fomos nos abarrotar no restaurante grego de um de seus amigos. A jukebox tocava uma canção melancólica, sucesso na parada ateniense. Estava nevando no St. Lawrence Boulevard, e os dois ou três fregueses restantes olhavam para a janela. F. comia azeitonas pretas com desinteresse afetado. Dois garçons tomavam café e logo estariam virando as cadeiras, deixando nossa mesa por último, como de hábito. Se havia um lugar tranquilo no mundo inteiro, era esse. F. bocejava e brincava com os palitos das azeitonas. Ele soltou a frase de repente e eu quis matá-lo. Ao caminharmos pelo halo arco-íris que emanava da neve tingida de neon, ele colocou um livrinho na minha mão.

— Recebi este livro em troca de um favor oral que fiz num amigo restaurateur. É um livro de orações. Você precisa mais dele do que eu.

— Seu mentiroso sujo! — gritei quando chegamos perto do poste de luz e pude ler a capa, ΕΛΛΗΝΟ-ΑΓΓΛΙΚΟΙ ΔΙΑΛΟΓΟΙ. É um dicionário de frases inglês-grego, mal impresso em Salonica!

— Tradução é oração. Uma pessoa se traduz numa criança que pede tudo o que existe na língua que ainda não domina. Estude o livro.

— E o inglês é péssimo, F., você me tortura de propósito.

— Ah — ele exclamou, despreocupadamente, enquanto sentia o aroma da noite —, ah, logo será natal na Índia. Famílias ao redor do curry natalino, canções natalinas entoadas diante do cadáver ardente do Yule, crianças esperando pelos sinos do Bhagavad-Noel.

— Você consegue estragar tudo, né?

— Estude o livro. Procure as orações e orientações nas entrelinhas. Ele irá ensiná-lo a respirar.

— Hunf, hunf.

— Não, não é assim.

19.

Chegou a hora de Edith correr, correr em meio às velhas árvores canadenses. Mas onde se enfiaram as pombas? Onde estão os peixes luminosos e sorridentes? Por que os esconderijos se esconderam? Onde está a Graça hoje? Por que não há doces alimentando a História? Onde está a música em latim?

— Socorro!

Edith corria pela floresta, treze anos de idade, os homens atrás dela. Usava um vestido feito de sacos de farinha. Uma determinada Companhia da Farinha embalava seus produtos em sacos com flores impressas. Há uma menina de treze anos correndo em meio aos pinheiros agudos. Você já viu algo parecido? Siga a jovem jovem bunda, Pau Eterno do Cérebro. Edith me contou essa história, ou parte dela, anos depois, e desde então venho perseguindo seu corpinho através da floresta, devo confessar. Aqui estou eu, um velho acadêmico, enlouquecido por uma dor sem nome, investigador compulsivo das sombras das gônadas. Me perdoe, Edith, pois foi com a vítima de treze anos que eu sempre trepei. Perdoe a si mesmo, F. dizia. A pele de treze anos é muito bonita. Que outro alimento no mundo, a não ser conhaque, é bom depois de treze anos? Os chineses comem ovos podres, mas isso não é consolo. Ó Catherine Tekakwitha, envia as de treze anos pra mim hoje! Não estou curado. Jamais estarei. Não quero escrever essa História. Não quero acasalar Contigo. Não quero ser superficial como F. Não quero ser a maior autoridade canadense nos A——s. Não quero uma nova mesa amarela. Não quero a sabedoria astral. Não quero fazer a Dança do Telefone. Não quero dominar a Peste. Quero as de treze anos na minha vida. O rei Davi da Bíblia tinha uma para aquecer sua cama de moribundo. Por que não deveríamos nos associar a gente bonita? Muito, muito, muito, ah, desejo muito ficar preso a uma vida de treze anos de idade. Eu sei, sei sobre a guerra e a economia. Estou consciente da merda toda. É muito doce sugar a energia de treze anos de idade, e eu sou (ou posso ser) meigo como um beija-flor. Não tenho um beija-flor na alma? Não existe algo atemporal, inefavelmente leve em minha volúpia pairando sobre uma jovem fenda molhada, envolta numa nuvem de cabelos loiros? Não temam, donzelas severas, não tenho o toque de Midas, não congelo nada em ouro. Apenas arranho seus mamilos indefesos enquanto eles crescem e me escapam por entre problemas financeiros. Não transformo nada ao flutuar e sorver sob o primeiro sutiã.

— Socorro!

Quatro homens perseguiam Edith. Ao diabo com eles. Não posso culpá-los. Por trás deles havia a aldeia, com suas famílias e tradições. Estes homens a observaram por anos. Os livros escolares franco-canadenses não ensinam respeito aos indígenas. Parte da mente católica canadense não está segura quanto à vitória da Igreja sobre o poder dos feiticeiros. Não espanta que as florestas de Québec tenham sido mutiladas e vendidas para os Estados Unidos. Árvores mágicas serradas por um crucifixo. Morte às árvores novas. Agridoce é a seiva vaginal de uma garota de treze anos. Ó Língua da Nação! Por que não se manifesta? Não consegue ver o que há por trás dessa propaganda adolescente? É só dinheiro? O que significa exatamente "atrair o mercado adolescente"? Hein? Olhe para todas essas pernas de treze anos no chão, abertas para a tela da TV. É só para vender-lhes cosméticos e cereais? A avenida Madison está lotada de beija-flores querendo beber dessas grutinhas sem pelos. Seduzir, seduzir, é o mantra dos autores de poemas comerciais. A América moribunda quer uma Abishag de treze anos para esquentar sua cama. Homens barbeados querem violá-las e, em vez disso, lhes vendem sapatos de salto alto. Os sucessos sexuais das paradas musicais são compostos por pais que se barbeiam. Ó escritórios de luxúria pedófila do mundo comercial, posso sentir sua angústia lúdica por toda parte! Há uma loira de treze anos no banco de trás de um carro no estacionamento, um dedo do pé na meia de náilon brincando com o cinzeiro no encosto da porta, o outro pé no luxuoso carpete, covinhas nas bochechas e o vestígio de uma acne inocente, a cinta-liga corretamente desconfortável: bem longe vagam a lua e as luzes da polícia: sua calcinha clássica está úmida do baile de formatura. De todo mundo, é ela quem acredita que foder é sagrado, sujo e bonito. E quem é esse que abre caminho por entre os arbustos? É seu professor de química, que sorriu a noite inteira, sabendo que, enquanto ela dançava com o capitão do time de futebol, era com o estofo do *seu* carro que ela sonhava. A piedade nasce sozinha, F. costumava dizer. Muitas noites intermináveis me ensinaram que o professor de química não é um mero piçareta. Ele realmente ama a juventude. A propaganda corteja as coisas belas. Ninguém quer que a vida seja um inferno. Na mais agressiva campanha publicitária mora um beija-flor sedento e apaixonado. F. não queria que eu odiasse para sempre os homens que perseguiram Edith.

— Choro, choro. Gemido. Ó, ó.

Eles a cercaram numa pedreira ou mina abandonada, um lugar duro, bem mineral, propriedade parcial de empresas norte-americanas. Edith era uma bela índia órfã de treze anos que morava com os pais adotivos, até que eles morreram numa avalanche. Tinha sido abusada por colegas na escola que não achavam que ela fosse cristã. Na época, já tinha aqueles adoráveis mamilos compridos e estranhos, ela me contou. Talvez essa informação tenha vazado do chuveiro escolar. Talvez tenha sido esse o rumor subterrâneo que mexeu tanto com as partes baixas de toda a cidade. Talvez os negócios e a religião continuassem seu curso normal, ao mesmo tempo que cada pessoa estivesse obcecada com a informação sobre os mamilos. A missa estava contaminada pelos oníricos mamilos. O piquete de grevistas na fábrica de amianto estava meio distraído dos protestos. Havia uma certa indecisão nos golpes e bombas de gás lacrimogêneo da polícia local, pois todos estavam com os pensamentos voltados para aqueles mamilos extraordinários. A vida cotidiana não comporta uma intrusão fantástica como essa. Os mamilos de Edith eram uma pérola perfeita que irritava o monótono protoplasma operacional da existência na cidade. Quem pode entender os sutis mecanismos do Desejo Coletivo do qual todos participamos? Acredito que, de alguma forma, a cidade delegou a esses quatro homens a tarefa de perseguir Edith na floresta. Agarrem Edith!, comandava o Desejo Coletivo. Tirem seus mamilos mágicos de Nossas Mentes!

— Socorro, Santa Maria!

Eles a derrubaram no chão. Rasgaram seu vestido estampado com o padrão de framboesas da Empresa. Era uma tarde de verão. Os borrachudos a devoravam. Os homens estavam encharcados de cerveja. Riam e a chamavam de *sauvagesse*, ha, ha! Arrancaram sua calcinha, desenrolando-a por suas pernas morenas, e quando a puseram de lado não perceberam que ela parecia um grande pretzel rosado. Ficaram surpresos de que sua calcinha fosse tão limpa: achavam que a calcinha de uma pagã estaria suja e manchada. Não estavam preocupados com a polícia, pois sabiam que a corporação estava do seu lado, um deles tinha um cunhado policial, e ele tinha colhões como todo mundo. Arrastaram-na para a sombra; cada um queria ficar mais à vontade com ela. Eles a viraram, para ver se tinha ficado arranhada na bunda. Os borrachudos devoravam sua bunda, que era deslumbrantemente redonda. Viraram-na de novo e a arrastaram mais para dentro das sombras, pois já estavam prontos para tirar seu sutiã também. Eram tão densas e profundas as sombras na pedreira que eles mal conseguiam enxergar, e era isso que queriam. Edith se mijou de medo. O som do seu jato era mais alto que o das risadas e da respiração ofegante. Era um som claro, que parecia não terminar mais, firme e constante, mais alto que seus pensamentos, mais alto que o grito dos grilos que entoavam uma elegia pelo fim da tarde. O jorro da urina nas folhas e pinhas criou um tumulto monolítico nos oito ouvidos. Era o som puro da natureza inatingível, que carcomia suas intenções como ácido. Era um som tão majestoso e simples, um símbolo sagrado da fragilidade, que nada poderia violá-lo. Eles congelaram, cada um se sentindo de repente só, suas ereções encolheram como um acordeão sendo fechado, e o sangue voltou a correr para cima como flores surgindo da raiz. Mas os homens se recusaram a cooperar com o milagre (como F. o chamou). Não suportavam ver que Edith não era mais uma Estranha, mas sim, claramente, uma Irmã. Sentiram a Lei da Natureza, mas obedeceram à Lei Coletiva. Caíram sobre ela com dedos indicadores, hastes de cachimbo, canetas e gravetos. Gostaria de saber que milagre é esse, F. O sangue escorria por suas pernas. Os homens faziam piadas grosseiras. Edith clamava.

— Me ajude, santa Kateri!

F. insistia para que eu não ficasse preso a esse episódio. É difícil. Tudo me foi tirado. Só me resta esse sonho em vigília, em que vejo a Edith de treze anos sofrendo um ataque impotente desses quatro homens. Quando o mais jovem se ajoelhou para examinar melhor os progressos de seu graveto afiado, Edith segurou sua cabeça e a pousou no peito, e ele ficou ali chorando como o homem na Velha Praia do Pomar. Está muito tarde para a sessão dupla, F. Meu estômago está embrulhado de novo. Preciso começar meu jejum.

20.

Agora está claro! Na noite em que Edith morreu, naquela longa noite de conversa com F., ele deixou boa parte do frango e mal tocou no molho barbecue. Agora vejo que foi de propósito. Lembro o ditado do Confúcio de que ele gostava especialmente: Quando come com um homem de luto, o Sábio não come tudo. Tios! Tios! Como ousamos comer?

21.

Entre os itens curiosos que herdei de F., há uma caixa de fogos de artifício da Rich Brothers Fireworks Co., Sioux Falls, Dakota do Sul. São sessenta e quatro estrelinhas, oito velas romanas de doze ou oito tiros, grandes rodas de fogo, cones de fogo vermelhos e verdes, fontes de Vesúvio, chuvas de ouro, cascatas de prata, fontes de raios orientais, seis grandes bastões de estrelinhas, rodas de prata, rojões, chafarizes de fogos, cobrinhas, lanternas do céu, cones vermelhos brancos e azuis. Eu chorava enquanto desembrulhava as peças, chorava pela infância americana que nunca tive, pelos meus pais invisíveis da Nova Inglaterra, pelo grande gramado verde e o veado de aço, pelo namoro de escola com Zelda.

22.

Estou assustado e sozinho. Acendo uma das cobrinhas. Do pequeno cone sai uma tira de fumaça cinza bruxuleante, formando círculos no canto da mesa amarela até o cone se extinguir por inteiro e restar um horrível montinho de casca, cinza e preta como a titica de um passarinho espremida de um tubo de glacê. Carcaças! Carcaças! Tudo o que eu quero é engolir dinamite.

23.

Ó Senhor, Já São Três Da Manhã. O Sêmen Nebuloso E Inútil Fica Transparente. A Igreja Está Brava Comigo? Por Favor, Deixai-me Trabalhar. Acendi Cinco Das Velas Romanas De Oito Tiros E Quatro Delas Deram Menos Que Oito Tiros. Os Fogos De Artifício Estão Morrendo. O Teto Recém-Pintado Está Queimado. A Fome Coreana Me Dói No Coração. É Pecado Dizer Isso? A Dor Se Armazena Na Pele Dos Animais. Declaro Solenemente Que Não Ligo Mais Para Quantas Vezes F. E Edith Treparam Felizes. Sereis Tão Cruel A Ponto De Me Fazer Começar O Jejum Com A Barriga Estufada?

24.

Queimei feio minha mão ao segurar um cone de fogo vermelho e verde. O corpo derretido de um rojão incendeia um monte de anotações sobre os indígenas. O aroma cortante da pólvora melhora minha sinusite. Sorte que havia manteiga no refrigerador, pois me recuso a ir ao banheiro. Nunca apreciei meu cabelo, mas também não gosto das bolhas provocadas pela cascata de prata. Cinzas flutuam e grudam como morcegos desgovernados com asas feridas, nas quais detecto perfeitas réplicas cinza-azuladas das listras coloridas de doces e rabos de cometas. Segurei tanto papelão chamuscado que deixei minhas digitais em toda parte. Olho a cozinha bagunçada e percebo que minha vida começa a fazer sentido. Me preocupo mais com meu dedão vermelho e inchado do que com vosso infame universo de órfãos. Saúdo minha monstruosidade. Mijo em algum canto no linóleo e me regozijo de que nada aconteça. Cada aberração que se vire!

25.

Pele em carne viva no dedão, nããã, nããã, detesto dor. A forma como detesto dor é monumentalmente extraordinária, muito mais significativa que o modo como você detesta dor, meu corpo é muito mais central, é a Moscou da dor, e o seu é meramente a provinciana estação meteorológica. Pólvora e sêmen são meus únicos objetos de estudo a partir de agora, e repare como sou inofensivo: nada de projéteis mirando corações, nada de esperma atrás de um destino: nada além da radiação do cansaço: os alegres e pequenos cilindros sucumbindo ao fogo dos arrotos múltiplos de estrelas cadentes, arco-íris: o fluido viscoso de porra na minha mão, clareando e se desfazendo, como o fim da Criação, quando toda matéria retorna para a água. Pólvora, suor no saco, a mesa amarela começa a se parecer comigo, eca, a cozinha se parece comigo, meu ser penetrou nos móveis, os cheiros íntimos escaparam, é ruim estar tão grande, ocupei o forno, não há um lugar fresco onde eu possa repousar os olhos numa cama limpa e sonhar com novos corpos, ah, preciso ir ao cinema, levar meus olhos para uma mijada, um filme vai me colocar de volta na minha pele; vazei por todos os buracos na cozinha, um filme vai tapar meus poros com raios brancos e estancar minha invasão do mundo, perder a sessão hoje à noite vai me matar, estou apavorado com os fogos de F., minhas queimaduras doem muito, o que você sabe de queimaduras? Tudo o que você sempre fez foi se queimar. Foco, velho acadêmico! Vou apagar a luz e escrever no escuro uma sinopse do capítulo sobre os indígenas no qual vou trabalhar amanhã. Disciplina. Click! *"Triompher du mal par le bien."* São Paulo. Vou começar assim o capítulo. Já me sinto melhor. Línguas estrangeiras são boas camisas de força. Impedem que você se perca em si mesmo. Edith Edith Edith dos mamilos sempre eretos Edith Edie xaninha Edith cadê a sua Edith Edith Edith Edith Edith esticada nos E E E tentáculos tesouros Edith lambe lambe a área da sua calcinha Edith Edith Edith Edith molhada em seus sucos Eeeeddddiiiittthhh xup xup escorre trufa funda fecundo botão sopa suave ervilha cuspo esfrego cubro maçaneta macia abre garota goza chupo baba baba porquinha hum ponta língua na cama lambo a vulva perdida afundada sumida ergue a cabeça menina goza gira a tetinha afundo nariz socorro lambida busco esconde procuro esforço belo botão bolha afundo nas dobras da pele molha lábios da vulva acima acima surgem sementes coroa cerebral onde onde esconde a dor a nódoa? goza com tudo como bolha de bronze pântano pelos couro casca adorável espinha forma um montinho para a língua confusa confusa acusa ah se mostra se abre se depila se desafoga ou os dentes de caça te avisei dentes como pás dentes cães sem coleira sem amor espancados faz faz pinga clitóris pontudo periscópio puro não perde o comando sob nenhum homem entende a fêmea de fora emerge emerge do mar das mulheres meca menstrual fonte de ovos mistérios abismos emerge emerge de onde nunca vou de uma concha profunda se projeta de uma guelra sem ar a léguas do tapete cinza de ostras no solo oceânico da alma feminina longe longe amazona controla o sexo desponta desponta o clit tóris tóris tóris a incrível ameba protoplasmática proibida mulher satisfeita ga ga galáxia apareça no pequeno capacete da esperança lambe lambe ah pérola preciosa rósea raios de cristal fruta fabulosa fundo de bundoceta colheita surge forma descobre desdobra desvenda desnuda olha o pau amoroso de chumbo enlesbicada penina nrrr grrr ponte entre homens mulheres assim posso te dar prazer minha donzela despeja sobre mim teus miolos melados libertos do labirinto da xana para que nunca nos juntemos nas redes de algas nos hotéis afundados nas florestas esponjosas útero passivo tubos enlameados de ervas invadem o armário embutido amplo como a sra. Deus o quê? você vem não? respinga respinga escondida para uma língua mais nova? uma língua mais nobre? uma língua mais suja? para a língua de F.? para a de um estranho? qualquer estranho fazendo isso ficaria mais honrado e portanto portanto talvez eu mergulhe onde queria ir como uma lesma essa língua impulsiva a deslizar pelo musgo do aquário broto há uma estria tenra e rendida como as dobras de um coelho de chocolate percorro tudo não se envergonhe todos os cheiros são da alquimia a língua vai e circunda um salva-vidas rosa com gosto de lama açucarada o que é melhor temos um botão comum devemos beijar os buracos do cu cada um de nós tem um e não o alcança cercado por trincheiras danças bíblicas cercado por pétalas murchas língua mergulha pétalas se abrem pétalas tremem presas num elástico eu falo duro agora cavo cavo cavo bato bato bato esbarro em montes de nós de pétalas entram mãos separam as nádegas separam as nádegas belas da bunda dela dela Edith elas cedem apertam elas se rendem como metades de pera madura como frango bem cozido perfeitamente amorosamente balões de sangue assim é o de Edith virgem rosa marrom peludo como o meu como como o de todos nós sedutores que inundam o mundo de joelhos isso é prosa sólida isso é o mistério de todo dia assim eu insiro a boca cuneiforme o rosto na esfinge já que minha língua era só uma brincadeira no buraco rosa da esfinge foco minha boca para uma conversa pura irritante adoração de chupar merda perigoso amor ousado se abre se fecha se abre se fecha vai à superfície das pétalas se fechando para sentir seus próprios montes de músculos se abrindo num terrível abandono vermelho ansioso como a garganta de um filhote de rouxinol ah a membrana do cu de Edith cuspindo a baba de minha boca banhando as pregas esvoaçando no ensolarado tanque dos pássaros no pilar de caridade intestinal onde estou agora agora não vá embora aqui estou simplesmente com minha cara entre as nádegas dela que as minhas mãos separaram meu queixo faz gostoso automaticamente na boceta agora eu largo as bochechas deixo elas me espremerem me espremerem eu enfio meu nariz aprovo o suco infantil das brincadeiras com cocô ouve Edith me ouve sufocar ouve minha querida meu amor é vosso cu peludo que eu chupo não acha que estamos unidos Edith não acha que estamos provados Edith que respiramos Edith que somos grandes amantes Edith que somos postais pornográficos que somos boas fodas Edith não acha que nos convertemos miraculosamente querida demônio rosa terror na posição riscodepum querida eu juro que te amei Edith agarra agarra pula na grutinha beija beija beija beija Edith Edith faz o mesmo comigo faz o mesmo comigo puxa minha bunda murcha para seu rosto eu facilito para você faz o mesmo comigo faz o mesmo comigo faz o mesmo comigo Edith lilases Edith Edith Edith Edith Edith Edith virando no meio do sono e ficando de conchinha comigo Edith Edith Edith Edith por favor aparece como o sonho cogumelizado deste pobre caralho de Aladin Edith Edith Edith Edith no seu doce envelope de pele Edith Edith vosso marido solitário Edith vosso marido solitário vosso marido solitário vossas maçãs vossa fuga vossas pregas vosso sombrio e solitário marido

26.

Em algum momento na minha pesquisa li algo sobre a *Fonte de Tekakwitha*, mencionada afetuosamente por um jesuíta num livro escolar. *Il y a longtemps que je t'aime*. Devo ter me distraído na biblioteca. Em meio à poeira cantarolei a velha canção da correnteza. Imaginei os riachos gelados e lagoas cristalinas. Era Cristo falando através do padre em meio parágrafo. Sobre essa fonte chamada *Fonte de Tekakwitha*. O padre é nosso Édouard Lecompte, e por causa desse meio parágrafo, sei que ele estava apaixonado por ela. Ele morreu em 20 de dezembro de 1929, *le 20 décembre 1929*. Você morreu, Padre. No começo não gostava desse pároco que hoje está em meu coração, porque ele parecia escrever mais pela Igreja que pelos Lírios que Crescem no Campo. A fonte me refrescou naquela noite, como já aconteceu antes com a neve. Senti seu cristal líquido. Ela trouxe a criação do mundo para meu cubículo, os frios e brilhantes contornos das coisas. *Entre le village*, escreve ele, *Entre le village et le ruisseau Cayudetta*, Entre a aldeia e o riacho Cayudetta, *au creux d'un bosquet solitaire*, na clareira de um bosque solitário, *sortant de dessous un vieux tronc d'arbre couvert de mousse*, surgindo sob um velho tronco coberto de musgo, *chantait et chante encore de nos jours*, cantava e ainda hoje canta, *une petite source limpide*, uma fonte pequena e límpida... Era aqui que ela buscava água, todos os dias, por nove anos. Quanto você deve saber, Katerine Tekakwitha. Que desejo de sobriedade, gloriosa sobriedade, gloriosa como o brilho dos fatos, como o toque da pele, que fome de sobriedade me assalta aqui em meio a essas rasgadas carcaças de rojões, queimaduras egoístas, derramadas multidões pessoais. Você veio 3285 vezes a esta velha árvore. Vida longa à História que nos conta isso. Quero te conhecer como você conhecia a trilha. Como era estreita a trilha de seus sapatos de gazela.

A fragrância das florestas está no mundo. Perfuma nossas roupas de couro onde quer que vamos, e se impregna até mesmo em nosso chicote guardado na bolsa. Eu creio no céu de Gregório, Papa Inculto, povoado de santos. A trilha está povoada de fatos. As águas frias do rio cercado de pinheiros ainda estão ali. Deixe que os fatos me arrastem da cozinha. Deixe que me impeçam de bater punheta como se estivesse jogando roleta-russa. Como é bom saber de algumas coisas que ela fez.

27.

Comecei o vigésimo sétimo dia por causa de uma promessa feita a F. Nada funciona. Continuo dormindo nas horas erradas e perdendo as sessões de cinema. Muito mais queimaduras. Muito menos merda. Já gastei todas as velas romanas de doze tiros e a maioria das sessenta e quatro estrelinhas, a falsa bomba assobiante, as supostas fontes cósmicas. Minha cueca está suja de porra, cueca autêntica e suja, que um dia esteve embalada em polietileno e me prometia uma cintura de pedra. Há pelos debaixo de minhas unhas.

28.

Se Edith visse esse quarto, ela vomitaria. Por que você conseguiu encantá-la e não eu, F.?

29.

Vou explicar como F. conseguiu ter um corpo magnífico. Mais uma vez vou explicar isso para mim mesmo. COMO O CORPO DE JOE LHE DEU FAMA EM VEZ DE INFÂMIA: era o anúncio no verso de uma revistinha americana que a gente leu numa tarde aos treze anos. Estávamos sentados nuns bancos em um solário abandonado no terceiro andar do orfanato, com o teto de vidro ordinário e escurecido pela fuligem de uma chaminé mal posicionada — nós sempre nos escondíamos ali. O CORPO DE JOE aparecia para anunciar uma academia de musculação. Sua conquista era mostrada em sete etapas. Posso retomá-las?

1. Joe está esquelético. As pernas são dois miseráveis palitos. O calção de banho vermelho é daqueles largos, de boxe. Há uma amiga voluptuosa ao seu lado. As coxas dela são mais grossas que as dele. O mar calmo ao fundo contrasta com a situação constrangedora de Joe. Ele é humilhado por um sujeito grandão e forte. Não vemos o rosto de seu torturador, mas a garota conta a Joe que ele é encrenca, conhecido na área.

2. Um barquinho a vela aparece no horizonte. Vemos o rosto do valentão. Apreciamos seu peitoral. A garota se recolhe, abraça os joelhos e fica se perguntando por que aceitou sair com aquele fracote sem colhões. Joe é erguido com facilidade pelo valentão e tem de aguentar mais uma humilhação.

3. O barquinho sumiu. Algumas figuras minúsculas jogam bola à beira da praia. Surgem gaivotas. Joe, angustiado, está de pé ao lado da garota que ele já está quase perdendo. Ela havia colocado um chapéu branco e virado os peitos para o outro lado. Ela fala com ele por cima do ombro direito. Seu corpo é firme e maternal, com peitos grandes. De alguma maneira temos a impressão de que ela contrai os músculos do abdômen.

JOE: Esse brutamontes! Um dia vou me vingar.

ELA: Ah, *deixa para lá*, menino!

4. O quarto de Joe, ou o que resta dele. O quadro na parede verde está torto. Um lustre queimado fica balançando. Ele destrói uma cadeira a pontapés. Está usando um paletó azul, gravata e tênis brancos. Ele fecha os punhos, uma articulação em forma de mandíbula que nasce de um pulso mais fino que a perna de um passarinho. Ele imagina sua garota passeando

alegremente de braços dados com o valentão, fazendo mil piadinhas vergonhosas sobre seu corpo.

JOE: Maldição! Estou cansado de ser um espantalho! O Charles Axis garante que eu posso ter um corpo DE VERDADE. Beleza! Vou mandar uma carta para pedir seu manual GRATUITO.

5. TEMPOS DEPOIS. Será que aquele era o Joe? Ele exibe seu intrincado mapa de músculos diante do espelho.

JOE: Rapaz! Não demorou muito para que o Axis fizesse isso por mim! Que MÚSCULOS! Aquele valentão idiota não vai mais mexer comigo!

Aquele era o mesmo calção de banho vermelho?

6. A praia. A garota está de volta. Está se divertindo. Seu corpo está relaxado, com as ancas à mostra. Ela ergue a mão esquerda num aceno animado, surpresa quando vê a radical transformação de Joe. Ele tinha acabado de dar um soco no valentão, um raio poderoso no queixo, deixando-o tonto, com as sobrancelhas unidas de dor e espanto. Ao fundo, a mesma praia branca, o mesmo mar calmo.

JOE: Opa! É você? Tenho uma coisa pra te mostrar!

7. A garota toca nos bíceps impressionantes de Joe com a mão direita. Seu ombro e braço esquerdos estão tampados pelo peitoral massivo de Joe, mas percebemos que ela enfiou a mão no calção de banho justinho e está acariciando seus testículos.

ELA: Ah, Joe, afinal agora você É um homem de verdade!

UMA GAROTA ATRAENTE SENTADA NA AREIA, ALI PERTO: UAU! Que corpão!

O SUJEITO INVEJOSO AO LADO DELA: Pois é, tá todo mundo comentando!

Joe fica ali em silêncio, com os dedões enganchados na sunga vermelha, olhando para sua garota, que se debruça lascivamente sobre ele. Quatro palavras de letras pretas e grossas aparecem no céu, envoltas por raios de luz. Nenhum dos personagens no quadrinho parece notar a manifestação celestial que explode num silêncio esplêndido sobre a velha e boa paisagem marinha. O HERÓI DA PRAIA é o anúncio vindo do céu.

F. ficou olhando a propaganda por bastante tempo. Eu queria fazer o que a gente tinha vindo fazer, a esfregação, as carícias na poeira, a comparação dos pentelhos, a beleza de encarar um amigo e juntar dois cacetes com a mão, um familiar e faminto, o outro quente e estranho, e o reluzir de suas dimensões. Mas os olhos de F. estavam marejados e seus lábios tremiam quando sussurrou:

— Essas palavras estão sempre no céu. Às vezes é possível vê-las, como uma lua diurna.

A tarde escureceu ainda mais o teto de vidro coberto de fuligem. Esperei em silêncio para que o humor de F. mudasse e acho que adormeci, pois de repente ouvi o som de tesouras.

— O que você está cortando aí, F.?
— O lance do Charles Axis.
— Vai mandar a carta?
— Pode apostar o que quiser.
— Mas isso é pra magrelos. Nós somos gordos.
— Cala essa boca.
— Somos gordos, F.
— Smack! Wham! Pow!
— Gordos.
— Socko! Sok! Tap!
— Gordos gordos gordos gordos gordos gordos gordos!

Acendi um fósforo roubado e nos debruçamos sobre a revistinha que tinha caído no chão. No lado direito do anúncio tinha uma foto do sujeito autointitulado "O Homem com o Corpo mais Perfeito do Mundo". Como eu lembro bem! Ele aparecia no cupom destacável com seu traje de banho perfeito.

— Mas, F., olha só, ele não tem cabelo.
— Mas *eu* tenho cabelo. *Eu* tenho cabelo.

Seus punhos estão fechados, seu sorriso é a Flórida, ele não parece sério, ele não liga para a gente, talvez ele seja até um pouco gordo.

— Dá uma boa olhada na foto, F., ele é meio mole na barriga.
— O.k., ele é meio gordo.
— Mas...
— Ele é gordo. Ele entende os gordos. Use os olhos! Olha pro rosto dele. Agora olha pro rosto do Homem-Borracha. Charles Axis quer ser nosso tio. Ele é um de nós, um largado que não alcança o Homem-Borracha. Não vê que ele ficou em paz com o Homem-Borracha? E com o Besouro Azul? Com o Capitão Marvel? Não vê que ele acredita no mundo dos super-heróis?
— F., não gosto quando seus olhos brilham desse jeito.
— O Gordo! O Gordo! Ele é um de nós! Charles Axis está do nosso lado! Ele está com a gente contra o Besouro Azul, Íbis, o invencível, e a Mulher-Maravilha!
— F., você tá falando esquisito de novo.
— Charles Axis tem um endereço em Nova York, olha aqui, 405 West 34th St., Nova York 1! Você não acha que ele deve saber sobre Krypton? Você não vê ele sofrendo na saída da Batcaverna? Será que alguém já viveu tão próximo desses fantásticos músculos imaginários?
— F.!
— Charles Axis é todo compaixão, ele é o nosso sacrifício! Ele convoca os magros, mas está incluindo tanto os magros quanto os gordos; ele convoca os magros porque é pior ser gordo que magro; ele convoca os magros de forma que os gordos possam ouvir e atendê-lo sem serem nomeados.
— Sai dessa janela!
— Charles! Charles! Charlie! Tô indo, tô indo para me juntar a você no lado triste do mundo espiritual!
— F.! Gancho! Sok! Saf!

— Ufa!*##! Snif! Obrigado, meu amigo, parece que você acaba de salvar minha vida.

Foi a última vez que eu consegui enfrentar F. de igual para igual numa luta. Ele dedicou quinze minutos por dia ao Charles Axis na privacidade de seu quarto. A gordura sumiu ou foi transformada em músculos, seu peitoral aumentou, e ele não ficava envergonhado ao tirar a camisa para fazer esportes. Uma vez na praia um homem enorme num calção branco chutou areia na sua cara quando tomávamos sol sobre uma toalha pequena. F. simplesmente sorriu. O homem enorme continuou ali, com as mãos no quadril, e então deu um pequeno salto, como um chutador de futebol americano, e chutou areia na cara de F. de novo.

— Ei! — eu gritei. — Para de jogar areia na nossa cara! F. — cochichei —, esse sujeito é o maior pentelho da praia.

O valentão me ignorou completamente. Agarrou o pulso grosso de F. com sua mãozona e o colocou de pé.

— Escuta aqui, ele rosnou, eu arrebentaria sua cara... só que você é tão magro que iria virar pó e voar com o vento.

— Por que você deixou ele te chacoalhar desse jeito?

F. sentou-se, submisso, enquanto o sujeito ia embora.

— Aquele é o Charles Axis.

— Pode ser, mas ele é o maior pentelho da praia.

30.

Um bilhete! Encontrei um bilhete no fundo da caixa de fogos.

> Caro amigo
>   Ligue o rádio
>   seu querido amigo morto
>   F.

No *fundo*. Como ele me conhecia bem. Segurei a mensagem (escrita de forma telegráfica) no meu rosto. Ó, F., me ajude, pois um túmulo me separa de tudo o que eu amo.

RÁDIO: .... para a sra. T. R. Voubouski, 56784 Clanranald, para as três enfermeiras do dormitório Barclay, de vocês-sabem-quem, um disco pra levantar os ânimos, de Gavin Gate E as Deusas — e não esqueça, durante essa hora do Garota dos Sons da Madrugada você pode ligar e dedicar uma canção para...

RUFAR DE TAMBORES: SHNN shnn shnn SHNN shnn

INSTRUMENTOS ELÉTRICOS: Zunga zunga zunga (uma promessa de ritmo sexual constante)

GAVIN GATE: *Eu podia ter ido embora* zunga zunga zunga (ele tem todo o tempo do mundo — ele percorreu um longo caminho para contar essa história cruel)
e disse (o pulso elétrico vibra)
eu te avisei

DEUSAS: *eu te avisei* (um batalhão de garotas negras, de oficiais recrutadas em altares gospel bombardeados, me encurrala com dentes brancos e uma raiva sem motivo)

GAVIN GATE: *eu podia ter dito*
a todo o vasto mundo
que ele te deixou só e triste

DEUSAS: *só e triste*

GAVIN GATE: *Podjia ter me aproveitjado*

                DEUSAS: *Ahhhhhhhh*
e dito   *ahhhhhhhhhh*
é melhor   *ahhhhhhhhhh*
voxê ir embhora   *ahhhhhhhhhh* (PARA!)

GAVIN GATE: *Sei que ficou magoada*

BATERIA: Papam!
GAVIN GATE: *não vê que me magoou também?*
DEUSAS: *magoado* (elas tinham se deixado levar pela dor universal do amor, mas agora estavam de volta em seus uniformes, mais precisas, como se tivessem jurado a si mesmas não ceder aos excessos fatais da emoção, corta/corta/corta)

A BATERIA DISPARA. GAVIN GATE SAI DE SEU CORNER E VOLTA PARA O SEGUNDO ROUND. AGORA É MATAR OU MORRER. AS DEUSAS ESTÃO PRONTAS PARA CHUPAR O CAMPEÃO ATÉ A MORTE.

GAVIN GATE: *eu podia ter dito*
que você
mereceu (Quem é você, Gavin Gate? Você tem um poder estranho. Acho que passou por algum trauma e saiu dele sabendo mais. Você é o rei de uma quebrada qualquer, e é quem dita as Leis)
DEUSAS: *mereceu* (elas tiram os sutiãs luminosos e partem para cima do coração temeroso como um esquadrão de camicases)
GAVIN GATE: *Quando você saiu fora*
e virou as costas
pra mim
DEUSAS: *pra mim*
GAVIN GATE: *Implorei Baby* (sua força é evidente, suas tropas em formação de navalha, agora ele pode se derramar em lágrimas)
Ohh não!
Por favor Por Por favor!
    DEUSAS: *Ahhhhhhhhhh*
Baby não vá!

                Sei que ele vai te magoar (volta, superior, para o estilo narrativo)

DIDÁTICA BATIDA DE TOM-TOM
                não vê que me magoou também?

DEUSAS: *também*
          Ah
            Ah
              Ah (descem a escada de mármore e levantam a cabeça dele)

GAVIN GATE: *Ele disse que tinha você*
           na palma da mão (num vestiário sombrio, onde homens brincavam entre si, Gavin soube dos detalhes de uma trepada)

DEUSAS: *Ahhhhhhhh* (Vingança! Vingança! mas ainda sangramos, não é, Irmãs?)

GAVIN GATE: *Na escala do amor*
           você foi

DEUSAS: *Hah!* (numa catarse, purgam seu ódio)

GAVIN GATE: *mais um flerte*
           Oh eu oh oh oh
           posso ser um tolo (não somos, nem eu nem você, pois lidamos com material sagrado. Ó Senhor! Todos os estados do amor nos dão poder!)
           por te amar como amei

DEUSAS: *como amei* (uma afirmação doce. Agora elas são mulheres esperando por seus homens, macias e molhadas, agachadas nos balcões, aguardando nosso sinal de fumaça enquanto se tocam)

GAVIN GATE: *Você não percebe*
           que os tolos também sofrem?
           Então, baby

DEUSAS: *Ahhhhhhhhh*
GAVIN GATE: *Volta pra mim* (uma ordem)
e me deixa secar (uma esperança)
as lágrimas (a vida real da piedade)
do seu olho (um olho, querida, um olho por vez)
GAVIN E AS DEUSAS SE CHICOTEIAM COM ENFEITES ELÉTRICOS
Eu nunca te magoaria
DEUSAS: *Eu nunca te magoaria*
GAVIN GATE: *Não não eu nunca te magoaria*
DEUSAS: *Eu nunca te magoaria*
GAVIN GATE: *Pois, Baby, o que te magoa*
BATERIA: Tchak!
GAVIN GATE: *Não vê que me magoa também?*
DEUSAS: *magoa também*
GAVIN GATE: *Magoa muito*
DEUSAS: *magoa também*
GAVIN GATE: *Nunca vou te deixar*
DEUSAS: *magoa também*

ELES VÃO SUMINDO, OS OPERADORES DE SOM, GAVIN, AS DEUSAS, COM AS COSTAS SANGRANDO, AS GENITÁLIAS VERMELHAS E INCHADAS. A GRANDE HISTÓRIA FOI CONTADA, NA DITADURA DO TEMPO, O ORGASMO ALUGOU A BANDEIRA, AS TROPAS, EM LÁGRIMAS, SE MASTURBAM COM PINUPS DE 1948, UMA PROMESSA FOI RENOVADA.

RÁDIO: Este foi Gavin e As Deusas...

Corri para o telefone. Liguei para a estação. É a Garota dos Sons da Madrugada?, gritei no bocal. É mesmo você? Obrigado, muito obrigado. Se eu quero dedicar a canção pra alguém? Ah, meu amor. Não vê quanto tempo fiquei sozinho na cozinha? Ando estranho. Sofro de irregularidade. Tô com pelos na palma da mão. Não me chame de senhor, dona Garota dos Sons da Madrugada. Tenho de falar com você por que...

TELEFONE: Click.

O que você fez? Ei! Ei! Alô, alô, ah não. Lembrei que tinha uma cabine telefônica algumas quadras abaixo. Eu tinha de falar com ela. Meus sapatos grudaram no sêmen quando passei pelo linóleo. Cheguei na porta. Chamei o elevador. Eu tinha tanto para contar a ela, ela com a voz triste e sabedoria urbana. Quando cheguei lá fora, quatro da manhã, as ruas úmidas e escuras pareciam cimento que acabou de ser despejado, os postes de luz quase meramente decorativos, a lua ganhava movimento com os farrapos de nuvem que passavam, as paredes grossas de tijolos nos armazéns com nomes de famílias em ouro, o ar frio e azulado carregando um cheiro indefinível e o rio, o som de caminhões carregando vegetais do campo, os ruídos de um trem descarregando animais esfolados em camas de gelo, e homens em macacões carregando grandes pacotes de comida para viagem, combatendo nas trincheiras da guerra pela sobrevivência, e eles vão vencer, e eles vão contar da dor na vitória — eu estava do lado de fora, no frio e ordinário mundo, F. me trouxe aqui com seus truques piedosos, puxei o ar em louvor da existência e senti o peito estourar e os pulmões se desdobrarem como um jornal ao vento.

31.

O rei da França era um homem. Eu era um homem. Portanto eu era o rei da França. F! Estou afundando de novo.

32.

O Canadá tornou-se colônia real da França em 1663. Aqui vieram as tropas lideradas por *le marquis de Tracy*, tenente-general dos exércitos do rei, aqui vieram, marchando pela neve, mil e duzentos homens altos, o famoso *régiment de Carignan*. A notícia corria pelos bancos gelados do Mohawk: o rei da França tinha tocado o mapa com o dedo branco. O *Intendant Talon*, o Governador M. De Courcelle e Tracy olhavam para aquela vastidão infestada. Meus irmãos, sejamos os mestres de Richelieu! Ouviam-se vozes sobre os mapas, vozes nas janelas, e as fortificações se erguiam ao longo da praia, Sorel, Chambly, Saint-Thérèse, Saint-Jean, Sainte-Anne numa ilha no lago Champlain. Meus irmãos, os iroqueses moram em muitas árvores. Em janeiro de 1666, M. De Courcelle liderou uma coluna de homens região mohawk adentro, um desastre napoleônico. Ele partiu sem os batedores algonquinos, que não apareceram a tempo. Os indígenas deixaram vários corpos retorcidos na fuga precipitada do exército. Tracy esperou até setembro do mesmo ano. Partindo de Québec, seiscentos homens de Carignan marcharam pelas florestas escarlate, juntamente com outros seiscentos milicianos e cem indígenas aliados. Quatro padres acompanharam a expedição. Depois de uma marcha de três semanas, chegaram à primeira aldeia mohawk, Gandaouagué. As fogueiras estavam apagadas, a aldeia deserta, como todas as outras que encontrariam. Tracy ergueu uma cruz, a missa foi celebrada e por entre as casas compridas e vazias ouviu-se a música solene do *Te Deum*. Então puseram fogo na aldeia Gandaouagué e em todas as outras, devastando a região, destruindo as provisões de milho e feijão, lançando às chamas toda a colheita. Os iroqueses se renderam, e, assim como em 1653, padres foram enviados para cada aldeia. A trégua de 1666 durou dezoito anos. Monsenhor de Laval abençoou os religiosos antes de deixarem Québec em busca de almas. Os padres chegaram à reconstruída Gandaouagué no verão de 1667. Os mohawks fizeram soar suas trompas de concha assim que os Robes-Noires, aqueles que usavam longas vestes pretas, se instalaram entre eles. Eles ficaram três dias nessa aldeia que estudamos, mas foram delicadamente atendidos pela Providência. Hospedaram-se na tenda de Catherine Tekakwitha, e ela os serviu, ela os seguiu na visita aos prisioneiros da aldeia, hurões cristãos e algonquinos, viu quando batizaram os jovens, tentou entender por que isolaram os velhos em tendas mais afastadas. Depois de três dias, os padres foram para Gandarago, e então para Tionnontoguen, onde foram saudados por duzentos guerreiros, receberam as efusivas boas-vindas do chefe e a simpatia do povo, que preferia a intrusão da mágica estrangeira à fúria dos homens de Carignan. Cinco missões foram estabelecidas na confederação iroquesa: Santa Maria em Tionnontoguen, São Francisco Xavier em Onneyout, São João Batista em Onnontagué, São José em Tsonnontouan — do lago do Santo Sacramento ao Eerie, um trabalho de apenas seis pregadores, com uma história de fogo por trás. Em 1668, nossa aldeia Gaudaouagué se mudou novamente. Da margem direita do Mohawk, eles atravessaram o rio e construíram de novo suas casas compridas alguns quilômetros mais a oeste, onde o Mohawk encontra o Cayudetta. Chamaram a nova aldeia de Kahnawaké, que significa nas correntezas. Perto dali havia uma pequena fonte onde ela ia todos os dias buscar água. Ela se ajoelhava no musgo. A água cantava em seus ouvidos. A fonte fluía no coração da floresta, verdes e cristalinos eram os pequenos pomares do musgo. Passou a mão molhada na testa. Ansiava por uma comunhão com a água, ansiava para que a fonte preservasse a dádiva em que havia tornado seu corpo, ansiava por ajoelhar-se molhada diante das vestes negras. Sucumbindo ao êxtase, caiu ao lado do balde virado e chorou como Jill.

33.

Estejam comigo, medalhinhas religiosas de todo tipo, suspensas em correntes de prata, presas na roupa de baixo com um alfinete, aquelas que repousam num peito cabeludo, as que correm como trens nos sulcos entre os seios de velhas senhoras felizes, as que ficam casualmente impressas na pele quando se faz amor, as que ficam abandonadas ao lado de abotoaduras, as que são manuseadas como moedas para se verificar quanto têm de prata, as que se perdem nas roupas de adolescentes de quinze anos, as que se põem na boca para ajudar a pensar, as que são tão caras que só as meninas muito pequenas têm permissão de usar, as que ficam penduradas num armário carcomido, junto a gravatas desatadas, as que são beijadas para dar sorte, as que são arrancadas do pescoço num acesso de raiva, as que são gravadas, as que têm imagens, as que são colocadas por curiosidade nos trilhos dos bondes para ver como se alteram, as que ficam presas no teto de feltro dos táxis, estejam comigo nesse momento, em que testemunho a provação de Catherine Tekakwitha.

34.

— Tirem os dedos dos ouvidos — disse o P. Jean Pierron, primeiro missionário permanente em Kahnawaké. — Vocês não vão me ouvir, se continuarem com os dedos nos ouvidos.

— Ha, ha — riam os anciões da aldeia, que eram velhos demais para aprender novos truques. — Você pode nos levar até a água, mas não pode nos fazer bebê-la, somos raposas velhas.

— Tirem os dedos imediatamente!

— Baba, baba — a saliva e as cuspidas escorriam pelas mandíbulas sem dentes dos anciões que se acocoravam ao redor do padre.

O padre voltou para a tenda e pegou suas tintas, pois ele era um exímio pintor. Alguns dias depois ele surgiu com sua obra, uma mandala luminosa mostrando os tormentos do inferno. Todos os condenados estavam representados como indígenas mohawk. Os anciões gozadores continuavam com dedos nos ouvidos quando, acocorados ao seu redor, viram o padre descobrir o quadro. Engasgos escaparam das bocas apodrecidas.

— Então, meus filhos, isso é o que os espera. Vocês podem continuar com os dedos aí, se quiserem. Vejam. Um demônio irá arrastá-los por uma corda no pescoço. Outro demônio irá cortar suas cabeças, tirar seus corações, arrancar seus intestinos, chupar seus cérebros, beber seu sangue, comer sua carne e roer seus ossos. Mas vocês não morrerão. Mesmo com o corpo em pedaços, vocês irão reviver para sofrer as mesmas coisas, numa repetição eterna de dor e tortura.

— Arghhhh!

As cores do quadro eram vermelho, branco, preto, laranja, verde, amarelo e azul. No meio havia a representação de uma velha iroquesa, curvada e enrugada. Ela está envolta numa moldura de crânios bem desenhados. Ao lado dos crânios, um professor jesuíta tenta instruí-la. Seus dedos artríticos estão enfiados nos ouvidos. Um demônio enfia um saca-rolhas de fogo em seus ouvidos, talvez para prender os dedos ali eternamente. Outro demônio joga uma lança flamejante nos seios deploráveis. Dois demônios forçam um serrote entre suas pernas. Mais um demônio estimula serpentes a se enroscarem nos tornozelos sangrentos. Sua boca queimada é um buraco negro, forjado num guincho infinito por piedade. Como escreveu Maria da Encarnação a seu filho, *On ne peut pas les voir sans frémir*.

— Arghhhh!

Ele batizou várias pessoas, escreve Maria da Encarnação.

— Isso, tirem os dedos daí — disse-lhes o padre, convidativo. — E não os ponham de volta. Nunca mais os ponham de volta. Mesmo sendo velhos, vocês devem esquecer para sempre a Dança do Telefone.

— Pop! Pop! Pop! Pop!

— Bem melhor, não acham?

À medida que tiravam os dedos cheios de cera, uma parede de silêncio surgiu entre a floresta e a fogueira, e os anciões se agarraram à batina do padre, tremendo com um novo tipo de solidão. Não conseguiam mais ouvir as framboesas amadurecendo, não conseguiam mais cheirar as incontáveis pinhas penteando o vento, não conseguiam mais lembrar do último instante de uma truta, entre a vida na pedra lisa e branca de um córrego estreito e a sombra rápida das garras de um urso. Como crianças que tentam em vão escutar o barulho do mar em conchas de plástico, eles se sentaram, confusos. Como crianças no final de uma longa história para dormir, ficaram de repente com sede.

35.

O tio de Catherine ficou feliz ao ver o padre Pierron ir embora em 1670 para assumir um posto na missão iroquesa de St. Lawrence. Muitos de seus irmãos tinham se convertido à nova fé, e muitos deixaram a aldeia para viver e orar nas novas Missões. O novo missionário, padre Boniface, não era menos eficiente que seus predecessores. Ele falava a língua. Vendo como os índios gostavam de música, montou um coro com crianças de sete e oito anos. Suas vozes puras e autênticas corriam pela aldeia como a notícia de um bom banquete, atraindo várias pessoas para a pequena capela de madeira. Em 1673, essa aldeia de menos de quatrocentas almas testemunhou a salvação de trinta delas. Almas adultas — o número não inclui as almas de crianças e as almas moribundas. Kryn, chefe dos mohawks, se converteu e se autoproclamou pregador da nova missão. De todos os iroqueses, os mohawks foram os mais receptivos às novas doutrinas, logo eles que tinham sido os mais ferozes na resistência original. O padre Dablon, Superior-Geral das Missões no Canadá, pôde constatar em

1673: *La foi y a été plus constamment embrassée qu'en aucun autre pays d'Agniers*. Em 1674, o padre Boniface liderou um grupo de neófitos até a missão de São Francisco Xavier. Pouco depois ele voltou para Kahnawaké, onde morreu, numa nevasca em dezembro. Foi substituído pelo padre Lamberville.

36.

As cabanas da aldeia estavam vazias. Era primavera. Era 1675. Em algum lugar, Spinoza fabricava óculos de sol. Na Inglaterra, Hugh Chamberlen puxava os bebês para fora com um instrumento secreto, o fórceps obstétrico, era o único homem na Europa a fazer partos com essa técnica revolucionária desenvolvida por seu avô. O marquês de Laplace observava o sol para confirmar sua hipótese de que ele girava no começo da existência, algo que ele desenvolveria em seu livro, *Exposition du Système du Monde*. A quinta reencarnação do Tsong Khapa atingiu a supremacia temporal: foi nomeado regente do Tibete pela Mongólia, com o título de Dalai Lama. Havia jesuítas na Coreia. Um grupo de médicos colonizadores interessados em anatomia, mas frustrados pelas leis contra a dissecação do corpo humano, conseguiu acesso ao "tronco de um índio executado no dia anterior". Trinta anos antes, os judeus retornaram à França. Vinte anos antes, surgiu o primeiro surto de sífilis em Boston. Frederico Guilherme era o Grande Eleitor. De acordo com o regulamento de 1668, os frades da ordem de são Francisco de Paula não seriam excomungados se "no momento que estivessem a ponto de ceder às tentações da carne... eles prudentemente deixassem o hábito monástico num canto". Corelli, precursor de Alessandro Scarlatti, Handel, Couperin e J. S. Bach, era o terceiro violino na orquestra da igreja de são Luís de França, a qual estava em Roma em 1675. E assim a lua do décimo sétimo século foi entrando em seu último quarto. No século seguinte, sessenta milhões de europeus morreriam de varíola. F. sempre dizia: pense no mundo sem Bach. Pense nos hititas sem Cristo. Para descobrir a verdade nas coisas que lhe são estranhas, primeiro dispense o que considerar indispensável. Obrigado, F. Obrigado, meu amor. Quando serei capaz de olhar o mundo sem você, meu querido? Ó Morte, somos sua Corte de Anjos, os hospitais são sua Igreja! Meus amigos morreram. As pessoas que eu conhecia morreram. Ó Morte, por que você faz de toda noite um Halloween? Estou assustado. Se não é uma coisa, é outra: se não estou com resfriado, estou assustado. Ó Morte, permita que as queimaduras dos fogos de artifício sejam curadas. As árvores ao redor da casa na árvore de F. (onde estou escrevendo agora) estão escuras. Não consigo sentir o aroma das maçãs. Ó Morte, por que você age tanto e fala tão pouco? Os casulos são macios e assustadores. Tenho medo dos vermes e seu paraíso de borboletas. Catherine é uma flor no céu? F. é uma orquídea? Edith é um ramo de feno? A Morte desfaz as teias de aranha? A Morte tem algo a ver com a Dor, ou a Dor trabalha para o outro lado? Ah, F., como eu adorei essa casa na árvore quando você a emprestou para que eu e Edith passássemos nossa lua de mel!

37.

As cabanas de Kahnawaké estavam vazias. Nos campos ao redor, homens e mulheres trabalhavam com as mãos cheias de sementes. Plantavam milho na primavera de 1675.

— Yuh yuh — eram os sons da Canção da Plantação de Milho.

O tio de Catherine apertava com força o monte amarelo encaixado na palma de sua mão. Podia sentir o poder das sementes, o anseio de serem cobertas pela terra e explodir. Pareciam forçar seus dedos a se abrirem. Ele inclinou a mão como um copo e uma semente caiu num buraco.

— Ah — refletiu —, foi assim que Nossas Fêmeas Ancestrais caíram dos céus na enxurrada das águas primevas. Alguns acreditam que animais semiaquáticos como a lontra, o castor e o rato-almiscarado, ao verem que elas estavam caindo, tentaram ampará-las tirando a lama do fundo para cobrir as águas.

De repente ele parou. Seu coração percebia a presença sinistra de Jacques de Lamberville. Ele podia sentir o padre andando pela aldeia a mais de um quilômetro e meio de distância. O tio de Catherine conjurou uma Sombra para encontrar o padre.

Jacques de Lamberville parou diante da cabana de Tekakwitha. Estão todos no campo, ele pensou, então não há sentido em tentar fazê-los me deixar entrar.

— La ha la ha — veio de dentro o tilintar de uma risada.

O padre deu a volta e foi até a porta. A Sombra o estava esperando e eles lutaram. Nua, a Sombra facilmente derrubou seu oponente, coberto de vestes pesadas. A Sombra se atirou sobre o padre, que lutava para se livrar das dobras de sua batina. Em sua ferocidade, a Sombra conseguiu se embrenhar nas mesmas curvas do manto. O padre logo percebeu sua vantagem. Ficou totalmente parado, até que a Sombra, em meio à confusão, ficasse aprisionada num bolso sufocante. Então se levantou e escancarou a porta.

— Catherine!
— Finalmente!
— O que você está fazendo aqui, Catherine? Toda sua família está no campo plantando milho.
— Eu bati o dedo do pé.
— Deixe-me olhar.
— Não. Deixe que doa.
— Que coisa adorável para se dizer, minha criança.

— Tenho dezenove anos. Todo mundo aqui me odeia, mas eu não ligo. Minhas tias me chutam o tempo todo, e eu não tenho nada contra elas. Sou eu quem cuida da merda, alguém tem de cuidar. Padre, eles querem que eu foda, e eu me recusei a foder.

— Não seja uma Índia Dadeira.
— O que devo fazer, Padre?
— Deixe-me olhar o seu dedo.
— Sim!
— Terei de tirar seu mocassim.
— Sim!
— É este?
— Sim!
— Bem aqui?
— Sim!
— Seus dedos estão frios, Catherine. Terei de esfregá-los com as mãos.
— Sim!
— Agora vou assoprá-los, como se faz com os dedos da mão no inverno.
— Sim!

O padre ofegava sobre aqueles dedinhos morenos. Que adorável almofadinha ela tem no dedão do pé. As partes de baixo dos cinco dedos do pé pareciam carinhas de crianças dormindo com um cobertor até o queixo. Ele começou a dar beijos de boa-noite em cada um deles.

— Deditos cor-de-rosa, minhas rosinhas.
— Sim!

Ele mordiscou uma almofadinha, que parecia uma uva de borracha. Estava ajoelhado, como Jesus se ajoelhava diante de pés descalços. De modo metódico, enfiou a língua entre cada um dos dedos, quatro estocadas, tão macia a pele no meio, e branca! Dedicou-se a cada dedo, colocando-os na boca,

cobrindo-os de saliva, soprando para fazer a saliva evaporar, mordendo-os com gosto. Era uma vergonha deixar que quatro dedos do pé ficassem sozinhos. Então ele enfiou todos os dedinhos em sua boca, passando a língua como se fosse um limpador de para-brisa. Francisco havia feito o mesmo pelos leprosos.
— Padre!
— Libalobaglobawogahummmmmhummmm.
— Padre!
— Engolengolengolengole. Schlup!
— Me batiza!
— Ainda que alguns achem nossa relutância excessiva, nós Jesuítas não apressamos os índios adultos no caminho para o batismo.
— Eu tenho dois pés.
— Os índios são imprevisíveis. Devemos nos proteger da catástrofe de produzir mais apóstatas que cristãos.
— Mexe neles.
— *Comme nous nous défions de l'inconstance des Iroquois, j'en ai peu baptisé hors du danger de mort.*
A garota escorregou seu pé para dentro do mocassim e sentou-se em cima dele.
— Me batiza.
— *Il n'y a pas grand nombre d'adultes, parce qu'on ne les baptise qu'avec beaucoup de précautions.*
E assim progrediu a discussão em meio às sombras da casa comprida. A quase dois quilômetros dali, o Tio afundava os joelhos na terra, exausto. *Não haverá colheita!* Ele não pensava nas sementes que acabara de plantar, mas sim na vida de seu povo. Todos esses anos, todas as caçadas, todas as guerras — tudo seria reduzido a nada. *Não haverá colheita!* Mesmo a sua alma, quando amadurecer, não chegará ao quente sudoeste, onde o vento traz dias ensolarados e o milho cresce. *O mundo ainda não estava pronto!* Uma dor profunda atingiu seu peito.

A grande e eterna luta entre Ioskeha, o Branco, e Tawiscara, o Escuro,* foi se afrouxando, e ao fim ambos pareciam dois amantes enlaçados num sono permanente. *Não haverá colheita!* A cada dia a aldeia ficava menor com a partida de seus irmãos para as novas missões. Ele procurou por um pequeno lobo que havia esculpido em madeira. No outono passado, havia encostado suas próprias narinas nas narinas esculpidas, para inalar a coragem do animal. E então havia exalado com força, espalhando o hálito do animal numa vasta área da floresta, o que deixou todos os veados ao redor paralisados. Quando matou um deles naquele dia, extraiu seu fígado e espalhou o sangue pelo lobo esculpido em madeira. E rezou: Grande Veado, Primeiro e Perfeito Veado, ancestral dessa carcaça aos meus pés, estamos famintos. Por favor, não busque vingança pela morte de um de seus filhos. O Tio desabou sobre o campo de milho, tentando desesperadamente respirar. O Grande Veado dançava sobre seu peito, quebrando suas costelas. Carregaram-no até a cabana. A sobrinha chorou ao ver seu rosto. Passado um tempo, e estando sozinhos, o velho falou.

— Veste-Negra esteve aqui?
— Sim, Pai Tekakwitha.
— E você quer ser batizada?
— Sim, Pai Tekakwitha.
— Eu o permitirei, mas com uma condição: que você prometa nunca deixar Kahnawaké.
— Prometo.
— Não haverá colheita, minha filha. Nosso paraíso está morrendo. Em cada montanha há um espírito chorando, pois estão sendo esquecidos.
— Descansa.

---

* Gêmeos da mitologia iroquesa que simbolizam a dualidade entre o Bem e o Mal.

— Traga-me o cachimbo e abra a porta.
— O que você está fazendo?
— Estou enviando o hálito do tabaco para eles, para todos eles.

Uma das teorias de F. é que a América Branca tinha sido punida com o câncer de pulmão por ter destruído o Homem Vermelho e roubado seus prazeres.

— Tente perdoá-los, Pai Tekakwitha.
— Não posso.

À medida que soprava suavemente a fumaça na direção da porta aberta, o Tio lembrava da história que tinha ouvido quando criança, de como Kuloskap havia abandonado o mundo por causa do mal nele contido. Deu uma grande festa de despedida e então saiu remando em sua enorme canoa. Agora ele vive numa esplêndida casa comprida, fabricando flechas. Quando a cabana estiver cheia delas, irá declarar guerra contra toda a humanidade.

38.

Será O Mundo Uma Oração A Uma Estrela? Serão Todos Os Anos Do Mundo Um Catálogo De Eventos De Algum Feriado? Será Que As Coisas Acontecem Todas Ao Mesmo Tempo? Haverá Uma Agulha No Palheiro? Atuamos No Crepúsculo Diante De Um Teatro Grande e Vazio De Bancos De Pedra? Damos As Mãos Aos Nossos Avós? São Quentes E Nobres Os Farrapos Da Morte? Há Registro Das Impressões Digitais De Todos Os Que Vivem Neste Exato Segundo? A Beleza É Um Aparelho De Musculação? Como Os Mortos São Recebidos No Exército Que Se Expande? É Verdade Que Não Há Garotas Sem Par Nos Bailes? Posso Chupar Bocetas Como Recompensa? Posso Adorar As Formas Das Garotas Em Vez De Lamber Etiquetas? Posso Morrer Um Pouco Diante Da Nudez De Peitos Desconhecidos? Posso Fazer Um Caminho De Pele Arrepiada Com Minha Língua? Posso Abraçar Meu Amigo Em

Vez De Trabalhar? Os Marinheiros São Naturalmente Religiosos? Posso Apertar Uma Coxa De Pelos Dourados Entre Minhas Pernas E Sentir O Fluxo Sanguíneo Enquanto Ouço O Tic-Tac Sagrado Do Relógio Evanescente? Posso Verificar Se Alguém Está Vivo Engolindo Seu Esperma? É Possível Registar Nos Livros Da Lei Que O Cocô É Kosher? Existe Alguma Diferença Entre Sonhar Com Geometria E Com Posições Sexuais Bizarras? Os Epilépticos São Sempre Elegantes? Existe Tal Coisa Chamada Desperdício? É Maravilhoso Pensar Numa Menina De Dezoito Anos Usando Uma Calcinha De Renda Apertada? Será Que O Amor Me Visita Quando Eu Me Masturbo? Ó Senhor, Ouço Um Grito, Todas As Sirenes Dispararam. Estou Trancado Numa Loja De Peles, Mas Acho Que Vós Quereis Me Roubar. Gabriel Consegue Desmontar Um Alarme? Por Que Estou Costurado Na Cama Com A Ninfomaníaca? Sou Tão Fácil De Colher Quanto Um Punhado De Grama? Eu Posso Ser Expulso Da Mesa De Roleta? Quantos Bilhões De Cabos Seguram O Zepelim? Ó Senhor, Amo Tantas Coisas Que Levaria Anos Para Tirá-las De Mim Uma Por Uma. Adoro Vossos Pequenos Gestos. Por Que Me Deixastes Ver O Tornozelo Desnudo Hoje À Noite Na Casa Da Árvore? Por Que Me Destes Passe Livre Para Que Eu Tivesse Um Vislumbre De Desejo? Posso Me Desatar Da Solidão E Colidir Mais Uma Vez Com Um Corpo Belo e Desejante? Posso Dormir Depois De Um Beijo Doce E Feliz? Posso Ter Um Cachorrinho Como Animal De Estimação? É Possível Aprender Sozinho A Ser Bonito? Posso Rezar, No Fim Das Contas?

39.

Eu me lembro de uma noite com F., quando estávamos na estrada em direção a Ottawa, onde ele faria seu Discurso De Posse no Parlamento, no dia seguinte. Não havia lua. Os faróis atingiam os postes brancos como um perfeito líquido corretor; deixávamos para trás um mapa vazio de estradas e campos desaparecidos. Ele acelerou a cento e trinta. A medalha de são Cristóvão pendurada no teto logo acima do para-brisa balançou numa pequena órbita depois de uma curva mais fechada.

— Vai com calma, F.

— Essa é minha noite! Minha noite!

— Sim, eu sei, F. Você finalmente conseguiu: agora é membro do Parlamento.

— Estou no mundo dos homens.

— F., não tira pra fora. Assim é demais.

— Sempre tiro ele pra fora quando as coisas chegam nesse ponto.

— Meu Deus! Nunca vi ele tão grande! O que passa na sua cabeça? No que você está pensando? Eu imploro, me ensina como se faz isso. Posso pegar?

— Não! Isso é entre mim e Deus.

— Para o carro F., eu te amo, eu amo seu poder. Quero aprender tudo o que você tem para ensinar.

— Cala a boca. No porta-luvas tem um tubo de protetor solar. Abra o porta-luvas apertando aquele botão com o dedo. Procure no meio dos mapas, luvas e cordas e pegue o tubo. Abra a tampinha e ponha um pouco de creme na minha mão.

— Assim tá bom?

— Sim.

— Não fecha os olhos, F. Você não quer que eu dirija?

Ah, que torre cremosa ele alisava! Naquele momento eu também devia fazer parte da paisagem que se perdia para trás, casas de fazenda e luzes de postos de gasolina, que chispavam como faíscas, com o carro devorando o traçado branco na estrada a cento e quarenta, voraz como um maçarico de acetileno. Com o ímpeto da mão direita sob a direção, parecia puxar a si mesmo como um estivador em um porto escuro. Que belos pentelhos brotavam de sua cueca. A abotoadura brilhava na luz interna do carro, que liguei para testemunhar aquela deliciosa operação. À medida que sua mão subia e descia mais rapidamente, o velocímetro foi se aproximando dos cento e cinquenta. Eu me torturava entre o medo de um acidente e o desejo de enfiar minha cabeça entre os joelhos dele e o painel do carro! Vuuum! passou um pomar. Os faróis queimaram uma avenida — nós a deixamos em cinzas. Eu ansiava por prender as fissuras de meus lábios nas rugas de seu saco tensionado. Os olhos de F. se fecharam de repente, como se tivessem sido atingidos por suco de limão. Seu punho se fechou com força no pálido consolo escorregadio, e ele começou a estrangulá-lo loucamente. Eu temia pelo membro, temia e o invejava, tão duro em seu brilho, esculpido como um Brancusi, a glande vermelha, inchada e quente como o capacete radiativo de um bombeiro. Queria ter a língua de um tamanduá para lamber a pérola molhada que F. havia notado e, com um movimento feliz e violento, incorporava à lubrificação geral. Eu não conseguia aguentar mais ficar de fora. Arranquei os botões da minha calça europeia fora de moda no frenesi de me tocar como um amante. Meu pau latejava com o sangue. Zuuumm! Surgiu o brilho de um estacionamento e logo desapareceu. O calor atravessava as luvas de couro que eu não tive tempo de tirar. Insetos camicases se espatifavam no para-brisa. A vida estava nas minhas mãos e todas as mensagens que eu queria mandar para o zodíaco se juntaram para começar sua jornada enquanto eu gemia com a insuportável pressão do prazer. F. gritava coisas sem sentido, e lançava perdigotos por toda parte.

— Olha pra mim, olha pra mim, olha pra mim, me chupa gostoso, chupa gostoso — F. uivava (se é que consigo me lembrar dos sons nesse momento).

E assim, por um átimo, se formou nossa imagem: dois homens numa concha alada de aço em direção a Ottawa, cegos pela escalada de um êxtase mecânico, a velha terra indígena inundada em fuligem atrás de nós, dois caralhos intumescidos apontando para a eternidade, duas bombas de gás lacrimogêneo para debelar a rebelião em nossas mentes, dois paus febris, separados como gárgulas em cantos diferentes de uma torre, dois pirulitos (cor de laranja na luz interna do carro) oferecidos em sacrifício às quebradas da estrada.

— Ai ai ai ai ai ai! — gritava F. a plenos pulmões.

— Slof tlif — soaram os jatos quentes de seu sêmen quando atingiram o painel (certamente o mesmo som dos salmões nadando contra a corrente e esmagando suas cabeças nas escarpas debaixo d'água).

Quanto a mim, eu sabia que ia gozar com mais uma mexida — estava no limite do orgasmo como um paraquedista diante da porta aberta do avião — mas de repente fiquei taciturno — de repente o desejo sumiu — de repente fiquei mais desperto (nessa fração de segundo) do que jamais ficara na vida...

— O muro!

O muro ocupou toda a visão do para-brisa, primeiro como um borrão, depois focado precisamente, como se um cientista tivesse ajustado o microscópio — cada relevo do concreto em três dimensões — claro e brilhante! — vislumbre da película da lua — e então o para-brisa ficou novamente nublado; o muro havia tampado os faróis — vi a abotoadura de F. escorregar pela direção como uma prancha de surfe...

— Meu querido! Ehhhhffff...

— Raaaackkk — fez o muro, ao ceder.

Atravessamos o muro, pois era feito de um tecido de seda pintado. O carro descambou num campo vazio, e o tecido rasgado ficou preso no emblema da Mercedes. Os faróis intactos iluminaram uma banca de cachorro-quente, enquanto F. pisava no freio. No balcão de madeira, notei uma garrafa vazia com a tampa furada e fiquei olhando para ela, perdido.

— Você gozou? — perguntou F.

Meu pau emergia do zíper como um cabo solto.

— Pena — disse F.

Comecei a tremer.

— Você perdeu uma bela gozada.

Coloquei meus punhos cerrados no painel e pousei neles minha testa, chorando em espasmos.

— Nós tivemos bastante trabalho pra organizar tudo, alugar o estacionamento e tal.

Virei o rosto rapidamente para ele.

— Nós? O que quer dizer com "nós"?

— Eu e Edith.

— Edith está metida nisso?

— Como foi aquele segundo em que você estava prestes a jorrar? Não sentiu o vácuo? A liberdade?

— Edith sabe das coisas nojentas que a gente faz?

— Você devia ter continuado, meu amigo. Você não estava dirigindo. Não podia ter feito nada. O muro estava em cima de você. E você perdeu uma bela gozada.

— Edith sabe que a gente é bicha?

Agarrei seu pescoço com intenções homicidas. F. sorriu. Meus pulsos pareciam finos e fracos sob a tênue luz laranja do carro. F. se desvencilhou dos meus dedos como se tirasse um colar.

— Calma, calma. Para de chorar.

— F., por que você me tortura?

— Ah, meu amigo, você tá tão carente. A cada dia parece ficar mais carente. Como vai ser quando todos nós tivermos ido embora?

— Isso não é da sua conta! Como você ousa achar que pode me ensinar alguma coisa? Você é uma farsa. É uma ameaça! Você é uma desgraça para o Canadá! Você arruinou minha vida!

— Talvez tudo isso seja verdade.

— Seu filho da puta! Como você ousa admitir que é verdade? Ele se inclinou, ligou o carro e olhou para o meu colo.
— Abotoe suas calças. Ainda temos uma longa e fria viagem até o Parlamento.

40.

Já faz algum tempo que venho escrevendo sobre esses fatos reais. Será que estou mais perto de Kateri Tekakwitha? O céu é muito estranho. Acho que nunca ficarei próximo das estrelas. Acho que nunca terei uma coroa de flores. Acho que nunca haverá fantasmas sussurrando mensagens eróticas nos meus cabelos acolhedores. Nunca acharei um jeito elegante de carregar um saco marrom de lanche num ônibus. Irei a funerais e não terei lembranças de nada. F. disse, há muitos anos: A cada dia você vai ficar mais sozinho. Isso foi há muito tempo. O que será que F. quis dizer quando me aconselhou a trepar com uma santa? O que é um santo? Um santo é alguém que alcançou uma remota possibilidade humana. E é impossível dizer que possibilidade é essa. Acho que tem algo a ver com a energia do amor. O contato com essa energia resulta num tipo de equilíbrio em meio ao caos da existência. Um santo não dissolve o caos; se o fizesse, o mundo teria mudado há muito tempo. Não acredito que um santo seja capaz de dissolver o caos nem para si mesmo, pois há algo de bélico e arrogante na noção de um ser colocando o universo em ordem. É um tipo de equilíbrio que leva à sua glória. Ele desliza nas avalanches como um esqui que se soltou. Seu caminho é uma carícia na montanha. Seu trajeto faz um desenho na neve, bem no momento em que ela entra em comunhão com as pedras e o vento. Há nele tanto amor pelo mundo que ele se deixa levar pelas leis da gravidade e do acaso. Longe de voar com os anjos, ele registra a solidez da paisagem com a precisão de um sismógrafo. Sua casa é perigosa e perecível, mas ele está à vontade no mundo. Ele pode amar as formas dos seres humanos, as belas e torcidas formas do coração. É bom ter seres assim entre nós, esses monstros moderadores do amor. Isso me faz pensar que os números guardados na verdade correspondem aos números das rifas que compramos com esperança, e que o prêmio não é uma ilusão. Mas por que trepar com uma? Lembro de certa vez em que eu estava babando sobre as coxas de Edith. Eu chupava e beijava aquela coisa longa e morena, era a Coxa, Coxa, Coxa — Coxa macia que se abria e emanava um perfume de bacon até o montinho da Boceta — Coxa se moldando e endurecendo à medida que eu seguia a trilha de seus pelos curtos e topava com o Joelho. Não sei o que Edith fazia (talvez um de seus magníficos jatos lubrificantes) ou o que eu fazia (talvez um de meus misteriosos esguichos de lubrificação), sei que de repente meu rosto estava molhado e minha boca escorregava em sua pele; não era a Coxa ou a Boceta ou qualquer bobagem rabiscada na escola (nem eu estava Trepando): era apenas a forma de Edith: uma forma humanoide: só uma forma — e por um segundo abençoado eu não estava mais sozinho, eu era parte de uma família. Essa foi a primeira vez que fizemos amor. Nunca mais aconteceu. É isso que tu me farás sentir, Catherine Tekakwitha? Mas tu não estás morta? Como posso me aproximar de uma santa morta? Essa busca parece não ter sentido. Não me sinto feliz aqui, na velha casa da árvore de F. O verão acabou faz tempo. Minha cabeça está em frangalhos. Minha carreira está por um fio. Ah, F., foi esse o treinamento que você planejou para mim?

41.

Catherine Tekakwitha foi batizada no dia dezoito de abril (o mês das Folhas Brilhantes), em 1676.

Volte para mim, Edith, por favor. Me beije, querida. Eu te amo, Edith. Volte para a vida. Não aguento mais ficar sozinho. Edith, já estou com rugas e mau hálito!

42.

Poucos dias depois de seu batismo, Catherine Tekakwitha foi convidada para um grande banquete em Québec. Estavam presentes o Marquis de Tracy, o intendente Talon, o governador M. De Courcelle, Kryn, Chefe Mohawk, um dos mais ferozes dentre os convertidos ao cristianismo, e belas damas e cavalheiros. Sentia-se o perfume de seus cabelos. Eram elegantes como só podem ser os cidadãos que vivem a duas mil milhas de Paris. Falas espirituosas floresciam em cada conversa. Butter nunca perdia a oportunidade de um aforismo. Discutiam as atividades da Academia Francesa de Ciências, que só contava dez anos. Alguns convidados exibiam seus relógios de bolso, uma nova invenção para medir o tempo que tinha virado febre na Europa. Alguns discorriam sobre um utensílio criado para regular os relógios, o pêndulo. Catherine Tekakwitha ouvia tudo em silêncio. Com a cabeça curvada, recebia os cumprimentos pelo arranjo de penas em sua túnica de pele de cervo. A mesa branca e comprida brilhava com a magnificência da prata e dos cristais e das primeiras flores da primavera; por um segundo seus olhos mergulharam no esplendor da ocasião. Belos serviçais ofereciam vinho em taças que mais pareciam rosas de caule longo. As chamas de centenas de velas eram refletidas nos talheres de prata com que os convivas perfumados cortavam seus filés; por um segundo o flash de múltiplos sóis queimou seus olhos e seu apetite. Com um pequeno e brusco movimento, que ela não conseguiu evitar, derrubou sua taça de vinho. Petrificada de vergonha, olhou para a mancha em forma de baleia.

— Não é nada — disse o Marquis. — Não é nada, minha filha. Catherine Tekakwitha permaneceu imóvel. O Marquis retornou à conversa, sobre uma nova invenção de guerra que estava sendo desenvolvida na França, a baioneta. A mancha se espalhou rapidamente.

— Até a toalha da mesa quis tomar esse delicioso vinho — brincou o Marquis. — Não se preocupe, minha filha. Ninguém é castigado por derrubar uma taça de vinho.

Apesar do esforço discreto de vários serviçais, o avanço da mancha continuou, colorindo áreas cada vez maiores da toalha de mesa. A conversação foi se esvaindo à medida que os comensais dirigiam o olhar para a notável expansão. Ocupava agora toda a toalha de mesa. Todos se calaram quando um vaso de prata ficou roxo, o mesmo acontecendo com as flores cor-de-rosa que estavam ali. Uma linda dama deu um grito de dor assim que viu sua mão delicada tingir-se de roxo. Em poucos minutos uma completa metamorfose cromática se instalou no lugar. Uivos e imprecações ressoavam no hall púrpura; rostos, roupas, tapeçarias e móveis assumiram a mesma coloração sombria. Além das janelas altas, havia ilhas de neve brilhando ao luar. Todos ali, serviçais e patrões, dirigiram o olhar para fora, na esperança de ver que, longe do hall contaminado, as cores múltiplas do universo não haviam sido atingidas. Mas diante de seus olhos, os trechos cobertos de neve da primavera escureciam em tons de vinho derramado, e a própria lua absorvia aquela cor imperial. Catherine levantou-se lentamente.

— Acho que devo desculpas a todos.

43.

A história acima me dá a impressão de algo apocalíptico. A palavra apocalíptico tem uma origem interessante. Vem do grego *apokalupsis*, que quer dizer revelação. É uma derivação de outra palavra grega, *apokaluptein*, que significa descobrir, ou desvendar. *Apo* é um prefixo grego; quer dizer de, derivado de. *Kaluptein* significa cobrir. É um cognato de *kalube*, cabana, e *kalumma*, véu feminino. Portanto apocalíptico descreve o que é revelado quando a mulher ergue o véu. O que fiz, o que não fiz, erguer seu véu, entrar sob sua coberta, Kateri Tekakwitha? Não achei nenhuma menção sobre esse banquete nas biografias mais reconhecidas. As duas principais fontes sobre sua vida são os padres jesuítas Pierre Cholonec e Claude Chauchetière. Ambos foram seus confessores na missão de Sault Saint-Louis, para onde ela tinha ido no outono de 1677 (quebrando a promessa feita ao Tio). Do Padre Cholonec temos o manuscrito de *Vie de Catherine Tekakouita, Première Vierge Iroquoise*. Uma outra *Vie*, escrita em latim, foi enviada ao Padre Geral da Companhia de Jesus, em 1715. Do Padre Chauchetière temos *La Vie de la B. Catherine Tekakouita, dite à présent la Saincte Sauvegesse*, escrito em 1695, cujo manuscrito está preservado nos arquivos do Colégio Sainte-Marie. Nesses arquivos também se encontra outro documento importante, escrito por Remy (Abade, P.S.S.), intitulado *Certificat de M. Remy, curé de la Chine, des miracles faits en sa paroisse par l'intercession de la B. Cathe. Tekakwita*, escrito em 1696. Eu adoro os jesuítas porque eles viam milagres. Saúdo o jesuíta que tanto fez pela conquista da fronteira entre o natural e o sobrenatural. Sob diversos disfarces, ora como Ministro do Gabinete, ou como pregador cristão, ora como soldado, brâmane, astrólogo, ou confessor de um monarca, ora como matemático ou mandarim — e utilizando mil artimanhas, dentre elas o peso dos milagres testemunhados —, ele seduziu, persuadiu, compeliu homens à aceitação de que a Terra é uma província da Eternidade. Saúdo Inácio de Loyola, abatido pela bala de um protestante francês na batalha de Pamplona, pois em seu leito de enfermo, na caverna de

Manresa, este orgulhoso soldado viu os Mistérios do paraíso, e essas visões se tornaram a base da poderosa Companhia de Jesus. Companhia, esta, que ousou afirmar ser a face marmórea de César apenas a máscara de Deus, e viu no apetite imperial por poder terreno a sede divina por almas. Saúdo meus professores do orfanato no centro de Montréal, que cheiravam a sêmen e incenso. Saúdo os padres dos quartos lotados de muletas que penetraram uma ilusão, e que sabiam serem os aleijados apenas outras formas da perfeição, assim como as ervas daninhas são as flores que ninguém colhe. Saúdo as paredes de muletas que são museus de ervas. Saúdo os fedores alquímicos das ceras quentes que invocam a intimidade com vampiros. Saúdo os salões abobadados, onde nos ajoelhamos cara a cara com o Acusador do Mundo e sua auréola de merda. Saúdo a todos que me prepararam para esta vigília congelante, a única sardinha material numa lata de fantasmas. Saúdo a todos os antigos torturadores que reconheciam a alma de suas vítimas, e, como os indígenas, permitiam que o poder do Inimigo alimentasse a força da comunidade. Saúdo a todos os que acreditaram no Adversário e portanto floresceram no estilo másculo do guerreiro. Saúdo as mesas de nossa velha sala de aula, aquela pequena e brava esquadra que, ano após ano, enfrentava o Dilúvio com sua tripulação inexperiente. Saúdo nossos livros gastos, doações do município, especialmente o *Catequismo*, com as margens repletas de obscenidades, que contribuíram muito para a sustentação dos banheiros como templos arrebatadores do Profano. Saúdo as lajotas de mármore com que os cubículos eram revestidos, às quais o cheiro de merda não aderia. Ali era depositada a antiluterana possibilidade da matéria, que sucumbia facilmente à descarga. Saúdo o mármore nos Salões do Excremento, a linha Maginot contra a invasão da Falibilidade Papal. Saúdo as parábolas do banheiro dos órfãos, onde a mancha amarela na porcelana provava que uma simples gota d'água era tão poderosa quanto a Idade do Gelo. Ó, que alguma coisa em algum lugar possa lembrar de nós, órfãos corajosos, alinhados em fila única para dividir uma barra de sabão por sessenta mãos, na tentativa de tirar as verrugas dos dedos para agradar a Inspeção. Saúdo o mais bravo de nós, meu amigo F., que arrancou suas verrugas a dentadas. Saúdo o covarde que não conseguiu afundar os dentes em si mesmo, eu, o autor desta história, que agora está assustado em sua cabine acima das corredeiras do Canadá, com a verruga na ponta do dedo corroída por anos de uso do lápis. Posso receber também o conforto de uma saudação? Ofendi todo mundo, e agora me sinto congelado pela mágica automática de todos.

— F.! Para de comer suas verrugas!
— Vou comer minhas verrugas na frente do mundo inteiro. Você deveria fazer isso também.
— Vou esperar as minhas sumirem.
— O quê?
— Esperar elas sumirem.
— Sumirem?

F. bateu na testa e saiu correndo de cubículo em cubículo como um homem tentando acordar o vilarejo, abrindo as portas e se dirigindo a cada máquina agachada.

— Venham, venham — F. gritava. — Ele tá esperando que elas sumam. Venham ver o pobre peixinho esperando elas sumirem.

Tropeçando em suas calças abaixadas até os tornozelos, meus colegas de classe emergiram dos cubículos desajeitadamente, atrapalhados com suas cuecas sem elástico. Lá vieram eles, alguns no meio da punheta, com as revistinhas caindo do colo, as portas entreabertas deixando ver parte de seus rabiscos românticos no verniz. Eles nos cercaram, ansiosos para ver a aberração anunciada. F. levantou minha mão como se eu fosse um lutador de boxe, me deixando pendurado, balançando no ar, meu corpo parecendo uma remessa de tabaco sendo leiloada por um anão da Liggett and Myers.

— Não me humilhe, F. — eu implorei.

— Aproximem-se, rapazes. Olhem para o homem que sabe esperar. Olhem para o homem que tem mil anos em suas mãos.

Eles chacoalharam ao mesmo tempo a cabeça, sem acreditar no que viam.

— Eu não perderia isso por nada — um deles disse.

— Ha ha ha.

F. abaixou minha mão sem me soltar, e eu caí a seus pés, desconjuntado. Ele colocou o salto de seu Sapato de Caridade no meu dedão, com a pressão suficiente para que eu não escapasse.

— Debaixo do meu pé está a mão que vai simplesmente se despedir de várias verrugas.

— Ho ho.

— Essa é boa.

Ó leitor, percebe que é um homem que está escrevendo isso? Um homem como você, que sempre quis ter um coração de herói. Um homem que está escrevendo isso em isolamento ártico, um homem que odeia sua memória e lembra de tudo, que já foi orgulhoso como você, que amou a sociedade como só um órfão pode amar, que a amou como um espião embebido em leite e mel. É um homem como você que escreve esse trecho ousado e que, como você, sonha com liderança e reconhecimento. Não, não, por favor, câimbras agora não, câimbras não. Façam as câimbras passarem e eu prometo não interromper mais, eu juro, ó Deuses e Deusas do Fato Puro.

— Ho ho.

— Impagável.

Era de manhã, bem cedo. Não havia muita luz do sol por entre as grades das janelas opacas do banheiro, mas não nos era permitido acender as luzes de manhã, a não ser no inverno. Naquela luz suja de aquário, coisas que brilham normalmente lampejavam como moedas de meio dólar escondidas num vasilhame de petróleo gelatinoso. Cada pia branca, cada espeto entre os cubículos (para que não pudéssemos escalar as paredes) tinha seu pote de Vaselina. O que mais brilhava eram os joelhos nus de minha audiência gozadora, e mais ainda as canelas brancas e encardidas dos meninos mais velhos, com os hormônios se revelando nos primeiros pelos. Puxando o ar com força, F. silenciou a algazarra. Tentei atrair sua atenção, para implorar. Fiquei esperando pelo castigo no chão de mármore com cor de vaselina. Ele começou seu falatório num tom objetivo, mas eu já sabia o que viria.

— Alguns acreditam que as verrugas simplesmente desapareçam. Alguns são da opinião que elas somem com o tempo. Outros relutam em sequer pensar nas verrugas. Há até quem negue a existência das verrugas. E há os que afirmam que as verrugas são belas e celebram seu surgimento. Alguns argumentam que as verrugas são úteis, sensíveis à educação, e que podem aprender a falar. Especialistas se debruçaram sobre essa questão. Técnicas e teorias foram desenvolvidas. No começo, os métodos foram brutais. Uma escola se rebelou defendendo a não coerção das verrugas. Uma ala radical acredita que as verrugas só conseguem dominar as linguagens do tipo sinótico. Uma facção lunática sustenta que é um erro querer ensinar línguas humanas às verrugas, já que elas teriam uma língua própria que é preciso primeiro compreender. Alguns poucos estudiosos confiáveis insistem que as verrugas já são fluentes nas línguas, e sempre o foram, que basta aprender a ouvi-las.

— Vai direto ao ponto, F.
— E aí?
— Quanto falta para a tortura?

Enchendo a paciência de todos com ousadia, F. chegou ao ponto dramático da doutrina. Pisou mais forte com seu salto e arrancou um grito de mim. De repente a Vaselina foi usada e as luzes pareciam buracos em peixinhos mortos, boiando de boca aberta; a sensação era que todas as privadas estavam entupidas e os professores teriam de vir e acabariam descobrindo muito mais sobre nós.

— Não acredito em verrugas que "desaparecem". Para mim as verrugas são horríveis. Sou um homem simples. Chega de falação, é o que *eu* acho. A verruga é um segredo que *não quero* guardar. Quando eu vejo uma verruga já penso no bisturi.

— Ahhh!

Assim que disse a última palavra, ergueu a mão em saudação. A saudação revelou um canivete, assim como a baioneta se revela inequivocamente num rifle. Os órfãos engoliram em seco.

— Quando vejo uma verruga, penso em Remoção Rápida. Penso em Antes e Depois. Penso em Remédios Miraculosos. Penso em Apenas Dez Dias.

— Vai. Vai.

— Penso em Oportunidade Única. Penso Experimente Este MÉTODO CIENTÍFICO Caseiro. Penso ENVIEM-ME GRÁTIS. Agarrem-no, homens!

Eles se jogaram sobre mim e me puseram de pé. Meu braço foi esticado e segurado com força. Eles cercaram meu braço como marinheiros puxando uma corda. O corpo deles impedia que eu visse minha mão. Alguém apoiou minha mão na porcelana e afastou meus dedos.

— Sim — gritava F. por cima do clamor —, eu penso Aja Agora. Eu penso Não Demore. Eu penso Esta Oferta Tem Tempo Limitado.

— Socorro!

— Tapem a boca dele.

— Mmmmmmm. Mmmmmmm.

— Agora! Cortar! Ar-ran-car!

Tentei imaginar que eu era mais um daqueles corpos puxando o braço, mais um daqueles marinheiros, e que na verdade eles estavam bem longe talhando manteiga.

44.

Como eu dizia, a história do banquete de Catherine Tekakwitha é apocalíptica. Na verdade foi minha esposa, Edith, que me contou a história. Eu me lembro daquela tarde perfeitamente. Eu tinha acabado de chegar de Ottawa, onde F. conseguiu que eu tivesse acesso aos Arquivos. Nós três estávamos fazendo bronzeamento artificial no nosso apartamento no porão. F. disse que eu era o único que podia ficar pelado, pois tanto ele quanto Edith já tinham visto meu pau, mas eles não tinham visto as partes um do outro (mentira). A lógica de F. era infalível, mas mesmo assim eu não ficava à vontade de me despir na frente deles, e certamente nunca deixaria que Edith ficasse nua e nem gostaria que F. se exibisse.

— Mas eu prefiro não — disse, timidamente.
— Bobagem, querido.
— Pelo menos um de nós pode se bronzear propriamente.

Eles ficaram me olhando enquanto eu abaixava a cueca, preocupado com a minha própria higiene, me perguntando se não haveria alguma mancha denunciadora. A verdade é que eu acho que F. estava me usando como propaganda para o próprio corpo. Eu era o anúncio luminoso de sua realidade. Sua expressão parecia dizer a Edith: se uma coisa dessas pode respirar e se levantar toda manhã, imagine a foda que você teria comigo.

— Deite aqui no meio.
— Descruze as pernas.
— Tire as mãos da frente.

E quando Edith passou o bronzeador, eu fiquei sem saber se eu devia ter uma ereção. Em noites de domingo como essa, Edith e F. costumavam se injetar um pouco de heroína, que é inofensiva e mais segura que o álcool. Eu, que era da velha guarda naquela época, ainda achava que era uma droga mortal, e por isso sempre recusava quando me ofereciam uma dose. Naquela noite percebi que eles eram extremamente ritualísticos quando preparavam a seringa hipodérmica e "esquentavam o cavalo".

— Por que tanta solenidade?
— Por nada.

Edith veio correndo me abraçar com força e em seguida F. se juntou a ela, e eu me senti como uma Virgem premiada para animar a despedida dos camicases no aeroporto.

— Me larguem! Não precisam ficar me lambendo. Eu não vou dar chilique.
— Adeus, meu amor.
— Adeus, velho amigo.
— Parem com isso. Vão logo, seus degenerados, voem para seu Paraíso ilusório.
— Adeus — repetiu Edith num tom triste, e eu já devia saber que aquela não seria uma noite comum de domingo.

Eles apalparam as veias em busca de alguma que ainda tivesse sangue, enfiaram a agulha sob a pele, esperaram pelo sinal vermelho do "pico" e então lançaram a droga na circulação. Ao tirar as agulhas abruptamente, desabaram no sofá. Depois de alguns minutos de estupor, Edith perguntou:

— Meu amor?
— O que é?
— Não responde tão rápido.
— Sim — reforçou F. — Faça-nos esse favor.
— Não posso ver isso, minha esposa e meu amigo.

Com raiva, fui para o quarto e bati a porta. Imagino que tenham visto um borrão da minha bunda quando saí. Um dos motivos da minha saída foi a ereção que tive ao vê-los aplicando a injeção; como eu tinha decidido não ficar de pau duro quando Edith passou o bronzeador, achei que isso, naquele momento, poderia me colocar sob uma luz anormal. Em segundo lugar, porque eu queria fuçar nas gavetas de Edith como eu fazia toda noite de domingo enquanto eles pairavam dopados em seu mundo narcótico, uma inspeção ilegal que, coerente com as muitas fraquezas descritas abertamente nesta crônica, havia se tornado minha maior diversão. Mas esta não era uma noite de domingo qualquer. O que eu mais gostava era de mexer em sua gaveta de cosméticos, porque era perfumada e brilhante, com mil vidrinhos que caíam para fora quando era puxada, e lá se podia encontrar a solitária raiz branca de um buço de mulher, ainda presa na pinça, ou a impressão do seu dedo no pó facial — era estranho, mas essas evidências me aproximavam de sua beleza, assim como os peregrinos adoram uma relíquia, o órgão de um santo em formol, que poucos poderiam conhecer em carne e osso. Puxei a maçaneta, na expectativa dos adoráveis barulhinhos, mas! Não havia nada na gaveta, a não ser uns cacos de vidro, dois rosários baratos, várias ampolas de um líquido sem cor e alguns pedaços de papel. O fundo de madeira da gaveta estava molhado. Com cuidado, peguei um dos recortes de papel e vi que era um cupom.

CUPOM DE LIVRO GRÁTIS

Depto. de Métodos Científicos FL-464
134 E. 92 St., Nova York 28, NY

Gostaria de receber GRÁTIS o livro com o Método Caseiro de Afinamento de Pernas Grossas. O livro deverá estar discretamente embalado e endereçado a mim "Em Mãos", sem qualquer compromisso.

Nome ——————————————————————
Endereço —————————————————————
Cidade —————— Estado —————— País ——————

Mas as pernas de Edith eram maravilhosas! Tinha um outro:

PERNAS FINAS

Obtenha Curvas Atraentes nas Juntas,
Canelas, Joelhos, Coxas, Quadris!

Pernas finas tiram o que há de atraente em sua figura. Mas agora você mesma vai poder desenvolver suas pernas e encorpar a parte delas que quiser, ou todas as partes, como muitas já fizeram ao seguir este novo método científico. Prestigiados especialistas em pernas, com anos de experiência, oferecem a você este curso testado e aprovado cientificamente — são apenas quinze minutos por dia na privacidade do seu lar! Ilustrações passo a passo mostram como é fácil e simples seguir a técnica CIENTÍFICA PARA PERNAS. Você vai ganhar pernas mais bem torneadas, mais fortes, com uma cor mais vibrante, além de melhorar a circulação.

OFERTA GRÁTIS por tempo limitado!

Para receber gratuitamente seu livro com o Método Caseiro para Desenvolver Pernas Finas, devidamente embalado, sem nenhum compromisso, basta mandar seu nome e endereço.

DEPTO. DE MÉTODOS CIENTÍFICOS FL-464
134 E. 92 St., Nova York 28, NY

O que estava acontecendo? O que Edith poderia querer com essas ofertas patéticas? O que eles faziam na 134 East 92nd Street? Será que lá tinha uma piscina de pernas amputadas? Num canto da gaveta, meio molhado, estava o começo da explicação. Eu ainda posso vê-lo. Sou capaz de reproduzir, de cabeça, palavra por palavra.

Contas Com Água Da Fonte Milagrosa De Lourdes
O Lugar Exato Onde Santa Bernadete Teve a Visão da Abençoada Virgem Maria

Imagine segurar em suas mãos, acariciar com seus dedos, VER COM SEUS PRÓPRIOS OLHOS a água da fonte milagrosa de Lourdes, *permanentemente encapsulada* em contas transparentes de um rosário! A segunda, terceira e quarta (Ave-Maria) contas deste inusitado rosário novo realmente contêm água da fonte criada pela Virgem Santa! É a mesma água que curou milhares de doentes, aleijados e cegos. O próprio Rosário é belamente adornado com imitações de pérolas polidas e vem com a corrente e a cruz banhados em estanho. Ricamente embalado numa caixinha de joias revestida de veludo azul. As contas podem vir nas cores: Diamante Puro; Azul Safira; ou Preto Ébano. Não mande dinheiro!... pague apenas $2,98 cada (mais taxas) no momento da entrega. Ou economize as taxas e mande agora $2,98 cada uma! Você também pode receber uma AMPOLA GRATUITA DE ÁGUA ETERNA DE LOURDES a cada rosário comprado e, GRÁTIS, o livreto "Milagre em Lourdes" se fizer AGORA seu pedido. É sua satisfação ou a devolução dos rosários em dez dias com o seu dinheiro de volta.

AGORA $2,98 CADA!

Os Primeiros dez Dias DE GRAÇA

GRÁTIS!

AMPOLA DA ÁGUA ETERNA DE LOURDES... cheia até a borda com a água que curou todos os tipos de cegueira, deficiências, doenças e mesmo o tão temido câncer. Feita de vidro soprado; perfeita para carregar.

CLUBE DA REVELAÇÃO LTDA, Depto. 423, 623 Madison Ave., Nova York, NY 10022

Com o papel na mão, saí correndo do quarto. Edith e F. estavam desmaiados no sofá, numa distância respeitável um do outro. Na mesinha em frente estavam espalhadas as ferramentas medonhas de seu vício, as agulhas, os conta-gotas, o cinto, e — uma dúzia de Ampolas de Água Eterna de Lourdes vazias. Peguei-os pelas roupas e dei uma chacoalhada.

— Há quanto tempo vocês estão fazendo isso?

Botei na cara de cada um a propaganda.

Há quanto tempo vocês vêm colocando isso em seus corpos?

— Conta pra ele, Edith — sussurrou F.

— É a primeira vez que usamos.

— Conta tudo pra ele, Edith.

— Sim, exijo saber de tudo.

— Fizemos uma mistura.

— Misturamos dois tipos de água.

— Continuem.

— Bem, parte da água era das Ampolas de Lourdes e parte era...

— Era?

— Diz pra ele, Edith.

— Era da Fonte de Tekakwitha.

— Então vocês não são mais drogadictos?

— É só isso que você quer saber? — disse F., enfadado.

— Deixa ele em paz, F. Senta aqui com a gente.

— Não quero me sentar pelado entre vocês.

— Não vamos olhar.

— Tudo bem.

Inspecionei seus olhos com um fósforo, dei socos no ar e, quando tive certeza de que não estavam olhando, me sentei.

— Bem, qual é o efeito disso?

— Não sabemos.

— Conta a verdade, Edith.

— Sabemos, sim.

E, como se fosse começar a explicação com uma anedota, Edith pegou minha mão e contou a história do Banquete de Catherine Tekakwitha, realizado há tanto tempo em Québec. F. segurou minha outra mão enquanto ela falava. Acho que os dois tinham chorado, pois ela estava com a voz embargada e ele tremia como alguém que está prestes a dormir. Naquela noite, no quarto, Edith fez tudo o que eu quis. Nem precisei usar o comando de rádio para sua boca laboriosa. Uma semana depois ela estava debaixo do elevador, uma "suicida".

45.

Estou quase morrendo congelado nessa porra de casa na árvore. Achei que a Natureza seria melhor que minha pequena cozinha de sêmen no subsolo. Achei que o barulho dos passarinhos seria mais doce que o do elevador. Especialistas munidos de gravadores dizem que aquela nota única que percebemos no canto do passarinho na verdade são dez ou doze notas que ele combina em belas e variadas harmonias líquidas. Descobriram isso diminuindo a velocidade das gravações. Clamo pelo Sistema de Saúde! Clamo por uma operação! Quero um transistor costurado na minha cabeça que torne o som mais lento. Do contrário, que deixem os insights da Ciência longe dos jornais. O verão canadense passou como uma máscara de Halloween e agora o interior do país está frio todos os dias. São só esses os doces que ganhamos? Onde está o mundo de ficção científica, o mundo de amanhã que nos prometeram para hoje? Eu exijo uma mudança de clima. Onde eu estava com a cabeça para vir aqui sem rádio? Três meses sem meu rádio, cantarolando os obsoletos Top Ten, meus Top Ten abruptamente removidos da História, cortados pela dinâmica mutante do mercado das jukeboxes, meus pobres Top Ten que não são mais valorizados pelos adolescentes de treze anos e seus amassos no tapete ao lado da vitrola, meus solenes Top Ten em marcha prussiana pela minha cabeça, como os generais de uma junta que não sabem que o *coup d'état* foi planejado para a mesma noite do baile de formatura, meus bons e velhos Top Ten, como um batalhão de condutores de bonde em suas luvas douradas, prontos para a aposentadoria, pacientemente fazendo curvas enquanto o metrô é instituído numa sala de reuniões e os bondes são conduzidos para os museus, meus desajeitados Top Ten de ecos elétricos e suspirantes vozes púberes tocando meu coração como animadoras de torcida com as pernas de fora, fazendo estrelas na frente de arquibancadas vazias, os elásticos de seus sutiãs pressionando a pele docemente, suas calcinhas fosforescentes refulgindo das saias de pregas de ponta-cabeça, no momento em que giram em seus dedos convidativos, as bundas escolares, firmes, risonhas, bem treinadas, cobertas de cetim, descrevendo inefáveis e breves curvas de arco-íris, deixando no ar rastros de lilás e laranja, o bocal redondo de seus megafones, com o metal quente de Alma Maters e o cheiro de batom branco, e para quem são estas úmidas acrobacias em Technicolor? para quem esses arcos flamejantes de calcinhas brilhando em meio aos cantos da torcida, como vários figos frescos, sofisticadamente descascados, sim, um milhão de sementes de segredos plantadas nessas bolsinhas fechadas, rodando pelas laterais enlameadas do campo, até a boca ruidosa do tempo? Para quem vocês flutuam, bundas queridas do Top Ten? O Leader of the Pack continua esmagado debaixo de sua Honda, num desastre de perspectivas de trabalho, o fantasmagórico defensor negro flutua nos limites invernais do campo de futebol americano e desemboca nos prêmios da faculdade de direito, a bola sortuda que vocês autografaram tira retratos da lua. Ah, meus desgraçados Top Ten, ansiosos por morrer na fama, esqueci meu rádio, e assim vocês definham com os outros zumbis na minha memória, vocês a quem só resta a honra do harakiri, cometido com a lâmina cega dos braceletes de identificação devolvidos, meus exauridos Top Ten, esperando cair no esquecimento como balões e pipas que se perderam, como ingressos de teatro rasgados, como canetas sem tinta, como pilhas usadas, como as chavinhas que giram e abrem as tampas das latas de sardinha, como os pratos de alumínio usados para comer em frente à TV — eu os guardo comigo ao lado dos sintomas de minha doença crônica, e os condeno aos trabalhos forçados do Hino Nacional, e lhes nego o martírio na Parada de Sucessos de amanhã, e os transformo em bumerangues, meus pequenos camicase, vocês querem fazer parte das Tribos Perdidas, mas eu queimo números nos braços, eu despejo drogas milagrosas na Casa da Morte, e penduro redes suicidas nas pontes. Santos e amigos, me livrem da História e da Prisão de Ventre. Façam com que os passarinhos cantem mais lentamente e que eu escute mais depressa. Dor, sua rã escaladora, grande como a indústria, saia dessa casa na árvore.

46.

— Estou doente, mas não tão doente, disse o tio de Catherine Tekakwitha.

— Deixe-me batizá-lo — disse o Veste-Negra.

— Não quero sua água em mim. Já vi muitos morrerem depois de você tocá-los com ela.

— Estão no Paraíso agora.

— O Paraíso pode ser bom para os franceses, mas eu prefiro ficar entre os indígenas, pois os franceses não me darão nada para comer quando eu chegar lá, e as mulheres francesas não se deitarão comigo sob a sombra dos pinheiros.

— Somos todos filhos do mesmo Pai.

— Ah, Veste-Negra, se fossemos filhos do mesmo Pai nós saberíamos fazer facas e casacos tão bem como vocês.

— Ouça, ancião, trago na concha da mão uma gota mística que pode arrancá-lo de uma eternidade de sofrimento.

— As pessoas caçam no Paraíso, fazem guerras ou banquetes?

— Não!

— Então não vou. Preguiça não faz bem.

— O fogo infernal e a tortura de demônios lhe esperam.

— Por que você batizou nosso inimigo, o Hurão? Ele vai chegar primeiro ao Paraíso e, quando for nossa vez, vai nos expulsar.

— Há lugar para todos no Paraíso.

— Se há tanto lugar, Veste-Negra, por que você guarda a entrada com tanto ciúme?

— Resta pouco tempo. Você com certeza vai para o Inferno.

— Há tempo de sobra, Veste-Negra. Podemos conversar até que a doninha seja amiga do coelho; assim não arrebentamos a corda dos dias.

— Sua eloquência é diabólica, ancião. O fogo eterno lhe espera.

— Sim, Veste-Negra, mas um fogo ameno, onde estarei cercado pelas sombras de meus parentes e ancestrais.

Quando o Jesuíta saiu, ele chamou Catherine Tekakwitha.

— Sente-se aqui do meu lado.

— Sim, meu Tio.

— Tire essa manta que me cobre.

— Sim, meu Tio.

— Olhe para este corpo. Este é o corpo de um velho mohawk. Olhe bem.

— Estou olhando, meu Tio.

— Não chore, Kateri. Não enxergamos bem através das lágrimas; se as coisas ganham mais brilho, ficam também distorcidas.

— Olharei sem lágrimas, meu Tio.

— Tire toda minha roupa e olhe bem para mim.

— Sim, meu Tio.

— Olhe por bastante tempo. Olhe bem de perto. Olhe com atenção.

— Farei o que me pede, meu Tio.

— Temos muito tempo.

— Sim, meu Tio.

— Suas Tias estão espiando pelas frestas da madeira, mas não se distraia. Olhe com atenção.

— Sim, meu Tio.

— O que você vê, Kateri?

— Vejo o corpo velho de um mohawk.

— Olhe com atenção e eu vou lhe contar o que acontece quando o espírito começar a deixar meu corpo.

— Isso eu não posso ouvir, meu Tio. Sou Cristã agora. Por favor, não machuque minha mão.

— Ouça e veja. O que vou contar não é ofensivo para deus nenhum, o seu ou o meu, a Mãe do Barbudo ou a Grande Lebre.

— Ouvirei, então.

— Quando minhas narinas não sentirem mais o vento, meu espírito iniciará sua longa jornada de volta para casa. Olhe para este corpo enrugado e machucado enquanto falo com você. O corpo belo de meu espírito iniciará uma dura e perigosa jornada. Muitos não completam essa jornada, mas eu conseguirei. Cruzarei um rio traiçoeiro em cima de uma tora. Fortes corredeiras tentarão me lançar sobre as pedras pontudas. Um cão enorme irá morder meus calcanhares. E então seguirei por um caminho estreito, em meio a rochas que dançam e se chocam; muitos são esmagados, mas eu dançarei com as rochas. Olhe para este velho corpo mohawk quando falo com você, Catherine. Na beira do caminho haverá uma cabana de madeira. Nela vive Oscotarach, o Perfura-Cabeças. Ficarei diante dele e ele arrancará o cérebro de meu crânio. Isso é o que ele faz com todos os crânios que passam por ali. É a preparação necessária para a Caçada Eterna. Olhe para mim e escute.

— Sim, meu Tio.

— O que você vê?

— Um velho corpo mohawk.

— Bom. Pode me cobrir agora. Não chore. Ainda não chegou minha hora. Eu sonharei com a cura.

— Ah, estou tão feliz, meu Tio!

Assim que Catherine saiu sorrindo da casa comprida, suas Tias cruéis saltaram sobre ela com socos e maldições. Ela caiu com os golpes. "*Ce fut en cette occasion*", escreve o Padre

Cholenec, "*qu'elle déclara qu'on aurait peut-être ignoré, si elle n'avait pas été mise à cette épreuve, que par la miséricorde du Seigneur, elle ne se souvenait pas d'avoir jamais terni la pureté de son corps, et qu'elle n'appréhendait prend de recevoir aucun reproche sur cette article au jour du jugement*".

— Você trepou com seu Tio! — elas gritavam.
— Você desvendou sua nudez!
— Você viu a ferramenta dele!

Elas a arrastaram até o Padre De Lamberville.

— Aqui está sua cristãzinha. Ela trepou com o próprio Tio!

O padre botou para fora as selvagens ululantes e examinou a garota que sangrava, prostrada no chão, à sua frente. Satisfeito, ele a ajudou a se levantar.

— Você vive aqui como uma flor em meio a espinhos venenosos.
— Obrigada, padre.

47.

Há muito tempo (é essa a impressão) acordei com F. puxando meus cabelos.

— Vem comigo, meu amigo.
— Que horas são, F.?
— Estamos no verão de 1964.

Ele estampava no rosto um sorriso estranho, que eu nunca tinha visto antes. Não dá para explicar, mas fiquei tímido e cruzei as pernas.

— Levanta, vamos dar uma caminhada.
— Então olha pra lá enquanto me visto.
— Não.
— Por favor.

Ele puxou o lençol e descobriu meu corpo, ainda pesado de sono e dos sonhos com a mulher perdida. Balançou a cabeça lentamente.

— Por que você não ouviu o Charles Axis?
— Dá um tempo, F.
— Por que você não ouviu o Charles Axis?

Apertei as pernas com força e escondi os pentelhos com minha touca de dormir. F. me olhava, agitado.

— Confessa. Por que você não ouviu o Charles Axis? Por que não mandou o cupom naquela tarde longínqua no orfanato?

— Me deixa em paz.
— Dá uma olhada no seu corpo.
— Edith nunca reclamou do meu corpo.
— Ha!
— Ela falou alguma coisa pra você sobre meu corpo?
— Várias coisas.
— Tipo?
— Ela disse que você tem um corpo arrogante.
— E que porra isso quer dizer?
— Confessa, meu amigo. Confessa seu pecado de orgulho. Confessa sobre o Charles Axis.

— Não tenho nada a confessar. Agora olha pra lá que eu vou me vestir. Tá muito cedo pra ficar ouvindo seus paradoxos baratos.

Com a rapidez de um raio, ele torceu meu braço num golpe de luta livre, arrancou-me da cama nostálgica e me empurrou até o espelho do banheiro, para que eu me visse de corpo inteiro. Por milagre, minha touca de dormir ficou presa no emaranhado dos pentelhos. Fechei os olhos.

— Ai!
— Olha bem e confessa. Confessa que você ignorou o Charles Axis.
— Não.

Ele apertou ainda mais seu golpe de lutador.

— Ai, ai, ai, para, por favor! Socorro!

— A verdade! Você desprezou o cupom por orgulho, seu pecador! Charles Axis não era bom o suficiente pra você. Na sua mente ambiciosa você acalentava um desejo indizível. Você queria ser o Besouro Azul. Você queria ser o Capitão Marvel. Você queria ser o Homem-Borracha. Robin não era bom o suficiente, você queria ser o Batman.

— Você tá quebrando minha coluna!

— Você queria ser o Super-Homem que nunca foi o Clark Kent. Você queria ser o centro das atenções nos gibis. Você queria ser Íbis, o Invencível, aquele que não perdia seu bastão mágico. Você queria ter SOCK! POW! SLAM! UGG! OOF! YULP escritos no ar entre você e o mundo inteiro. Tornar-se um Novo Homem com quinze minutos por dia não significava nada pra você. Confessa!

— Tá doendo! Tá doendo! Tudo bem, eu confesso. Eu queria milagres! Eu não quero atingir o sucesso pela escada dos cupons! Eu já queria acordar com Visão de Raio X! Eu confesso!

— Bom.

Ele passou do golpe de luta livre ao abraço. Meus dedos trabalharam habilmente na penumbra de porcelana onde eu tinha sido aprisionado. Desabotoei sua calça Slim Jim sem cinto e ao mesmo tempo soltei minha touca de dormir. Ela caiu entre meus dedos e os sapatos dele como uma folha de parra numa utopia de nudistas. O sorriso estranho continuou naquela boca lasciva.

— Ah, meu amigo, esperei muito por essa confissão.

De braços dados, andamos pelas ruas estreitas do porto de Montréal. Vimos as copiosas chuvas de trigo caindo nos cargueiros chineses. Vimos os círculos que as gaivotas faziam sobre os pontos de lixo em perfeita geometria. Vimos transatlânticos diminuindo à medida que deslizavam na amplidão do rio St. Lawrence, diminuindo até parecerem canoas de bétula reluzentes, e depois bonés brancos, para então dissolverem-se na neblina lilás das montanhas distantes.

— Por que você está sorrindo assim o tempo todo? Sua cara não fica cansada?

— Estou sorrindo porque acho que te ensinei o suficiente.

De braços dados subimos pelas ruas que levam ao Mont Royal, montanha que dá nome a nossa cidade. Nunca houve um brilho tão intenso nas lojas da rua St. Catherine, e nunca as pessoas que passavam pareceram tão alegres. Era como se os visse pela primeira vez, uma mescla de cores selvagens, como as primeiras pinceladas sobre a pele branca de uma rena.

— Vamos comprar cachorros-quentes fumegantes da Woolworth.

— Que tal comê-los com os braços cruzados, assumindo os riscos com a mostarda?

Andamos pelo lado oeste da rua Sherbrooke, em direção à região inglesa da cidade. Logo sentimos a tensão. Na esquina do parque Lafontaine, ouvimos os gritos de palavras de ordem numa manifestação.

— *Québec Libre!*
— *Québec Oui, Ottawa Non!*
— *Merde à la reine d'Anglaterre!*
— Vai pra casa, Elisabeth!

Os jornais tinham acabado de noticiar a intenção da rainha Elisabeth de vir ao Canadá, em visita oficial marcada para outubro.

— Essa multidão é feia, F., vamos sair logo daqui.
— Não, é uma bela multidão.
— Por quê?
— Porque eles acham que são Negros, e essa é a melhor sensação que um homem deste século pode ter.

De braços dados, F. me puxou até a cena da confusão. Vários dos manifestantes usavam camisetas com as palavras

QUÉBEC LIBRE. Percebi que estavam todos com uma ereção, inclusive as mulheres. Na base de um monumento, um cineasta jovem e famoso falava a um grupo entusiasmado. Ele tinha aquela barba rala dos universitários e usava a agressiva jaqueta de couro tão comum nos corredores do Office National du Film. Sua voz soava alta e clara. F. apertou seu golpe de judô para me manter ali, concentrado no discurso.

— A História! — bradava o jovem sobre nossas cabeças. — O que a gente tem a ver com a História?

A pergunta inflamou a plateia.

— A História! — gritaram. — Devolvam nossa história! Os ingleses roubaram nossa História!

F. foi se afundando naquela massa de corpos. Eles nos receberam instantaneamente, como areia movediça que engole o monstro de laboratório. Os ecos da voz firme do jovem discursador pairavam sobre nós como frases de fumaça no céu.

— História! — ele continuava. — A História decretou que na luta pelo continente os indígenas deveriam perder para os franceses. Em 1760 a História decretou que os franceses deveriam perder para os ingleses!

— Búú! Enforquem os ingleses!

Tive uma sensação prazerosa na base da espinha quando, ao me mexer, encostei no tecido de nylon do vestido de uma radical, que bradava atrás de mim.

— Em 1964 a História decreta, ou melhor, exige, que os ingleses deixem esta terra, que amaram tão imperfeitamente, para nós, os franceses!

— Bravo! *Mon pays malheureux*! *Québec Libre*!

Senti uma mão se enfiando na parte de trás de minhas calças largas; era uma mão feminina, pois tinha unhas compridas, lisas e afiladas como uma fuselagem.

— Pau no cu dos ingleses! — gritei, de repente.

— É isso aí — sussurrou F.

— A História decretou que há Derrotados e Vitoriosos. A História não está nem aí para causas, ela só quer saber de quem é a Vez. E eu pergunto, meus amigos: de quem é a Vez agora?

— Nossa Vez! — foi a resposta unânime e ensurdecedora.

A multidão, da qual eu agora era uma partícula alegre, foi se espremendo em torno do monumento, como se fôssemos uma avelã apertada pelo quebra-nozes da cidade que desejávamos tanto possuir. Afrouxei meu cinto, para que a mão dela pudesse entrar mais fundo. Não ousava me virar para olhá-la de frente. Não queria saber quem era — isso parecia da maior irrelevância. Sentia seus peitos sob o nylon sendo pressionados contra minhas costas, deixando duas marcas de suor na minha camisa.

— Ontem foi a Vez do banqueiro anglo-escocês deixar seu nome nas montanhas de Montréal. Agora é a Vez do Nacionalista de Québec deixar seu nome no passaporte de uma nova República Laurentina!

— *Vive la République*!

Foi um apelo irrecusável. Num enorme clamor sem palavras, mostramos nossa aprovação. A mão macia agora me pegava com a palma, tendo livre acesso às pregas peludas. Chapéus eram lançados para o ar como pipocas na panela, e ninguém se incomodava por acabar ficando com o chapéu do outro, pois eles agora pertenciam a todos.

— Antes foi a Vez dos ingleses terem empregadas francesas dos vilarejos de Gaspé. Antes foi a Vez dos franceses terem Aristóteles e dentes ruins.

— Búú! Vergonha! Para o paredão!

Senti nela o perfume de suor e presentes de aniversário, e isso foi mais intensamente pessoal do que se nos apresentássemos. Ela pressionou a região pélvica de seu corpo na mão coberta pela minha calça para colher os derivados de sua invasão erótica. Com a mão livre explorei a parte de trás de nossos corpos para agarrar sua rebuscada nádega esquerda como se fosse uma bola de futebol, e assim ficamos bem presos um ao outro.

— Agora é a Vez dos ingleses terem casas sujas e bombas nas caixas postais!

F. tinha saído de perto para se aproximar do jovem que discursava. Eu deslizei minha outra mão para trás e agarrei a nádega direita dela. Posso jurar que éramos como o Homem e a Mulher-Borracha, pois eu era capaz de tocá-la por toda parte, e ela passeava por dentro da minha cueca sem dificuldade. Coordenamos o ritmo de nossos movimentos no mesmo pulso da multidão, que era agora nossa família e a incubadora do nosso desejo.

— Kant disse: alguém que se reduz a um verme pode reclamar quando é pisado? Sekou Touré disse: Não importa o que se diga, o Nacionalismo é psicologicamente inevitável, e portanto somos todos nacionalistas! Napoleão disse: Uma nação não é nada se perder sua independência. É a História que decide se Napoleão irá dizer essas palavras de um trono para a turba ou da janela de uma cabana para o mar desolado!

Esse virtuosismo acadêmico era um pouco problemático para a multidão, e provocou poucas demonstrações de entusiasmo. No entanto, foi nesse momento que eu vi, com o canto do olho, F. sendo carregado nos ombros por um grupo de jovens. Um clamor repentino se elevou quando ele foi reconhecido, e o orador imediatamente incorporou a espontânea aclamação que surgia na intensa ortodoxia da multidão.

— Temos um Patriota entre nós! Um homem que os ingleses não conseguiram derrubar, mesmo em seu próprio Parlamento!

F. deslizou para dentro do nó reverente que o tinha erguido, com seu punho para cima como o periscópio de um submarino baixando sob as águas. E então, como se a presença desse veterano conferisse uma nova urgência mística, o orador passou a falar mais baixo, quase a cantar. Sua voz nos acariciava, assim como meus dedos nela e os dela em mim; sua voz pousava sobre nosso desejo como um córrego num moinho d'água, e eu sabia que todos nós, não apenas a garota e eu, todos nós iríamos gozar juntos. Nossos braços estavam tão enroscados e colados ao corpo que eu já não sabia se era eu que segurava a base do meu pau ou se era ela que estimulava seus lábios intumescidos! Cada um de nós ali tinha os braços do Homem-Borracha, e assim nos enlaçamos, todos nus da cintura para baixo, grudados por uma geleia animal de suor e fluidos, unidos no mesmo buquê de margaridas que se abriam.

— Sangue! O que o Sangue significa para nós?
— Sangue! Devolvam nosso Sangue!
— Esfrega com mais força! — gritei, mas algumas pessoas falaram para eu calar a boca.
— Desde a primeira aurora de nossa raça, este Sangue, este fluxo misterioso de vida, tem sido nosso alimento e nosso destino. O Sangue é que constrói o corpo e é a fonte do espírito da raça. É no Sangue que se aninha nossa herança ancestral, é no Sangue que nossa História ganha corpo, é no Sangue que floresce nossa Glória, está no Sangue a corrente subterrânea que eles não podem desviar e não podem jamais secar com seu dinheiro roubado.
— Queremos nosso Sangue!
— Exigimos nossa História!
— *Vive la République*!
— Não para! — gritei.
— Volte para casa, Elisabeth!
— Mais! — eu pedia. — Bis! Bis! *Encore*!

A manifestação começava a se desfazer, nossa eletricidade perdia a voltagem. O orador havia desaparecido do pedestal. De repente eu encarava todo mundo. Estavam indo embora. Agarrei-me a bainhas e lapelas.

— Fiquem! Ele ainda não disse tudo!
— *Patience, citoyen*, a Revolução está só começando.

— Não! Peçam para ele falar mais! Ninguém deixa esse parque!

A multidão passava por mim, aparentemente satisfeita. No começo os homens sorriam quando eu os segurava pela lapela, atribuindo minhas imprecações ao ardor revolucionário. No começo as mulheres riam quando eu pegava suas mãos e as checava em busca de traços dos meus pelos pubianos, pois eu queria encontrá-la, queria ver a garota que eu trouxera ao baile, a garota que havia deixado círculos fósseis de suor na parte de trás da minha camisa.

— Não vão embora! Fiquem! Fechem o parque!

— Solta minha mão!

— Larga minha roupa!

— Temos de trabalhar!

Implorei a três sujeitos grandes que usavam camisetas com os dizeres QUÉBEC LIBRE a me erguerem nos ombros. Tentei prender meu pé na cintura de um par de calças para que eu pudesse escalar por seus suéteres e me dirigir, da altura de um ombro, à família que se desintegrava.

— Tirem esse maluco de cima de mim!

— Ele deve ser inglês!

— Ou judeu!

— Vocês não podem me deixar! Eu ainda não gozei!

— Esse cara é um pervertido!

— Vamos dar uma surra nele. Ele deve ser mesmo um pervertido!

— Ele está com cheiro de mão de mulher.

— Ele está com o cheiro das próprias mãos!

— É um doente.

Então F. apareceu ao meu lado, o grande F., e deu o certificado do meu pedigree, levando-me daquele parque que, no fim das contas, era um parque qualquer, com cisnes e embalagens de doces. De braços dados, ele me conduziu pela rua ensolarada.

— F. — eu chorava —, não consegui gozar. Falhei de novo.
— Não, meu querido, você passou.
— Passei no quê?
— No teste.
— Que teste?
— O antepenúltimo teste.

48.

"*Let the cold wind blow, as long as you love me, East or West, I can stand the test, as long as you love me.*" Era o sexto ou sétimo lugar na parada country de anos atrás. Acho que era o sétimo. Há seis palavras no título. Seis é regido por Vênus, planeta do amor e da beleza. De acordo com a astrologia iroquesa, o sexto dia deve ser reservado aos cuidados pessoais, a pentear os cabelos, a usar vestidos bordados de conchas, a procurar namoro, a jogos de azar e lutas. "*What's the reason I'm not pleasing you?*" Em algum lugar nas paradas. Esta noite é um congelante seis de março. Não é primavera na floresta canadense. A Lua está em Áries há dois dias. Amanhã a Lua entra em Touro. Os iroqueses me odiariam se me vissem agora, pois estou de barba. Quando capturaram o missionário Jogues, em 1600 e alguma coisa, uma das torturas mais simples (depois que mandaram um escravo algonquino cortar fora seu dedão com a serra de uma concha) era deixar que as crianças arrancassem sua barba com as mãos. "Mande-me uma imagem de Cristo sem a barba", escreveu o jesuíta Gamier para um amigo na França, mostrando um excelente conhecimento das peculiaridades dos índios. Uma vez F. me contou de uma garota que tinha frondosos pelos pubianos, e que ela os penteava diariamente para que chegassem até o meio das coxas. Logo abaixo do umbigo ela havia pintado (com delineador) dois olhos e narinas. Separando os pelos logo acima do clitóris, ela formou dois arcos simétricos, o que dava a impressão de um bigode sobre apertados e róseos lábios, dos quais os pelos remanescentes pendiam como uma barba. Uma joia incrustada no umbigo como um sinal de casta completava a imagem cômica de um místico ou leitor da sorte. Escondendo o corpo sob lençóis, mas deixando essa parte de fora, ela divertia F. com imitações engraçadas dos provérbios orientais tão populares na época, projetando a voz por baixo do tecido com a habilidade de um ventríloquo. Por que eu tenho lembranças como essa? De que adiantam seus presentes, F., a coleção de sabonetes, os livros de frases, se não herdei também suas memórias, que dariam algum sentido ao seu legado enferrujado, da mesma forma como latas de sopa e acidentes de carro atingem preços altíssimos em luxuosas galerias de arte? De que adiantam seus ensinamentos esotéricos sem sua experiência pessoal? Você era tão exótico para mim; você e todos os outros mestres, com seus métodos de respiração e de como obter sucesso. Como ficamos nós que temos asma? Nós fracassados? Nós que não conseguimos cagar direito? Como ficamos nós que não participamos de orgias nem demos trepadas espetaculares para poder contar vantagem? Nós, que ficamos arrasados quando os amigos comem nossas mulheres? Pessoas como eu? Como ficamos nós que não estamos no Parlamento? Nós, que estamos gelados sem motivo aparente no dia seis de março? Você fez a Dança do Telefone. Você ouviu o interior de Edith. Como ficamos nós que examinamos matérias mortas? Nós, Historiadores, que temos de ler as partes obscenas? Nós, que ficamos farejando os cantos de uma casa na árvore? Por que você fazia tudo parecer tão impressionante? Por que você não podia me confortar como Santo Agostinho, que entoava: "Eis que os ignorantes se levantam e invadem o céu sob nossos olhos"? Por que você não me contou o que disse a Virgem Maria à camponesa Catherine Labouré numa rua comum, Rue du Bac, em 1800 e alguma coisa: "A Graça recairá sobre todos os que a pedirem com fé e fervor".

Por que eu tenho que explorar as marcas de espinhas de Catherine Tekakwitha com as lentes de um foguete lunar? O que você quis dizer quando sangrava nos meus braços e falou: "Agora é com você"? As pessoas que dizem isso sempre insinuam que ficaram com a maior parte do sacrifício. Quem quer ser apenas aquele que arruma as coisas? Quem quer passar para o assento quente e vazio do motorista? Eu também quero um couro fresco. Eu também amava Montréal. Nem sempre eu era o Esquisitão da Floresta. Eu era um cidadão. Eu tinha mulher e livros. Em dezessete de maio de 1642, a pequena armada de Maisonneuve — uma pinaça, uma chata a vela e dois botes a remo — se aproximou de Montréal. No dia seguinte, deslizaram pelas praias verdes e solitárias e chegaram ao ponto em que Champlain, trinta e um anos antes, havia escolhido para um assentamento. As primeiras flores da primavera se sobressaíam na relva tenra. Maisonneuve desembarcou na praia. Tendas, bagagens, armas e provisões vieram em seguida. Um altar foi erguido num lugar aprazível. Logo toda a Companhia estava diante do santuário: o garboso Maisonneuve rodeado de seus homens rudes, Mlle. Mance com seu lacaio, M. De la Peltrie, os artesãos e trabalhadores. Lá também estava o P. Vimont, Superior das Missões, na rica vestimenta de ofício. Todos ajoelharam-se em silêncio quando a Hóstia foi erguida. Então o padre virou-se para o pequeno grupo e disse:

— Sois um grão de mostarda que irá erguer-se e crescer até que os galhos façam sombra ao planeta. Sois poucos, mas o vosso trabalho é o trabalho de Deus. Está em vós Seu sorriso, vossas crianças ocuparão esta terra.

A tarde escureceu. O sol se perdeu na floresta ocidental. Vaga-lumes tremeluziam em meio ao negrume do prado. Capturados e amarrados com barbantes em buquês luminosos, ficavam pendurados diante do altar, onde a Hóstia permanecia exposta. Então, foram armadas as barracas, acesas as fogueiras e posicionados os guardas, para que os outros pudessem deitar-se e descansar. Assim foi realizada a primeira Missa em Montréal. Ah, da minha cabana consigo ver as luzes da grande cidade profetizada, a cidade predestinada a lançar sua sombra sobre a Terra; vejo-as tremeluzindo em grandes e suaves guirlandas, como vaga-lumes urbanos. Esse é meu conforto mental em meio à neve neste seis de março. O que faz lembrar uma frase da Cabala judaica (Parte Sexta da Barba de Macroprosopo): "todo trabalho existe para obter maior Misericórdia...". Chega mais perto, cadáver de Catherine Tekakwitha, está sete graus abaixo de zero, e eu não sei como te abraçar. Será que você cheira mal nesse congelador? Santa Angela Merici morreu em 1540. Ela foi desenterrada em 1672 (você era uma criança de seis anos, Kateri Tekakwitha), e seu corpo exalava um perfume doce, que ainda se sentia em 1876. São João Nepomuceno foi martirizado em Praga em 1393 por se recusar a revelar um segredo confessional. Sua língua foi totalmente preservada. Especialistas a examinaram trezentos e trinta e dois anos depois, em 1725, e concluíram que tinha a forma, a cor e o tamanho da língua de uma pessoa viva, além de ser também macia e flexível. O corpo de Santa Catarina de Bolonha (1413-63) foi desenterrado três meses depois do sepultamento e exalava uma fragrância doce. Quatro anos depois da morte de São Pacífico de San Severino, em 1721, seu corpo foi exumado e permanecia perfumado e incorrupto. Quando o corpo estava sendo removido, alguém escorregou e deixou que a cabeça do cadáver batesse na escadaria, destacando-se do pescoço, de onde jorrou sangue fresco! São João Vianney foi enterrado em 1859. Seu corpo permanecia intacto depois de exumado, em 1905. Intacto: mas será suficiente para manter um caso de amor? São Francisco Xavier foi desenterrado quatro anos depois de seu sepultamento, em 1552, e ainda mantinha sua cor natural. A cor natural é suficiente? São João da Cruz parecia em boa forma nove meses depois de sua morte, em 1591. Quando cortados, seus dedos sangraram. Trezentos anos depois (quase), em 1859, o corpo estava intocado, simplesmente intocado. São José de Calasanz morreu em 1649 (mesmo ano em que os iroqueses queimaram Lalemant do outro lado do oceano). As entranhas foram removidas e não embalsamadas. Mesmo assim, seu coração e sua língua estão intactos até hoje, ainda que não se saiba do resto. Minha cozinha no subsolo era muito abafada e, às vezes, por falha no mecanismo, o termostato do forno ligava sozinho. Foi por isso que você me fez subir nesse tronco congelado, F.? A falta de perfume me assusta. Os indígenas acreditavam que a doença era um desejo não satisfeito. Potes, peles, cachimbos, contas de conchas, anzóis e armas eram empilhados na frente do enfermo, "na esperança de que aquela multiplicidade de opções aplacasse o desejo". Era comum que o paciente sonhasse com sua cura e suas demandas fossem atendidas, "mesmo as mais extravagantes, inúteis, nauseantes ou abomináveis". Ó céus, deixe-me ser um indígena doente. Mundo, permita-me ser um mohawk sonhador. Nenhum sonho molhado morria na lavanderia. Tenho informações sexuais sobre os indígenas que são a mais preciosa psiquiatria; gostaria de vendê-las para a parte da minha mente que compra soluções. Se as vendesse para Hollywood, seria o fim de Hollywood. Estou com raiva agora, e com frio. Vou acabar já com Hollywood se não receber o amor instantâneo de um fantasma, não apenas incorrupto, mas com uma fragrância estonteante. Vou acabar com os Filmes se não ficar bom logo. Vou destruir a sala de cinema mais próxima da vizinhança. Vou abrir um bilhão de persianas na última Sessão. Não gosto da minha situação. Por que devo ser aquele que corta dedos? Por que devo ser aquele que faz o Wassermann nos esqueletos? Quero ser o corpo do filho único, e ser carregado por médicos desajeitados, com meu sangue jovem de trezentos anos esguichando pela escadaria de concreto. Quero ser a luz do necrotério. Por que devo dissecar a língua velha de F.? Os índios inventaram a sauna. E esse é apenas um aperitivo.

49.

O tio de Catherine Tekakwitha sonhou com a própria cura. A aldeia correu para atender suas exigências. Não era uma cura especial, mas um remédio já testado e aprovado; tanto Sagard quanto Lalemant descreveram esse tratamento em várias aldeias. Disse o tio:

— Tragam-me todas as jovens do povoado.

Apressaram-se em obedecê-lo. Todas as garotas foram colocadas ao redor de sua pele de urso: as beldades dos campos de milho, as doces tecelãs e as garotas desocupadas, com os cabelos meio trançados. *"Toutes les filles d'vn bourg auprès d'vne malade, tant à sa prière."*

— Estão todas aí?
— Sim.
— Sim.
— Com certeza.
— Ahã.
— Sim.
— Aqui.
— Sim.
— Estou aqui.
— Sim.
— Claro.
— Presente.
— Presente.
— Sim.
— Aqui.
— Acho que sim.
— Sim.

— Parece que sim.
— Sim.

O tio sorriu, satisfeito. Então colocou para cada uma a velha questão: "*On leur demande à toute, les vnes apres les autres, celuy qu'elles veulent des ieunes hommes du bourg pour dormir auec elles la nuict prochaine*". Por desencargo, forneço a documentação, pois temo que minha angústia possa violentar os fatos, e não quero que o fato se perca, pois o fato é uma das possibilidades que não posso ignorar. O fato é uma pá nua e crua, mas minhas unhas estão azuis e ensanguentadas. O fato é como uma moeda nova e reluzente, que você não quer gastar até que ela se deteriore em sua caixinha de joias e se torne o gesto final e nostálgico da falência. Perdi minha fortuna.

— Com que jovem guerreiro vocês vão dormir essa noite?

Cada garota disse o nome de seu amante para aquela noite.

— E quanto a você, Catherine?
— Um espinho.
— Isso é algo que merece ser visto — e todos riram.

Ó Senhor, ajudai-me a superar tudo isso. Meu estômago está podre. Estou com frio e sou ignorante. Estou na janela, com enjoo. Provoquei a Hollywood que eu tanto amo. Conseguis imaginar que tipo de servo escreve isto? Um grito de súplica ao velho estilo Judeu das Cavernas, tremendo com os vômitos de medo diante de seu primeiro eclipse lunar. Ah ah ah ahhhhhhhhhhh. Que esta oração Vos sirva. Não sei como conseguir o efeito de mil vozes entoando "olhai os lírios do campo". Que Vós possais moldar a neve num monte reluzente, para que eu faça um altar. Pensei num santuário pequeno e peculiar iluminando a estrada, mas me afoguei na antiga cisterna de serpentes. Pensei em moldar borboletas de plástico com correias de borracha e sussurrar: "Olhai as borboletas de plástico": mas eu estremeço sob a sombra do voo rasante do Archaeopteryx.

Naquela tarde, os Mestres da Cerimônia (*les Maistres de la cérémonie*) convocaram os homens escolhidos pelas moças e, de mãos dadas, foram todos para a casa comprida. As esteiras estavam estendidas. Eles se deitaram em pares de um extremo a outro da cabana, "*d'vn bout à l'autre de la Cabane*", e começaram a se beijar e trepar e se chupar e se abraçar e gemer e tirar suas peles e se amassar e mordiscar as tetas e acariciar os cacetes com penas de águia e se virar para oferecer outros buracos e lamber as pregas um do outro e rir quando alguém trepava de um jeito esquisito ou parar e aplaudir quando dois corpos entravam em transe e gritavam no êxtase. Dois chefes cantavam e tocavam seus chocalhos de tartaruga nos extremos da cabana, "*deux Capitaines aux deux bouts du logis chantent de leur Tortue*". Perto da meia-noite o tio se sentiu melhor, saiu da esteira e foi engatinhando lentamente pela cabana, parando aqui e ali para deitar sua cabeça numa bunda livre ou enfiar seus dedos num buraco gotejante, arriscando-se a meter o nariz no movimento das trepadas, em busca de perspectivas microscópicas, sempre com um olho para o incomum e um comentário irônico para o grotesco. De cópula em cópula ele foi se arrastando, com os olhos vermelhos de um cinéfilo da 42nd Street, ora pinçando um pau pulsante com seu dedão e indicador, ora agarrando um flanco moreno perdido. Cada foda era diferente e cada foda era igual, essa era a glória da cura de um velho. Lembrou todas as garotas que teve, todas suas fodas frondosas, todos os buracos com penas e botões luzidios, e à medida que ele escalava os pares de corpos, indo daqueles amantes àquelas amantes, de posição gostosa a posição gostosa, de bombada a bombada, de chupada a chupada, de abraço a abraço — de repente percebeu o sentido da maior oração que jamais aprendera, a primeira oração em que Manitou se manifestou, a maior e mais verdadeira fórmula sagrada. Enquanto se arrastava, começou a entoar a prece:

— Eu mudo
Eu sou o mesmo
Eu mudo
Eu sou o mesmo
Eu mudo
Eu sou o mesmo
Eu mudo
Eu sou o mesmo
Eu mudo
Eu sou o mesmo
Eu mudo
Eu sou o mesmo

Ele não perdia uma sílaba e adorava cada palavra que entoava, pois, à medida que as entoava, cada som parecia mudar e cada mudança parecia um retorno e cada retorno uma mudança.

— Eu mudo
Eu sou o mesmo
Eu mudo
Eu sou o mesmo
Eu mudo
Eu sou o mesmo
Eu mudo
Eu sou o mesmo
Eu mudo
Eu sou o mesmo
Eu mudo
Eu sou o mesmo
Eu mudo
Eu sou o mesmo

Era um baile de máscaras e cada máscara era perfeita porque cada máscara era uma face verdadeira e cada face era uma máscara verdadeira, de forma que não havia máscara e não havia face, pois só havia uma dança em que só havia uma máscara e uma face verdadeira, e elas eram a mesma, que era algo sem nome, que mudava e mudava em si mesmo a todo momento. Quando o dia nasceu, os chefes tocavam mais lentamente seus chocalhos. As roupas foram recolhidas ao nascer do sol. O velho estava ajoelhado, proclamando sua fé, declarando-se curado, enquanto, na neblina verde da manhã, os casais começaram a se mover, os braços apoiados nas cinturas e ombros, como se fosse o fim do horário noturno numa fábrica de amantes. *Catherine tinha se deitado entre eles e saiu despercebida.* Assim que colocou a cabeça para fora, surgiu o padre, correndo.

— E então, como foi?

— Foi aceitável, padre.

— *Dieu veuille abolir vne si damnable e malheureuse ceremonie.*

Essa última frase está na carta de Sagard. Tal modo único de cura era chamado pelos hurões de Andacwandet.

50.

Espero por respostas no vento gelado, por alguma direção, por conforto, mas tudo o que eu ouço é a promessa infalível do inverno. Noite após noite eu clamo por Edith.

— Edith! Edith!

— Aouououoouououaouou — uiva a silhueta do lobo na montanha.

— Me explica, F.! O que foram essas bombas?

— Aouououoouououaouou...

Sonho após sonho, deitamos abraçados. A cada manhã o inverno me encontra sozinho entre folhas fustigadas, muco gelado e lágrimas nas sobrancelhas.

— F.! Por que você me trouxe aqui?

E eu recebo alguma resposta? Será que essa casa na árvore é a cabana de Oscotarach? F., você é o Perfura-Cabeças? Não sabia que a operação era tão demorada e complicada. Levante o tomahawk sem corte e tente de novo. Mexa com a colher de pedra no mingau de miolos. Será que a luz da lua quer entrar no meu crânio? Será que as vias cintilantes do céu de gelo querem passar pela órbita dos meus olhos? F,. será que era você o Perfura-Cabeças que deixou esta cabana e ingressou na enfermaria pública para realizar sua própria operação? Ou você ainda está comigo e estamos bem no meio do processo cirúrgico?

— F., seu merda, comedor-de-mulher-alheia, explique-se!

Grito, lançando a pergunta na noite, como já fiz tantas vezes. Eu me lembro da sua mania irritante de olhar por cima dos meus ombros enquanto eu estudava para ver se por acaso conseguia roubar alguma frase boa para usar numa festa. Você reparou numa frase da carta que o P. Lalemant escreveu em 1640, *"que le sang des Martyrs est la semence des Chrestiens"*. Le P. Lalemant lamentava que nenhum padre houvesse sido morto no Canadá e isso era mau augúrio para as novas missões indígenas, pois o sangue dos Mártires é a semente da Igreja.

— A Revolução em Québec precisa ser lubrificada com um pouco de sangue.

— Por que você tá me olhando desse jeito, F.?

— Estou me perguntando se te ensinei o suficiente.

— Não quero participar da sua política suja, F. Você é uma pedra no sapato do Parlamento. Você contrabandeou dinamite disfarçada de fogos de artifício para Québec. Você transformou o Canadá num vasto divã de analista, no qual temos repetidos pesadelos de identidade, e todas as suas soluções são tão tolas quanto a psiquiatria. E você submeteu Edith a tantas trepadas estranhas que acabou com a mente e o corpo dela, deixando sozinho este rato de biblioteca que agora você atormenta.

— Ah, meu querido, a História e o Passado colocaram essa corcunda no seu corpo, triste corcunda.

Estávamos bem perto um do outro, como estivemos em tantos lugares antes, desta vez na obscuridade sépia das estantes da biblioteca, eu com a mão no bolso dele e ele com a mão no meu. Sempre me ressenti de sua expressão de superioridade.

— Corcunda! Edith nunca reclamou do meu corpo!

— Edith! Rá! Não me faça rir. Você não sabe nada sobre Edith.

— Não se atreva a falar dela, F.

— Eu curei as espinhas de Edith.

— Espinhas uma ova! Ela tinha a pele perfeita.

— Ho ho.

— Era adorável de beijar e tocar.

— Graças à minha famosa coleção de sabonetes. Meu querido, quando vi Edith pela primeira vez, ela estava em péssimas condições.

— Chega, F. Não quero ouvir nem mais uma palavra.

— Chegou a hora de você saber exatamente com quem se casou, quem era aquela garota que você descobriu fazendo manicures extraordinárias na barbearia do Hotel Mount Royal.

— Não, F., por favor. Não destrua mais nada. Deixe-me com o corpo dela. F.! O que acontece com seus olhos? O que é isso nas suas bochechas? São lágrimas? Você tá chorando?

— Estou imaginando o que vai acontecer com você quando eu te abandonar.

— Aonde você vai?

— A Revolução precisa de um pouco de sangue. Será o meu sangue.

— Não!

— Londres anunciou que a rainha pretende visitar o Canadá Francês em outubro de 1964. Que ela e o príncipe Philip sejam recebidos com barreiras policiais, tanques contra manifestações e as costas orgulhosas de uma multidão hostil, é pouco. Não podemos cometer o mesmo erro dos indígenas. Seus conselheiros em Londres têm de entender que nossa dignidade se alimenta do mesmo que todo mundo: o feliz exercício do arbitrário.

— O que você está pensando em fazer, F.?

— Tem uma estátua da rainha Vitória no lado norte da rua Sherbrooke. A gente sempre passa por ali no caminho para a escuridão do cinema System Theatre. É uma agradável estátua da rainha Vitória em sua tenra feminilidade, antes que a dor e as perdas a tornassem gorda. Foi feita em cobre e com o tempo ficou verde. Amanhã à noite vou colocar uma carga de dinamite no seu colo de metal. É só a efígie de cobre de uma rainha morta (que, por acaso, conhecia o sentido do amor), apenas um símbolo, mas é com símbolos que lida o Estado. Amanhã à noite vou explodir aquele símbolo em pedaços — comigo junto.

— Não faça isso, F. Por favor.

— Por que não?

Não sei nada sobre o amor, mas algo parecido com o amor arrancou essas palavras da minha garganta com mil anzóis:

— PORQUE EU PRECISO DE VOCÊ, F.

Um sorriso triste se abriu no rosto do meu amigo. Ele tirou a mão esquerda do meu bolso quente e, estendendo os braços como se fosse me abençoar, esmagou-me contra sua camisa de algodão egípcio, num caloroso abraço de urso.

— Obrigado. Agora eu sei que te ensinei o que você precisava saber.

— PORQUE EU PRECISO DE VOCÊ, F.

— Para de choramingar.

— PORQUE EU PRECISO DE VOCÊ, F.
— Shhh.
— PORQUE EU PRECISO DE VOCÊ, F.
— Adeus.

Me senti sozinho e com frio quando ele foi embora, e os livros marrons nas prateleiras metálicas pareciam sussurrar como uma pilha de folhas caídas ao vento, cada um com a mesma mensagem de exaustão e morte. Enquanto escrevo estas linhas, tenho a nítida sensação da dor de F. Sua *dor*! Sim, como se eu arrancasse essa velha casca de ferida da história, reluzindo com uma única gota de sangue vermelho — sua dor.

— Adeus — ele exclamou por cima de seus ombros musculosos. — Ouça a explosão amanhã à noite. Fique com o ouvido perto do tubo de ventilação.

Como a luz gélida da lua que passa por este barraco, a dor dele inundou meu discernimento, alterando as arestas, cor e peso de cada coisa guardada no coração.

51.

Kateri Tekakwitha
  chamando, chamando, chamando, teste 987654321 minha pobre cabeça não elétrica te chama, alto e desesperadamente 123456789 perdida em meio às agulhas dos pinheiros, inquilina de um freezer de carne, mergulhada entre joelhos espremidos na busca de pentelhos que sirvam de antena, esfregando o pau azul de Aladim, chamando, testando cabos celestes, apertando botões de sangue, metendo os dedos no fluido das estrelas, broca de dentista no osso da testa, quebrado como pedra de presidiário, chamando, chamando, tenho medo dessa mistura toda, dos sinais de roupa suja lavada na memória, com as bonecas

infláveis ao lado, e as peles de vaudeville sabor banana, o
ar escurecido por tortas de humilhação, nenhuma tomada
elétrica sob o escalpo, testando, testando a última dança,
escorpião de borracha apoiado na teta, litros de leite lançados em médicos, eu te chamo para que me chame, eu te
chamo para bater uma pra mim ao menos uma vez, aceito
provas falsas, aceito cortiça de plástico, chamando, membro artificial aceito, auxiliares do sexo de Hong Kong também são aceitas, e aceito confissões pagas, aceito perucas
de acetato Celanese, pílulas de orgasmo, aceito cartões-postais de tiozinhos cafonas chupando o ideal de um Platão moreno, aceito masturbações no cinema, aceito boas
provocações sexuais e chapéus no colo escondendo pentelhos que transbordam das cuecas, aceito de bom grado,
aceito também o tédio astrológico, aceito limite no número
de esposas, mortes por armas da polícia, aceito o vodu urbano, aceito o aroma falso dos haréns, aceito os centavos,
apalpadas espíritas nas coxas de velhas senhoras, aceito o
negócio dos contrabandos, broches eleitorais de Zabbatai presos nos estigmas, o mercado dos chifres de Moisés,
aceito teorias de que a Terra é quadrada, cintas microscópicas para o macho brocha, dicionários de bocetas com
ilustrações enganosas em páginas de veludo, eu te chamo
agora, aceito todos os motivos, marcas de corda na bunda,
luminosas casas de Maria na estrada, visões colaterais que
não se dissipam, tolero doutorados em zen budismo, ásperas sondas retais, não é preciso referências, acredito no êxtase das modas acadêmicas, carros sujos, toda minha perplexa descrença te chama com reverente terror físico no
cérebro, testando 98765432123456789, minha cabeça não
elétrica te chama.

52.

Com o guia de conversação nos joelhos, rogo à Virgem, onde quer que esteja.

KATERI TEKAKWITHA NA LAVANDERIA
    (os itálicos adoráveis são dela)

Trouxe algumas roupas para lavar
preciso delas pra amanhã
acha que dá? Consegue me entregar até amanhã?
elas são absolutamente necessárias para mim
especialmente as camisas
quanto ao resto, pode ficar para no máximo depois de amanhã
preciso delas bem limpas, como se fossem novas
tem uma camisa faltando, um lenço e também um par de meias
gostaria que me devolvesse
quero lavar também esse traje
quando posso buscá-lo?
trouxe ainda um vestido, um casaco, calças, um colete, uma blusa, algumas roupas de baixo, meias e outras coisas.
virei buscá-los daqui a três dias
por favor, deixe tudo bem passado
sim, senhor. Venha quando quiser
gostou das calças?
sim, é assim mesmo que eu quero
quando meu terno fica pronto?
depois de uma semana
dá muito trabalho
mas farei um belo terno para você
virei buscá-lo
não precisa!

mandaremos para sua casa, senhor
ótimo. Esperarei então para o próximo sábado
o terno é caro
o terno é barato
você é uma boa costureira
obrigada
até logo.
quem sabe eu peça outro mais adiante
como quiser, senhor
estamos aqui para satisfazê-lo

KATERI TEKAKWITHA NA TABACARIA
    (os itálicos adoráveis são dela)

Por favor, sabe onde tem uma tabacaria?
na próxima esquina à direita, senhor
logo em frente, senhor
quero um maço de cigarros, por favor
que marcas você tem?
Temos excelentes cigarros
quero tabaco para cachimbo
cigarros sem filtro
cigarros light
E uma caixinha de fósforos também
e ainda uma cigarreira, um bom isqueiro e cigarrilhas
quanto sai tudo?
vinte xelins, senhor
obrigada. Até logo

KATERI TEKAKWITHA NA BARBEARIA
    (os itálicos adoráveis sao dela)

o barbeiro

o cabelo
a barba
o bigode
o sabonete
a água fria
o pente
a escova
gostaria de fazer a barba
sente-se, por favor!
entre, por favor!
a barba, por favor!
quero meu cabelo bem curto atrás
não tão curto
lava meu cabelo!
me penteia, por favor
voltarei
estou satisfeito
até que horas fica aberta a barbearia?
até oito da noite
voltarei para fazer a barba regularmente
obrigada, até logo
aqui você será sempre bem tratado, pois você é nosso cliente

KATERI TEKAKWITHA NO CORREIO
    (os itálicos adoráveis são dela)

senhor, sabe onde fica o correio?
desculpe, sou estrangeiro
pergunte àquele senhor
ele sabe francês, alemão
ele vai te ajudar
me mostra onde é o correio, por favor?
fica do outro lado

quero mandar uma carta
preciso de alguns selos
quero mandar uma coisa
quero mandar um telegrama
quero enviar um pacote
quero mandar uma carta urgente
você está com seu passaporte?
você está com sua carteira de identidade?
sim, senhor
quero mandar um cheque
me dê um cartão-postal
quanto custa o envio de um pacote?
15 xelins, senhor
obrigado, até logo

KATERI TEKAKWITHA NO POSTO TELEGRÁFICO
    (os itálicos adoráveis são dela)

o que o senhor deseja?
quero mandar um telegrama
com a resposta paga?
quanto custa cada palavra?
é cinquenta centavos por palavra
para um telegrama
é caro, mas tudo bem
o telegrama demora para chegar?
quanto tempo demora?
dois dias, senhor
não é muito tempo
enviarei um telegrama aos meus pais
espero que o recebam amanhã
faz muito tempo que não tenho notícias deles
acho que eles vão responder telegraficamente

aqui está o dinheiro para o telegrama
obrigado e até logo.

KATERI TEKAKWITHA NA LIVRARIA
    (os itálicos adoráveis são dela)

bom dia, senhor
posso escolher qualquer livro?
com prazer. Qual o senhor deseja? Escolha!
quero comprar um guia de viagens
quero conhecer a Inglaterra e a Irlanda
Deseja mais alguma coisa?
quero vários livros, mas, pelo que vejo, eles são caros
podemos lhe dar um desconto se comprar vários livros
temos livros de todos os tipos. Baratos e caros
o senhor prefere de capa dura ou mole?
de capa dura
são os mais bem conservados
aqui estão
quanto sai tudo?
quatro dólares
vocês têm algum dicionário?
sim
embrulhe-os para mim, por favor
vou levá-los
muito obrigado
até logo!

Ó Senhor, Ó Senhor, pedi muito, pedi tudo! Eu me escuto pedindo tudo em cada som que eu emito. Eu não sabia, no mais gélido terror, o quanto eu precisava. Ó Senhor, fico em silêncio para ouvir a mim mesmo começar a rezar:

ΣΤΟ ΦΑΡΜΑΚΕΙΟ

Παρακαλῶ, ἑτοιμάστε μου αὐτὴ τὴ συνταγὴ

παρακαλῶ, περάστε σὲ εἴκοσι λεπτά. Θὰ εἶναι ἕτοιμη

θὰ περιμένω. Δὲν πειράζει!

πῶς πρέπει νὰ παίρνω αὐτὸ τὸ φάρμακο;
πρωΐ, μεσημέρι καὶ βράδυ

πρὶν ἀπὸ τὸ φαγητὸ
μετὰ ἀπὸ τὸ φαγητὸ
αὐτὸ τὸ φάρμακο εἶναι πολὺ ἀκριβὸ
εἶμαι κρυωμένος. Δῶστε μου κάτι γιὰ τὸ κρύο

κάτι γιὰ τὸν πονοκέφαλο

κάτι γιὰ τὸν λαιμὸ
κάτι γιὰ τὸ στομάχι μου

τὸ στομάχι μου μὲ πονεῖ
ἔχω ἕνα τραῦμα στὸ πόδι

παρακαλῶ, περιποιηθῆτs αὐτὸ τὸ τραῦμα
πόσο κοστίζουν ὅλα;
δέκα σελλίνια. Εὐχαριστῶ

NA FARMÁCIA

Preciso dessa receita médica, por favor
por gentileza, ligue em vinte minutos. A receita estará pronta
Eu espero, sem problemas!
Quando devo tomar esse remédio?
De manhã, ao meio-dia e de noite
antes da refeição
depois da refeição
esse remédio é muito caro
peguei um resfriado. Me dê algo
para resfriado
algo para dor de cabeça
algo para a garganta
algo para meu estômago
meu estômago dói muito
tenho uma ferida no pé
por favor, faça um curativo
quanto sai tudo?
dez xellns. Obrigado.

Livro dois
Uma longa carta de F.

Meu caro amigo,

Cinco anos com a duração de cinco anos. Não sei exatamente onde você estará quando receber esta carta. Imagino que tenha pensado bastante em mim. Você sempre foi meu órfão macho favorito. Na verdade bem mais que isso, muito mais, só que eu optei por não me estender nesta última comunicação *por escrito* em demonstrações fáceis de afeto.

 Se os advogados seguiram minhas instruções, suponho que você agora é o dono do meu legado terreno, minha coleção de sabonetes, minha fábrica, meus aventais maçônicos, minha casa na árvore. Imagino também que você se apropriou do meu estilo. De pé neste último trampolim, fico pensando onde meu estilo me levou.

 Escrevo esta última carta no Quarto da Terapia Ocupacional. Deixei que as mulheres me levassem para toda parte, e não me arrependo. Conventos, cozinhas, cabines telefônicas perfumadas, cursos de poesia — segui as mulheres em todos os lugares. Fui atrás das mulheres no Parlamento, pois sei o quanto elas amam o poder. Segui as mulheres nas camas dos homens para aprender o que elas encontravam ali. O ar está impregnado com os vapores de seus perfumes. O mundo está arranhado por suas amorosas gargalhadas. Fui atrás das mulheres pelo mundo, pois eu amo o mundo. Peitos, bundas, por toda parte eu seguia os macios balões. Quando as mulheres sibilavam para mim das janelas dos bordéis, ou sibilavam suavemente por sobre o ombro de seus maridos em meio à dança, eu as seguia e afundava com elas, e às vezes, quando as ouvia sibilando, sabia que era o som de seus macios balões esvaziando e estourando.

Este silvo é o som que paira sobre todas as mulheres. Não há exceção. Conheci uma mulher que se cercava de um som diferente, talvez fosse música, talvez silêncio. Estou falando, claro, de nossa Edith. Já faz cinco anos que eu fui enterrado. A esta altura você já deve saber que Edith nunca poderia ser só sua.

Segui as enfermeiras jovens até a Terapia Ocupacional. Elas cobriam seus balões macios com linho engomado, uma agradável e embriagante proteção, que minha velha luxúria quebrava como se fosse casca de ovo. Eu seguia suas pernas brancas e empoeiradas.

Os homens também liberam um som. Você sabe que som é, meu querido e desconsolado amigo? É o som que se ouve nas conchas do mar do sexo masculino. Adivinhe como é. Te dou três chances. Você pode responder nas linhas abaixo. As enfermeiras adoram quando uso minha régua.

1. _____
2. _____
3. _____

As enfermeiras gostam de se inclinar sobre meus ombros e observar enquanto eu uso minha régua vermelha de plástico. Elas sibilam sobre meu cabelo; dos silvos vem um aroma de álcool e sândalo, e suas roupas de linho engomado crepitam como o papel crepom branco e a palha artificial que cobrem os cremosos ovos de Páscoa.

Ah, estou feliz hoje. Sei que estas páginas estarão preenchidas com felicidade. Você sabe que eu não deixaria para você um presente melancólico.

Bem, já respondeu? Não é incrível que eu tenha estendido seu treinamento para além desse golfo gigantesco?

O som que os homens fazem é o oposto exato de um silvo. É um Shhh, o som feito com o indicador nos lábios. Shhh, e os telhados são erguidos contra a tempestade. Shhh, as florestas são derrubadas para que o vento não chacoalhe as árvores. Shhh, os foguetes de hidrogênio são disparados para o silêncio a desaprovação a fragmentação. Não é um som desagradável. É uma canção divertida, como bolhas sobre um molusco. Shhh, por favor, ouçam todo mundo. Será que os animais podem parar de uivar, por favor? E o estômago parar de roncar, por favor? E o Tempo, pode recolher seus cães ultrassônicos, por favor?

É o som que a ponta da minha caneta faz no papel do hospital quando corre pela beira da régua vermelha. Shhh, fala para os bilhões de linhas não escritas na branquidão. Shhh, sussurra para o caos branco, deita nos corredores dos quartos. Shhh, implora para as moléculas dançantes, adoro dançar, mas não as danças estrangeiras, gosto das danças que têm regras, minhas regras.

Você preencheu as linhas, meu amigo? Você está sentado num restaurante ou num monastério enquanto eu durmo debaixo da terra? Você preencheu as linhas? Você sabe que não é obrigado. Eu te enganei de novo?

E esse silêncio, que tão desesperadamente desejamos quebrar no deserto? Será que trabalhamos, com o arado, a mordaça, a cerca, para que pudéssemos ouvir uma Voz? Duvido muito. A Voz vem do furacão e faz tempo que calamos o furacão. Espero que você saiba que a voz vem do furacão. Por um tempo, alguns homens sabiam. Terei sido um deles?

Vou te contar porque fechamos o bico. Sou um professor nato e não faz parte da minha natureza guardar as coisas para mim. Sei que você acabou entendendo isso em cinco anos de tortura e incômodo. Sempre foi minha intenção te contar tudo, dar o presente completo. Como está sua prisão de ventre, meu caro?

Imagino que eles têm por volta de vinte e quatro anos, estes balões macios que flutuam à minha volta neste exato segundo, estes doces de Páscoa embrulhados em uniforme oficial. Vinte e quatro anos de jornada, quase um quarto de século, mas ainda a juventude dos peitos. Percorreram um longo caminho para olhar timidamente sobre meu ombro enquanto conduzo a régua com alegria para satisfazer a definição de sanidade de alguém. Ainda são jovens, quase no limite, mas sibilam com vontade, e exalam um perfume intoxicante de álcool e sândalo. A expressão dela não diz nada, é uma cara lavada de enfermeira, por sorte sem os sinais da herança familiar, um rosto preparado para que nele sejam projetados nossos filmes caseiros enquanto afundamos na doença. Um rosto compassivo de esfinge para pingar nossos enigmas, e peitos volumosos que arranham e rasgam o uniforme como patas enterradas na areia. Parece familiar? Sim, é a expressão que Edith adotava com frequência, nossa enfermeira perfeita.

— Bonitas as linhas que você traçou.

— Estou orgulhoso delas.

Silvo, silvo, protejam-se, as bombas estão morrendo.

— Você quer lápis coloridos?

— Sim, contanto que não se casem com nossas borrachas.

Sagacidade, invenção, shhh, shhh, sabe porque isolamos sonoramente a floresta e esculpimos bancos ao redor da arena selvagem? Para ouvir os silvos, para ouvir as rugas espremendo o rebote, para esperar a morte dos nossos mundos. Decore isso e depois esqueça. É algo que merece um circuito, mas um circuito bem pequeno no cérebro. Devo dizer também que me eximo por ora de todas essas categorias.

Jogue comigo, meu parceiro.

Segura minha mão espiritual. Você foi inserido na atmosfera do nosso planeta, foi batizado com fogo, merda, história, amor e perda. Decore isso. É o que explica a Regra de Ouro.

Tente visualizar esse momento da minha historinha curiosa, com a enfermeira se debruçando sobre meu trabalho, meu pau preto e podre, você conhece meu pau mundano e decadente, mas agora olha meu pau visionário, fecha os olhos e olha meu pau visionário, do qual não sou e nunca fui o dono, ele que é meu dono, ele era eu, ele me carregava como uma vassoura carrega uma bruxa, me carregava de um mundo a outro, de um céu a outro. Esquece tudo isso.

Como muitos professores, muito do que eu ensinei era simplesmente um peso que eu não podia mais carregar. Podia sentir minha lixeira mental transbordando. Logo não terei mais nada para deixar além de histórias. Talvez eu chegue ao patamar de divulgação de fofocas e assim acabe com minhas preces para o mundo.

Edith organizava orgias e fornecia drogas. Uma vez pegou piolho. Também teve chato, duas vezes. Escrevo chato bem pequeno porque há tempo e lugar para tudo, e uma jovem enfermeira está bem perto de mim, tentando entender se sente atração pelo meu poder ou pela caridade. Eu pareço estar empenhado nos meus exercícios terapêuticos, e ela em suas tarefas de supervisão, mas shhh, ssss, ouve-se o som de vapor por toda a T.O., e o vapor se mistura com a luz do sol, colocando um halo de arco-íris nas cabeças curvadas do paciente, do médico, da enfermeira, da voluntária. Você devia procurar essa enfermeira qualquer dia. Ela vai ter vinte e nove anos quando meus advogados te procurarem para fazer cumprir o testamento.

No fim de um corredor verde, tem um armário cheio de baldes, esfregões e panos antissépticos onde Mary Voolnd, da Nova Escócia, vai desenrolar as meias brancas empoeiradas e oferecer para um velho a liberdade de seus joelhos, e não deixaremos para trás nada além de nossos ouvidos falsos, para prever os passos de algum enfermeiro que se aproxime.

Vapor expelido pelo planeta, nuvens felpudas de vapor, enquanto povos de meninos e meninas batem de frente em revoltas religiosas, quente e sibilante como um sodomita de cemitério, nosso pequeno planeta aceita seu frágil destino de ioiô, sintonizado na mente secular como uma máquina moribunda. Mas alguns não ouvem desse jeito, olhos voadores capazes de ir à lua não veem assim. Não ouvem os ruídos individuais shhh, ssss, só ouvem o som dos sons reunidos, observando as brechas que surgem e somem no cone florido do furacão.

Se escuto os Rolling Stones? O tempo todo.

Estou bastante magoado?

Minha velha forma se foi. Não sei se posso esperar. Parece que perco o caminho do rio a cada ano no cara e coroa. Eu tinha de comprar aquela fábrica? Fui obrigado a concorrer ao Parlamento? Edith era uma boa foda? Minha mesa no café, meu pequeno quarto, meus amigos fiéis e drogados, de quem nunca esperei muito — parece que os abandonei quase por engano, pelas promessas feitas e chamadas casuais ao telefone. A velha forma, o velho rosto feio e rosado, que não perde tempo nos espelhos, o rosto amassado que ri, espantado com o trânsito congestionado. Onde está minha velha forma? Me convenço de que posso esperar. Argumento que meu caminho era o certo. É só o argumento que está errado? É o Orgulho que me tenta com intimações de um novo estilo? É a Covardia que me afasta do velho ritual? Digo a mim mesmo: espere. Ouço a chuva e os ruídos científicos do hospital. Fico feliz com pequenas coisas. Durmo com o plugue do rádio enfiado no ouvido. Até minha desonra Parlamentar começa a sumir. Meu nome aparece cada vez mais entre os heróis nacionalistas. Mesmo minha internação já foi descrita como um truque dos ingleses para me amordaçar. Temo que ainda vá liderar um governo, com o pau podre e tudo. A liderança é algo natural para mim: uma facilidade fatal.

Meu caro amigo, você precisa ir além do meu estilo.

Algo no seu olhar, velho amante, me contava do homem que eu queria ser. Só você e Edith eram generosos assim comigo — talvez só você. Seus gritos de transtorno quando eu te atormentava; você era o bom animal que eu queria ser, ou, em caso de falha, que eu queria que existisse. Era eu quem temia a mente racional e por isso eu tentava te enlouquecer. Eu estava desesperado para aprender com sua perplexidade. Você era o muro para o qual eu, como um morcego, enviava meus apelos, de forma a encontrar o caminho nesse longo voo noturno.

Não consigo parar de ensinar. Eu te ensinei alguma coisa?

Devo estar cheirando melhor com essa confissão, pois a Mary Voolnd acaba de me premiar com um claro sinal de cooperação.

— Gostaria de tocar minha boceta com uma de suas mãos velhas?

— Qual seria a mão?

— Gostaria de apertar um mamilo com o dedo e fazê-lo desaparecer para dentro do peito?

— E fazê-lo aparecer de novo?

— Se aparecer de novo vou odiá-lo para sempre. Vou inscrevê-lo no Livro dos Atrapalhados.

— Assim é melhor.

— Hummmmm.

— Estou pingando.

Percebe como não posso parar de ensinar? Todos meus arabescos são para publicação. Pode imaginar como te invejo, com seu sofrimento tão tradicional?

Devo confessar que houve momentos em que te odiei. O professor de redação nem sempre fica feliz ao ouvir um discurso de formatura feito no seu estilo, especialmente se ele nunca foi convidado a fazer o discurso. Momentos em que me senti diminuído: você com todo aquele tormento e eu apenas com um Sistema.

Quando trabalhei entre judeus (vocês são donos da fábrica), sempre via uma curiosa expressão de dor passar pelo rosto levantino do patrão. Pude observar isso quando ele expulsou um correligionário imundo, barbado, malandro, que cheirava a baixa cozinha romena e visitava a fábrica de dois em dois meses para pedir doações para uma obscura universidade de psicoterapia iídiche. Nosso patrão sempre dava alguns *groschen* para a criatura e o empurrava para a saída com uma pressa desajeitada, como se sua presença pudesse desencadear algo pior que uma greve. Eu era mais gentil com o patrão nesses dias, pois ele parecia estranhamente vulnerável e desconfortável. Andávamos devagar entre os rolos de caxemira e tweed Harris, e eu o deixava desabafar. (Ele, por sua vez, não se ressentia dos músculos que adquiri via Tensão Dinâmica. Por que você se afastou de mim?)

— O que é minha fábrica hoje? Uma pilha de retalhos e etiquetas, uma distração, um insulto para meu espírito.

— Um túmulo para sua ambição, senhor?

— Isso mesmo, garoto.

— Pó na boca, cinzas nos olhos, senhor?

— Eu não quero aquele sujeito aqui de novo, tá me ouvindo? Qualquer dia todos vão sair daqui junto com ele. E eu serei o primeiro da fila. Aquele pobre coitado é mais feliz do que toda essa cambada.

Mas, evidentemente, ele nunca deixou de receber o mendigo detestável, e isso o fazia sofrer com a regularidade das cólicas menstruais, que é como as fêmeas lamentam a vida além da pálida jurisdição lunar.

Você me amaldiçoou como a lua. Eu sabia que você estava preso a velhas leis de sofrimento e obscuridade. Tenho medo da sabedoria dos aleijados. Um par de muletas, um mancar grotesco podem arruinar uma caminhada em que exibo, assobiando, um terno novo e o rosto bem barbeado. Invejava a certeza de que você não chegaria a lugar nenhum. Cobiçava a magia das roupas puídas e amassadas. Tinha inveja dos terrores que eu criava para você mas que nunca me fariam tremer. Nunca fui bêbado o bastante, nunca pobre o bastante, nunca rico o bastante. Tudo isso dói, e talvez doa o bastante. Me dá vontade de implorar por consolo. Me dá vontade de esticar os braços na horizontal. Sim, eu quero ser Presidente da nova República. Adoro ouvir os adolescentes armados cantando em coro meu nome na frente dos portões do hospital. Vida longa à Revolução! Deixem-me ser Presidente nos meus últimos trinta dias.

Onde você anda essa noite, caro amigo? Desistiu da carne? Está desarmado e vazio, um instrumento da Graça? Consegue parar de falar? A solidão te levou ao êxtase?

Havia uma caridade profunda na sua chupada. Eu detestava, eu abusava dela. Mas ouso ter esperanças de que você vai encarnar meus melhores desejos. Ouso ter esperanças de que você vai produzir a pérola e justificar essas secreções irritantes.

Esta carta está escrita na linguagem antiga, e para mim é desconfortável ter de lembrar formas obsoletas. Tenho que esticar minha mente para regiões ultrapassadas, cercadas de arame farpado, das quais passei a vida inteira tentando escapar. Mas não me arrependo do esforço.

Eu, que lanço esta carta como uma pipa aos ventos do seu desejo, prometo que nosso amor nunca vai morrer. Nascemos juntos e em nossos beijos confessamos o desejo de nascer de novo. Nos deitamos um nos braços do outro, um ensinando ao outro. Procuramos o clima peculiar de cada noite peculiar. Tentamos dissolver a estática, mas com a impressão sofrida de que a estática fazia parte do clima. Eu era sua aventura e você minha aventura. Eu era sua viagem e você minha viagem, e Edith era nossa estrela-guia. Esta carta surge do nosso amor como as faíscas das espadas num duelo, como a chuva de fagulhas no bater dos címbalos, como as cintilantes sementes de suor escorrendo no centro do nosso abraço apertado, como as esvoaçantes penas brancas dos galos degolados pelos samurais, como a tensa expectativa entre duas massas de mercúrio que se aproximam, como a atmosfera de segredos que as crianças gêmeas irradiam. Eu era seu mistério e você meu mistério, e nos dava alegria ver que o mistério era nosso lar. Nosso amor não pode morrer. Venho da história para te dizer isso. Como dois mamutes com as presas enroscadas numa disputa leal, no limite da avançada Idade do Gelo, nós preservamos um ao outro. Nosso amor queer mantém retas e claras as linhas da nossa masculinidade, de modo que continuamos nós mesmos em camas separadas de casal e nossas mulheres nos conhecem a fundo.

Mary Voolnd finalmente deixou que eu enfiasse minha mão esquerda nas dobras do seu uniforme. Ela ficou olhando enquanto eu escrevia o parágrafo acima, então aproveitei para boliná-la com certa extravagância. As mulheres adoram o excesso num homem, pois isso o separa dos demais e o torna um solitário. Tudo o que as mulheres sabem do mundo masculino lhes foi revelado por solitários refugiados deste mesmo mundo. Se não conseguem resistir às bichas loucas, é porque estas são dotadas de grande inteligência especializada.

— Continue escrevendo — ela sibila.

Mary virou as costas para mim. Os balões berram como apitos anunciando o fim do expediente. Mary finge ajeitar um grande tapete que algum paciente desarrumou para disfarçar nosso jogo precioso. Como uma lesma, deslizo lentamente minha mão para baixo, sentindo com a palma a aspereza da meia apertada por trás de sua coxa. O linho da saia é frio e rugoso no contato com as unhas e os nós dos meus dedos, e a coxa moldada pela meia é quente, roliça, um pouco úmida, como uma fatia fresca de pão.

— Mais para cima — ela sibila.

Não tenho pressa, velho amigo, não tenho pressa nenhuma. Sinto como se eu pudesse ficar nisso por toda a eternidade. Suas nádegas se contraem impacientemente, como duas luvas de boxe se tocando antes da luta. Minha mão dá uma pausa para sentir o arrepio na sua coxa.

— Mais rápido — ela sibila.

Pela tensão da meia, posso sentir que estou perto da península que se prende à cinta-liga. Passeio por toda a península, com o calor da pele dos dois lados, e então pulo sobre o botão da liga em forma de mamilo. Os fios da meia ficam mais apertados. Junto meus dedos para evitar um contato prematuro. Mary está agitada, dificultando a jornada. Com a ponta do indicador, experimento o fecho da liga. Está quente. O pequeno aro de metal, o botão de borracha — bem quentes.

— Por favor, por favor — sibila ela.

Como anjos na cabeça de um alfinete, meus dedos dançam no botão de borracha. Para que lado eu vou? Em direção à parte de fora da coxa, dura e quente como a carapaça de uma tartaruga tropical na praia? Ou entro na zona pantanosa do meio? Ou me agarro como um morcego no enorme e macio volume protuberante de sua nádega direita? A saia engomada está bem úmida. É como um desses hangares onde se formam nuvens e chove em um lugar fechado. Mary balança a bunda como um cofre de porquinho que retém uma moeda de ouro. As inundações estão prestes a começar. Me decido pelo meio.

— Sssssim.

Uma sopa deliciosa esquenta minha mão. Jatos viscosos molham meu pulso. Uma chuva magnética testa a resistência do meu Bulova. Ela busca uma posição melhor e então se deixa cair sobre meu punho como uma rede para gorilas. Eu me enrosco em seus pentelhos molhados, comprimindo-os como se fossem algodão-doce. Estou cercado de exuberância artesiana, cortinados de carne, inúmeros bulbos neurais, constelações pulsantes de corações mucosos. Mensagens molhadas em Morse percorrem meu braço, orientam meu intelecto, mais, mais, as mensagens vão às regiões obscuras e dormentes do cérebro, coroam novos reis felizes, expulsam os exaustos pretendentes ao trono da mente. Sou uma foca ondulando num imenso parque aquático elétrico, sou os fios de tungstênio queimando num mar de lâmpadas, sou a criatura na caverna de Mary, sou a espuma nas ondas de Mary, as metades da bunda da enfermeira Mary aplaudem com gosto as manobras para arar seu cu com o osso do meu braço, a rosa do reto escorregando para cima e para baixo como um demônio num corrimão.

— Slish slosh slish slosh.

Pode imaginar como estamos felizes? Ninguém ouve nossos gritos e gemidos, o que é um pequeno milagre em meio a tanta bagunça, assim como as coroas de arco-íris flutuando sobre os crânios. Mary olha para mim por cima do ombro, me saudando com os olhos revirados, brancos como cascas de ovos, e sorrindo com uma boca espantosa de peixe-dourado. Em meio ao sol reluzente da T.O., todos se acham gênios de merda, oferecem cestos, cinzeiros de cerâmica e carteiras costuradas em couro aos altares radiantes de sua saúde perfeita.

Meu velho amigo, você pode se ajoelhar enquanto lê, pois agora vem a parte mais doce do meu argumento. Eu não sabia o que dizer a você, mas agora tenho certeza. Todos meus discursos foram apenas um prefácio para este momento, todos meus exercícios um pigarrear para limpar a garganta. Confesso que te torturei, mas foi só para chamar sua atenção. Confesso que te traí, mas foi só para bater no seu ombro. Com todos nossos beijos e chupadas, o que vem agora, parceiro querido, vou contar sussurrando.

Deus está vivo. A Magia se move. Deus está vivo. A Magia se move. Deus se move. A Magia está viva. Os vivos se movem. A Magia nunca morreu. Deus nunca ficou doente. Pobres homens mentiram. Homens doentes mentiram. A Magia nunca se enfraqueceu. A Magia nunca se escondeu. A Magia sempre teve o controle. Deus se move. Deus nunca morreu. Deus estava no controle, mas seu funeral se prolongou. Embora o séquito em luto aumentasse, a Magia nunca fugiu. Embora sua mortalha fosse retirada, o Deus nu está vivo. Apesar de ter suas palavras distorcidas, a Magia nua floresceu. Embora sua morte fosse divulgada em todos os cantos do mundo, o coração não acreditou. Homens deprimidos duvidaram. Homens feridos sangraram. A Magia nunca perdeu sua força. A Magia sempre esteve à frente. Muitas pedras rolaram, mas Deus não caiu. Loucos e selvagens mentiram. Muitos gordos ouviram. Embora oferecessem pedras, a Magia foi alimentada. Embora trancassem suas arcas, Deus sempre foi servido. A Magia se move. Deus impera. Movem-se os vivos. Os vivos comandam. Os fracos definharam. Os fortes prosperaram. Embora dissessem estar sós, Deus estava com eles. Isso inclui o sonhador em sua cela e o capitão no alto da montanha. A Magia está viva. Embora sua morte fosse perdoada em todos os cantos do mundo, o coração não acreditava. Apesar de gravadas em mármore, as leis não serviam de abrigo aos homens. Embora altares fossem erguidos em parlamentos, os homens não podiam ser ordenados. A Polícia prendeu a Magia e a Magia se deixou levar, pois a Magia ama os famintos. Mas a Magia não para. Ela vai de braço em braço. Não fica com eles. A Magia se move. Não se pode feri-la. Ela descansa na palma da mão. Ela se reproduz numa mente vazia. Ela não é o meio, mas o fim. Muitos tentaram conduzir a Magia, mas ela não os seguiu. Os fortes mentiram. Atravessaram a Magia e saíram do outro lado. Os fracos mentiram. Buscaram Deus em segredo e, apesar de voltarem revigorados, não contavam quem os tinha curado. Embora as montanhas dançassem diante deles, diziam que Deus estava morto. E embora sua mortalha fosse retirada, o Deus nu viveu. É o que pretendo sussurrar em minha mente. É do que espero rir em minha mente. É a isso que minha mente deve servir, até que a servidão seja a Magia se movendo pelo mundo, e minha própria mente seja a Magia se enfiando na carne, e a carne seja a Magia dançando num relógio, e o tempo seja a Dimensão Mágica de Deus.

Meu velho amigo, você não está feliz? Você e Edith sabem o quanto esperei por esse ensinamento.
— Vai se foder — cospe Mary Voolnd.
— O quê?
— Sua mão tá mole, me pega com força!
 Quantas vezes devo ser sacrificado, meu amigo? Não entendo o mistério, no fim das contas. Sou um velho com uma mão numa carta e a outra enfiada numa boceta suculenta, e não entendo nada. Se meu ensinamento viesse do evangelho, deixaria minha mão murchar? Claro que não. Não faz sentido. Estou catando mentiras no ar. Estão jogando mentiras em mim. A verdade deveria me fazer mais forte. Eu rogo que me interprete e vá além de mim, caro amigo. Agora sei que sou um caso perdido. Vá adiante, diga ao mundo o que eu pretendia ser.

— Me pega de jeito.

Mary se mexe e a mão volta à vida, como aquelas ancestrais plantas marinhas que viram animais. Agora os cantos macios da boceta me levam a algum lugar. Seu cu se esfrega na verga do meu braço, não como antes, um sonho róseo de corrimão, mas como uma borracha apagando as provas do sonho, e assim, hélas, surge a mensagem secular.

— Mais força, por favor, por favor. Eles vão começar a reparar a qualquer momento.

É verdade. A atmosfera na T.O. está tensa, não mais banhada em raios reluzentes, mas meramente ensolarada e quente. Sim, eu deixei que a magia morresse. Os médicos se deram conta de que estão trabalhando e se recusam a bocejar. Uma senhora baixinha e gorda dá ordens como uma duquesa, coitada. Um adolescente choraminga porque se mijou todo de novo. Uma antiga diretora de escola peida histericamente, ameaçando cancelar a ginástica. Senhor da Existência, será minha dor suficiente?

— Depressa.

Mary se afunda mais. Meus dedos roçam em alguma coisa. Não faz parte de Mary. É uma coisa estranha.

— Pega. Puxa. Veio dos nossos amigos.

— Já vai.

Caro amigo,

Agora que eu reparei.

Te mandei a caixa de fogos errada. E não incluí o Cura Espinhas na minha famosa coleção de sabonetes e cosméticos. Curei as acnes de Edith com isso, sabia? Claro que não sabia, pois você não tinha razões para pensar que a pele de Edith não fosse adorável de se beijar e tocar. Quando a encontrei, a pele dela não era adorável de se beijar e tocar, nem mesmo de se olhar. Ela estava péssima. Em outra parte dessa carta vou te contar como nós, Edith e eu, construímos a esposa adorável que você descobriu fazendo manobras incríveis de manicure na barbearia do Hotel Mount Royal. Vai se preparando.

A coleção de sabonetes, ainda que inclua barras transparentes, essências de pinho, limão e sândalo, e peças em forma de pinto, é inútil sem o Cura Espinhas. O máximo que você vai conseguir é ter as espinhas esfregadas e perfumadas. O que talvez seja suficiente para você — uma especulação desmoralizante.

Você sempre resistiu a mim. Eu tinha um corpo esperando por você, mas você o recusava. Eu te visualizava com um muque de quarenta e oito centímetros, mas você não queria. Eu te via com peitorais poderosos e tríceps em forma de ferradura, com volume e definição. Nos abraços mais íntimos, eu via exatamente a altura em que sua bunda deveria estar. Em hipótese alguma sua bunda deveria encostar nos calcanhares quando você se agachava diante de mim, caso contrário, seriam os músculos da coxa a fazer todo o esforço, e não os das nádegas, e eu queria as bochechas duras da sua bunda, desenvolvidas para meu egoísmo, o que não me deixava feliz e era determinante para sua prisão de ventre. Eu te via lubrificado e brilhante, com a clássica barriga tanquinho e as marcas oblíquas e cortantes do serrátil anterior. Eu sabia como esculpir o serrátil. Eu tinha acesso a um Curso Grego Profissional. Eu tinha correias e estribos que podiam transformar seu pau num verdadeiro porrete, do tamanho de um bico de pelicano. Eu tinha um Kit Esfíncter que funcionava na torneira, como máquinas de lavar e estimuladores de peitos. Você tinha noção da minha ioga? Pode chamar de ruína ou criação, mas tem noção do trabalho que eu fiz com a Edith? Você tem consciência de como insultou o Ganges com seus milhões de transportes mesquinhos?

Talvez seja minha culpa. Eu escondi alguns itens vitais, um aparelho aqui, um fato ali — mas só porque (sim, e isso é bem próximo da verdade) eu sonhava que você seria maior do que eu.

Então vi um rei sem reino. Vi uma arma sangrando. Vi o príncipe do Paraíso Perdido. Vi uma estrela de cinema cheia de espinhas. Vi um carro funerário de corrida. Vi o Novo Judeu. Vi populares e capengas tropas de choque. Quis que você levasse a dor ao paraíso. Vi o fogo curando enxaquecas. Vi o triunfo da eleição sobre a disciplina. Eu quis que sua confusão fosse uma rede de borboletas para a magia. Vi o êxtase sem prazer e vice-versa. Vi as coisas mudarem de natureza pela mera intensificação de suas propriedades. Quis desvalorizar o treinamento em favor de uma oração mais pura. Escondi coisas porque eu desejava uma grandeza maior para você do que aquela que meus Sistemas conceberam. Vi ferimentos remando sem virarem músculos.

Quem é o Novo Judeu?

O Novo Judeu enlouquece graciosamente. Ele aplica as finanças na abstração, o que resulta numa política messiânica bem-sucedida, com cascatas coloridas de meteoros e outros simbolismos meteorológicos. Ele provoca a amnésia pelo estudo contínuo da história, e seu próprio esquecimento é acariciado por fatos que ele aceita com visível entusiasmo. Muda por mil anos o valor do estigma, fazendo com que homens de todas as nações o persigam como um talismã sexual superior. O Novo Judeu é o fundador do Canadá Mágico, do Quebéc Francês Mágico e da América Mágica. Ele demonstra que o desejo profundo traz surpresas. Usa o arrependimento como um bastião da originalidade. Confunde as teorias nostálgicas da supremacia negra que tendiam a se tornar monolíticas. Ele confirma a tradição pela amnésia, seduzindo o mundo todo com a ideia de renascimento. Dissolve a história e os rituais ao aceitar incondicionalmente a herança completa. Viaja sem passaporte, pois é considerado inofensivo pelos governos. Sua influência nas prisões reforça sua supranacionalidade e envaidece sua disposição legalista. Às vezes ele é judeu, de vez em quando quebequense, mas sempre americano.

Era isso que eu sonhava para nós dois, *vieux copain* — judeus novos, eu e você, veados, militantes, invisíveis, membros de uma potencial tribo nova, unida por fofocas e rumores de origem divina.

Não foi totalmente por engano que te mandei a caixa errada de fogos de artifício. A que você recebeu é a da Rich Brothers, cem por cento americana, que anuncia ser a maior seleção pelo menor preço — são quinhentas e cinquenta peças. Sejamos complacentes e digamos que eu não sabia exatamente quanto iria durar a provação. Eu poderia ter mandado a Famosa Marca da Festa de Fogos, que custa o mesmo que a outra e tem mais de mil peças de barulho e beleza. Poderia não te negar os vibrantes Canhões de Saudações Elétricas, as clássicas Bombas-Cereja, a Tocha de Chuva Prateada, os dezesseis disparos da Batalha nas Nuvens e o espocar dos suicidas Foguetes Noturnos Japoneses. Deixemos que a caridade registre que o fiz por caridade. As explosões poderiam atrair atenções maliciosas. Mas como posso me justificar ao mesmo tempo que seguro a Grande e Colorida Explosão no Quintal da Família, produto especial para aqueles que preferem algo menos barulhento? Escondi de você as Fontes Flamejantes do Vesúvio Musical, os petardos dos Rabos de Cometa, os estrondosos Buquês de Cores, as grandes Guirlandas Pirotécnicas, o jorro das Girândolas, a Patriótica Bandeira Nacional. Aumente seu coração, meu querido. Deixe que a caridade argumente que eu te poupei de uma extravagância doméstica.

Vou te contar tudo direitinho: Edith, eu, você, Tekakwitha. os A——s, os fogos.

Eu não queria que você se queimasse até a morte. Por outro lado, não queria que o êxodo fosse fácil demais. Digo isso por orgulho profissional de professor, e também por uma inveja sutil que já expus aqui anteriormente.

O mais sinistro é que, ao inocular doses homeopáticas e regulares de prazer, talvez eu tenha contribuído para te imunizar contra os estragos do êxtase. Um regime de paradoxos engorda o satírico, não o salmista.

Talvez eu devesse ter ido até o fim e te mandado as submetralhadoras que estavam escondidas sob os fogos de artifício na minha brilhante operação de contrabando. Sofro da Síndrome da Virgem: nada que eu fazia era puro o suficiente. Nunca tive certeza se eu queria discípulos ou partidários. Nunca tive certeza se eu queria o Parlamento ou viver como eremita.

Devo confessar que nunca vi a Revolução de Québec com clareza, mesmo na época de minha desonra parlamentar. Eu apenas me recusei a apoiar a Guerra, não porque eu fosse francês ou pacifista (claro que não sou), mas porque estava cansado. Eu sabia o que estavam fazendo com os ciganos, podia sentir um cheiro de Zyklon B no ar, mas eu estava muito, muito cansado. Lembra como era o mundo naquele tempo? Uma enorme jukebox tocava uma canção sonolenta. A canção tinha uns dois mil anos e a gente dançava com os olhos fechados. A canção se chamava História e nós a adorávamos, nazistas, judeus, todo mundo. Nós a adorávamos porque fomos nós que a inventamos, porque, como Tucídides, sabíamos que o quer que nos acontecesse, seria a coisa mais importante a jamais acontecer no mundo. A História fazia com que nos sentíssemos bem, então a tocávamos uma vez atrás da outra, na escuridão da noite. Sorríamos quando os tios iam para a cama, era um alívio nos livrarmos deles, pois não sabiam dançar com a H., apesar de todas as bravatas e antigos recortes de jornal. Boa noite, velhas fraudes. Alguém ligava o aquecedor e abraçávamos o corpo, sentíamos o perfume dos cabelos, esfregávamos os genitais um no outro. A História era nossa canção. A História nos escolheu para fazer História. Nos entregamos a ela, açariciados pelos fatos.

Avançamos sob a luz da lua em perfeitos batalhões adormecidos. Que sua vontade seja feita. Num sono perfeito, pegamos os sabonetes e esperamos pelos chuveiros.

Deixa pra lá, deixa pra lá. Fui fundo demais na linguagem antiga. Posso ficar preso nela.

Eu estava cansado. Estava de saco cheio do inevitável. Tentei escapar da História. Deixa pra lá, deixa pra lá. Digamos que eu estava cansado. Eu disse não.

— Saia do Parlamento agora mesmo!
— Franceses!
— Não dá para confiar neles!
— Voto pela expulsão!

Fugi com o coração pesado. Eu adorava as cadeiras vermelhas do Parlamento. Tinha afeição pelas trepadas debaixo do monumento. Me masturbava na Biblioteca Nacional. Impuro demais para um futuro vazio, chorei velhas loterias.

Agora minha grande confissão. Eu adorava a magia das armas. Escondi-as sob os fogos de artifício. Ordens do meu demônio. Plantei armas no Québec porque estava dividido entre ser livre e covarde. Armas sugam a magia. Enterrei as armas para a História futura. Se a História prevalecer, deixe-me ser o sr. História. As armas são verdes. As flores espreitam. Deixei a História para trás porque eu estava sozinho. Não me siga. Vá além do meu estilo. Não sou nada mais que um herói apodrecido.

No meio da minha coleção de sabonetes. Deixa pra lá.

                                     Mais tarde.

No meio da minha coleção de sabonetes. Paguei caro por ela. Férias aconchegantes com Edith num hotel na Argentina. Um fim de semana. Não ligue. Paguei o equivalente a seiscentos e trinta e cinco dólares. O garçom ficava espichando os olhos para mim. Imigrantezinho recente, nada bonito. Antigo Senhor de um pedaço miserável de terra na Europa. Transação ao lado da piscina. Eu queria aquilo, queria. Minha tara por magia cinza

e secular. Sabonete humano. Uma barra inteira, menos a parte que usei em um banho de banheira, para o bem ou para o mal.
Mary, Mary, onde estás, minha pequena Abishag?
Meu querido amigo, pegue na mão do meu espírito.
Vou te mostrar tudo à medida que for *acontecendo*. É o máximo que posso fazer. Não posso trazê-lo para o meio da ação. Espero ter *te* preparado para essa peregrinação. Eu não suspeitava da insignificância do meu sonho. Eu acreditava ter concebido o maior sonho da minha geração: eu queria ser um mago. Essa era minha ideia de glória. E esse é um apelo baseado em toda minha experiência: não seja um mago, seja a magia.

Naquele fim de semana em que consegui que você pudesse acessar os Arquivos, eu e Edith voamos para a Argentina em busca de um pouco de sol e novas experiências. Edith estava desconfortável com seu corpo: ele ficava mudando de tamanho e ela chegou a pensar que estivesse morrendo.

Pedimos um quarto grande com ar-condicionado e vista para o mar, e trancamos bem a porta assim que o carregador saiu com a mão cheia de gorjeta.

Edith estendeu um grande tapete de ioga sobre a cama de casal, alisando-o cuidadosamente, de ponta a ponta. Eu adorava vê-la assim, inclinada. Sua bunda era minha obra-prima. Pode-se dizer que seus mamilos eram uma extravagância excêntrica, mas o traseiro era perfeito. É verdade que, com o passar dos anos, ele precisou de massagem eletrônica e aplicações de hormônio, mas a concepção era perfeita.

Edith tirou a roupa e se deitou no tapete. Eu me aproximei dela. Seus olhos soltavam faíscas.

— Eu te odeio, F. Te odeio pelo que você fez comigo e meu marido. Fui uma boba de me envolver com você. Queria que ele tivesse me conhecido antes de você...

— Shh, Edith. Não vamos falar nisso de novo. Você queria ser bonita.

— Não consigo lembrar de nada agora. Estou bem confusa. Talvez eu fosse bonita antes.

— Talvez — repeti, no mesmo tom triste.

Edith se ajeitou nos quadris morenos para ficar mais confortável e um raio de sol se infiltrou nos pelos púbicos, tingindo-os de ferrugem. Sim, essa era uma beleza que transcendia minha arte.

> Boceta Ensolarada
> de Finos Pentelhos
> Suas Entradas Animais
> Seus Redondos Joelhos

Me ajoelhei junto à cama e encostei uma de minhas orelhas translúcidas naquela pequena horta iluminada: assim conseguia ouvir o minúsculo mecanismo pantanoso.

— Você se meteu onde não era chamado, F. Você foi contra Deus.

— Shh, minha franguinha. Há crueldades que nem eu consigo aguentar.

— Você devia ter me deixado do jeito que me encontrou. Agora não sirvo mais pra ninguém.

— Eu poderia te chupar pra sempre, Edith.

Ela deixou minha nuca formigando ao roçar levemente os pelos raspados com seus adoráveis dedinhos morenos.

— Às vezes tenho pena de você, F. Você poderia ter sido um grande homem.

— Fica quieta — murmurei.

— Levanta, F. Tira a boca de mim. Vou fingir que você é outra pessoa.

— Quem?

— O garçom.

— Qual deles? — perguntei.

— Aquele de bigode e capa de chuva.
— Eu sabia, eu sabia.
— Você reparou nele também, né?
— Sim.

Me levantei bruscamente. Uma tontura fez a cabeça girar como um dial, e a comida no estômago, que tinha sido mastigada tão alegremente, virou vômito. Eu odiava minha vida, odiava me meter onde não era chamado, odiava minha ambição. Por um segundo eu queria ser apenas um sujeito comum enclausurado com uma indígena órfã num quarto de hotel tropical.

> Pode levar minha Câmera
> Pode levar minha Taça
> Sol e Chuva para Sempre
> Deixe que o Médico Faça

— Não chora, F. Você sabia que isso ia acontecer. Você queria que eu fosse até o fim. Agora que eu não sirvo pra ninguém, vou tentar de tudo.

Cambaleei até a janela, mas ela estava hermeticamente fechada. O oceano era de um verde profundo. A praia estava pontilhada de guarda-sóis. Como eu sentia falta do meu velho mestre, Charles Axis. Espremi os olhos para ver um maiô branco e imaculado, sem a sombra topográfica de uma genitália.

— Ahhh, vem aqui, F. Não aguento ver um homem vomitar e chorar.

Ela aninhou minha cabeça entre seus seios nus e colocou um mamilo em cada ouvido.

— Pronto, pronto.
— Brigadu, brigadu, brigadu, brigadu.
— Ouve, F. Ouve do jeito que você queria que a gente ouvisse.

— Tô ouvindo, Edith.

> Deixe-me deixe-me ir
> Até as Cavernas Viscosas
> Onde embriões de Cidades
> Formam Ondas Espumosas

— Você não tá ouvindo, F.
— Estou tentando.
— Tenho pena de você, F.
— Me ajuda, Edith.
— Então volta ao trabalho. É a única coisa que pode te ajudar. Tente terminar o que você começou a fazer com todos nós.

Ela tinha razão. Eu era o Moisés do nosso pequeno êxodo. E eu nunca chegaria lá. Minha montanha pode ser muito alta, mas ela se ergue no deserto. Que isso me baste.

Retomei minha postura profissional. O perfume de suas partes baixas ainda estava em minhas narinas, mas isso era comigo. Observei a garota nua de minha Pisgah. Seus lábios macios sorriam.

— Assim é melhor, F. Sua língua estava boa, mas você fica melhor de médico.
— O.k., Edith. Qual é o problema agora?
— Não consigo mais gozar.
— Claro que você não consegue. Se formos aperfeiçoar o corpo pan-orgásmico, estender a zona erógena por todo o invólucro carnal, popularizar a Dança do Telefone, então temos de começar a abolir a tirania dos mamilos, lábios, clitóris e cu.
— Você está indo contra Deus, F. Você diz palavras sujas.
— Prefiro me arriscar.
— Me sinto tão perdida de não conseguir mais gozar. Ainda não estou pronta para as outras práticas. Me sinto muito sozinha.

Me sinto indefinida. Tem vezes que eu esqueço onde fica minha boceta.

— Você me cansa, Edith. E pensar que apostei todas minhas fichas em você e no seu marido infeliz.

— Traz de volta pra mim, F.

— Tudo bem, Edith. É muito simples. Tá nos livros. Imaginei que isso fosse acontecer, então trouxe alguns apropriados para a ocasião. Também tenho nesse baú uns falos artificiais (testados por mulheres), Vibradores Vaginais, Bolas de Pompoarismo e o Godemiche, ou Consolo.

— Agora sim!

— Apenas deite-se e escute. Afunde no tapete de ioga. Abra as pernas e deixe o ar condicionado fazer o trabalho sujo.

— O.k., estou pronta.

Limpei minha distinta garganta. Escolhi um livro bastante usado, escrito numa linguagem clara, com descrições de várias práticas Autoeróticas a que se entregam humanos e animais, flores, crianças e adultos, e mulheres de todas as idades e culturas. Os assuntos abordados incluem: Por que as Esposas se Masturbam, O Que Podemos Aprender Com o Tamanduá, Mulheres Insatisfeitas, Anormalidades e Erotismo, Técnicas de Masturbação, Latitude das Fêmeas, Depilação Genital, Descoberta Clitoridiana, Masturbação em Grupo, Algemas de Metal, Pênis de Borracha 23, Preliminares, Masturbação Uretral, Experimentos Individuais, Masturbação em e de Crianças, Técnica da Fricção das Coxas, Estimulação Mamária, Autoerotismo nas Janelas.

— Não para, F. Sinto que está voltando.

Seus adoráveis dedinhos morenos foram deslizando pela barriga redonda e sedosa. Continuei a ler no meu lento e tentador tom de boletim do tempo. Li para minha *protégée* ofegante sobre as práticas sexuais incomuns, aquelas em que o Sexo é "Diferente". Uma prática sexual "Incomum" é aquela em que há um prazer maior do que no orgasmo com penetração. Muitas dessas práticas bizarras envolvem uma certa dose de mutilação, choque, voyeurismo, dor ou tortura. Os hábitos sexuais de uma pessoa comum são relativamente isentos de tais características sadomasoquistas. NO ENTANTO, o leitor vai ficar chocado ao ver como são anormais as preferências das chamadas pessoas normais. CASOS VERÍDICOS e uma intensa pesquisa de campo. Recheada de capítulos detalhando TODOS OS ASPECTOS do ato sexual. ALGUNS TÍTULOS: Esfregação, Observação, Anéis Penianos, Satiromania, Bestialidade nos Outros. O leitor médio ficará surpreso em saber como as práticas "Incomuns" são introduzidas por parceiros aparentemente normais, inocentes.

— Isso é tão bom, F. Fazia tanto tempo.

Já era fim de tarde. O céu estava escurecendo. Edith se tocava em todas as partes e se cheirava sem pudor. Eu mal conseguia ficar parado. Os textos me excitavam. Ela ficou com a pele arrepiada pelo corpo todo. Eu olhava meio abobado para as Ilustrações: órgãos masculino e feminino, tanto o lado externo quanto interno, desenhos indicando os métodos corretos e incorretos de penetração. Útil para esposas saberem como o pênis é recebido.

— Por favor, F., não para agora.

Minha garganta queimava de febre. O amor apalpado. Edith se contorcia com as estimulações. Virando-se de barriga para baixo, manobrou os belos e pequenos punhos na roda de seu cu. Eu me afundei num Manual de Semi-Impotência. Ali estavam artigos importantes ligados ao tema central: como aumentar o pênis ereto, porque o pênis é mais escuro, uso de lubrificantes, prazer durante a menstruação, como explorar a menopausa, dicas para as esposas superarem a semi-impotência com estímulos manuais.

— F., se você me tocar agora, eu morro.

Engatei na leitura de textos sobre Fellatio e Cunnilingus Entre Irmãos e Irmãs, entre outros. Minhas mãos estavam quase fora de controle. Tropecei em um novo conceito de vida sexual excitante. Não deixei de fora a seção sobre longevidade. A possibilidade de êxtases finais para todos. Centenas de lésbicas entrevistadas com perguntas diretas. Algumas torturadas porque deram respostas evasivas. Solta a língua, sapatão de uma figa. Um trabalho impressionante mostra como age o delinquente sexual. Produtos químicos prometem tirar os pelos das palmas das mãos. Nada de bonecos! Fotos Reais de Órgãos Femininos e Masculinos e Excrementos. Todos os tipos de beijos. As páginas voavam. Edith soltava palavrões e babava. Seus dedos estavam brilhantes e escorregadios, a língua marcada pelo sabor de seus fluidos. Passei para os livros de temas básicos, a maior sensibilidade, causas da ereção, Marido por Cima 1-17, Mulher por Cima 18-29, Sentados 30-34, De Lado 35-38, Posições De Pé & De Joelhos 39-53, Variações De Cócoras 54-109, Movimento De Coito Em Todas As Direções para Maridos e Esposas.

— Edith! — gritei. — Deixa eu fazer as Preliminares.

— Jamais.

Dei uma olhada num glossário de Termos Sexuais. Em 1852, Richard Burton (morto aos 69), submeteu-se calmamente a uma circuncisão quando tinha 31 anos. "Ordenhadores." Bibliografia Detalhada do Incesto Consumado. Dez Passos para a Miscigenação. Técnicas de Fotógrafos Famosos. Indícios de Atos Extremos. Sadismo, Mutilação, Canibalismo, Canibalismo de Oralistas, Como Encaixar Órgãos Desproporcionais. Veja o brilhante nascimento da nova mulher americana. Eu gritava os fatos registrados. Ela ia conhecer todos os prazeres do sexo. CASOS REAIS mostram as mudanças de comportamento. Há muitos relatos de universitárias ansiosas por propostas indecentes. Mulheres que não têm mais vergonha do sexo oral.

Homens que se masturbam até a morte. Canibalismo nas Preliminares. Coito Craniano. Como Evitar a Ejaculação Precoce. Prepúcio: A Favor, Contra e Indiferente. O Beijo íntimo. Quais os benefícios da experimentação sexual? Maquiagem sexual, para você e seus parceiros. Pecados devem ser ensinados. Beijar Negros na Boca. Documentação sobre Coxas. Estilos de Pressão Manual nas Entregas Voluntárias. A Morte Vem a Camelo. Dei tudo para ela. Eu implorava por Látex. Não escondi as rendas, nem as excitantes calcinhas abertas na frente, ou o macio sutiã elástico que segura os peitos grandes, ainda jovens, pesados e caídos, cada um para um lado. Sobre os mamilos apartados de Edith balbuciei a lista inteira: Calças de Papai-Noel, Extintores de Espuma, o Glamour da Glande, Gel Espesso para Peitos em embalagem simples, Boneca Kinsey de couro lavável, Disciplina do Esmegma, o PEQUENO cinzeiro SQUIRT, "MANDE-ME OUTRO Suporte de Hérnia para ter de reserva. Ele me permite trabalhar com velocidade máxima na prensa hidráulica oito horas por dia", disse por tristeza, por melancolia, protetor genital macio e submerso na memória pantanosa de Edith como uma alavanca enlameada, disparador repentino de um apoteótico míssil molhado, surgido nos escombros das lembranças, onde o único solo de trompete é o acesso de tosse do avô e os problemas financeiros com as roupas de baixo.

Edith contorcia os joelhos cobertos de saliva, esfregando-se em riachos de lubrificação. Suas coxas brilhavam com a baba que escorria e seu ânus pálido era escavado por cruéis unhas falsas. Ela gritava por libertação, o voo de sua imaginação abortado por uma boceta ainda meio apagada.

— Faça alguma coisa, F. Eu imploro. Mas não me toque.
— Edith, querida! O que eu fiz com você?
— Não chega perto, F.!
— O que eu posso fazer?

— Inventa.
— Histórias de tortura?
— Qualquer coisa, F. Depressa.
— Judeus?
— Não, muito longe.
— 1649? Brébeuf e Lalemant?
— Qualquer coisa.

Então comecei a recitar o que aprendi na escola sobre como os iroqueses mataram os jesuítas Brébeuf e Lalemant, cujos restos queimados e mutilados foram encontrados na manhã do dia vinte por um membro da Sociedade e sete soldados franceses. "*Ils y trouuerent vn spectacle d'horreur...*"

Na tarde do dia dezesseis, os iroqueses haviam amarrado Brébeuf numa estaca e começaram a queimá-lo da cabeça aos pés.

— Fogo eterno para aqueles que perseguem os fiéis a Deus — Brébeuf ameaçou-os em tom doutrinador.

Enquanto ele falava, os indígenas cortaram seu lábio inferior e forçaram um ferro em brasa na sua garganta. Ele não soltou nenhum som, nem mostrou sentir dor.

Então buscaram Lalemant. Tinham amarrado pedaços de casca de árvore untados de piche em seu corpo nu. Quando Lalemant viu seu Superior, a abertura sangrenta e inumana expondo os dentes, o cabo incandescente saindo da boca rasgada e cauterizada, berrou as palavras de São Paulo:

— Nos tornamos espetáculo para o mundo, para os anjos e para os homens.

Lalemant se jogou aos pés de Brébeuf. Os iroqueses o pegaram, amarram-no a uma estaca e incendiaram as plantas que o cercavam. Ele gritou por ajuda divina, mas ele não morreria tão rápido.

Trouxeram um colar de machadinhas ferventes e o puseram em Brébeuf, que não mexeu um dedo.

Um ex-convertido, ressentido, adiantou-se e exigiu que jogassem água quente nas cabeças, já que os missionários tinham jogado tanta água fria sobre eles. Trouxeram a chaleira, ferveram a água e a despejaram lentamente na cabeça dos padres cativos. Rindo, disseram:

— Nós os batizamos, e que sejam felizes no céu. Vocês nos ensinaram que os que sofrem na Terra serão recompensados no céu.

Brébeuf aguentava firme como uma rocha. Depois de inúmeras torturas revoltantes, escalpelaram-no. Ele ainda vivia quando abriram seu peito. A multidão avançou para beber o sangue e comer o coração de um inimigo tão corajoso. Sua morte impressionou os carrascos. O suplício durou quatro horas.

Lalemant, fisicamente fraco desde a infância, foi levado de volta para dentro da casa, onde o torturaram a noite inteira. Em algum momento depois do alvorecer, um dos índios se cansou daquela diversão prolongada e deu-lhe um golpe fatal com a machadinha. Todo o seu corpo havia sido queimado, "até os olhos, em cujas órbitas os desgraçados haviam colocado carvão aceso". Seu suplício durou dezessete horas.

— Como você se sente, Edith?

Nem era preciso perguntar. Minhas récitas serviram apenas para trazê-la mais perto de um clímax que ela não conseguia atingir. Ela gemia, presa de um desejo terrível, sua pele arrepiada reluzindo em súplica para se libertar das insuportáveis espirais do prazer secular e elevar-se a uma dimensão cega, tão parecida com o sono, tão semelhante à morte, rumo ao prazer além do prazer, onde cada um viaja como órfão para sua essência ancestral, mais anônimo, mais fortalecido que nos braços da família de sangue ou adotiva.

Eu sabia que ela não ia conseguir.

— F., me salva — ela gemia, dolorosamente.

Liguei o Vibrador Dinamarquês. Um espetáculo degradante se seguiu. Assim que aquelas deliciosas oscilações elétricas ocuparam minha mão como um exército de algas treinadas, ondulando, afagando, acariciando, fiquei relutante em entregar o instrumento para Edith. De algum modo, em meio aos fluidos de seu suplício, ela percebeu minhas tentativas de ajustar as Tiras de Velcro nas sombras da minha cueca.

Ela ergueu-se de suas poças e vociferou:

— Me dá isso, seu canalha!

Como um urso (alguma memória ancestral?), ela se atirou sobre mim. Eu ainda não tinha conseguido prender as Maravilhosas e Aperfeiçoadas Correias, e o Vibrador saiu voando de minhas mãos. E assim o urso, com um golpe de pata cheia de garras, colheu o peixe no fundo do rio. O V. D. tentava escapar em passos de caranguejo pelo chão encerado, zumbindo como uma locomotiva de cabeça para baixo.

— Você é muito egoísta, F. — rosnou Edith.

— Essa é uma observação mentirosa e ingrata — eu disse o mais gentilmente possível.

— Sai do meu caminho.

— Eu te amo — disse enquanto me aproximava palmo a palmo do V. D. — Eu te amo, Edith. Posso ter adotado os métodos errados, mas nunca deixei de te amar. Foi egoísmo de minha parte tentar acabar com a sua dor e a dele (você, meu querido, meu velho camarada)? Eu via dor por toda parte. Não suportava ver seus olhos, tão caprichosamente cheios de dor e desejo. Não suportava beijar nenhum dos dois, pois sentia que a cada enlace se abria uma prece pungente e desesperada. Quando riam, por dinheiro ou pelo sol poente, eu ouvia suas gargantas sendo rasgadas pela avidez. No meio do grande salto, via o corpo murchar. Em meio a jorros de gozo, expressavam arrependimento. Milhares construíram, milhares estão esmagados nas pistas da estrada. Vocês não se sentiam bem escovando os dentes. Dei-lhes peitos com mamilos: foram capazes de alimentar alguém? Dei-lhes um pinto com memória própria: puderam iniciar uma nova raça? Levei-os para ver o documentário definitivo sobre a Segunda Guerra Mundial: sentiram-se mais leves quando saímos do cinema? Não, vocês se lançaram sobre os espinhos da busca. Chupei vocês, e vocês uivaram para me dar algo mais forte do que o veneno. A cada aperto de mão vocês choravam por um jardim perdido. Achavam bordas cortantes em cada objeto. Eu não suportava o golpe da sua dor. Vocês estavam cobertos de sangue e chagas. Precisavam de ataduras — não havia tempo para ferver a água e queimar os vermes — e eu peguei o que tinha à mão. Precaução era um luxo. Eu não tinha tempo para examinar meus motivos. A autopurificação teria sido um álibi. Diante de um espetáculo tão miserável, eu era livre para tentar de tudo. Não posso responder pela minha própria ereção. Não tenho explicações para minha vil ambição. Confrontado com suas infecções, eu não podia parar para checar o caminho, estivesse ou não me dirigindo a uma estrela. Eu mancava pelas ruas e cada janela emitia um comando: Mude! Purifique! Experimente! Cauterize! Altere! Queime! Preserve! Ensine! Acredite em mim, Edith, eu tinha de agir, e agir logo. Era minha natureza. Pode me chamar de dr. Frankenstein com um prazo a cumprir. Parecia que eu tinha acordado no meio de um acidente de carro, membros espalhados por toda parte, vozes aqui e ali implorando por ajuda, dedos amputados apontando para suas casas, destroços fatiados como queijo no celofane — e tudo o que eu tinha nesse mundo destruído era linha e agulha, ao que eu me ajoelhava, juntava as peças dessa confusão e as costurava. Eu tinha uma ideia de como um homem deveria ser, mas ela vivia mudando. Não podia devotar a vida inteira em busca do físico ideal. Tudo o que eu ouvia era sofrimento, tudo o que eu via era mutilação. Minha agulha se movia tão loucamente que às vezes eu passava a linha pela minha própria carne e me unia às minhas criações grotescas — depois eu nos separava — e então ouvia minha própria voz uivando junto com as outras, e percebia claramente como eu também fazia parte do desastre. Mas também notei que eu não era o único de joelhos costurando freneticamente. Havia outros como eu, cometendo os mesmos erros monstruosos, levados pela mesma urgência impura, costurando a si mesmos no amontoado de feridas, extraindo-se dolorosamente...

— Você tá chorando, F.
— Me perdoe.
— Para de choramingar. Olha aí, já perdeu a ereção.
— Está tudo indo por água abaixo. Minha disciplina está em colapso. Você tem ideia de quanta disciplina eu tive que usar para treinar os dois?

Pulamos atrás do Vibrador no mesmo instante. Os fluidos a deixaram escorregadia. Por um segundo desejei que estivéssemos trepando e não lutando, já que todas as suas aberturas estavam prontas e perfumadas. Agarrei-a pela cintura e, antes que eu me desse conta, sua bunda pulou para fora do meu abraço de urso como uma semente úmida de melancia, suas coxas escaparam como um trem perdido, e lá fiquei eu, com os braços lubrificados e vazios, o nariz espatifado contra o luxuoso piso de mogno.

Está me acompanhando, velho amigo? Não se desespere. Eu te prometi que isso ia acabar em êxtase. Sim, sua mulher estava nua durante a história. Em algum lugar no quarto escuro, dobrada no encosto de uma cadeira como uma exausta borboleta gigante, sua calcinha, endurecida por uma leve mancha de suor, sonhava com unhas roídas, e eu sonhava com elas — amplos sonhos ondulantes, que despencavam e eram atravessados por arranhões verticais. Para mim era o fim da Ação. Eu continuaria tentando, mas eu sabia que tinha falhado com vocês e que ambos tinham falhado comigo. Eu ainda tinha um truque na manga, mas era perigoso e eu nunca o tinha usado. As circunstâncias, como irei demonstrar, me forçaram a isso, o que acabaria levando ao suicídio de Edith, a minha internação e a seu cruel suplício na casa da árvore. Quantas vezes eu te avisei que você seria chicoteado pela solidão?

Lá estava eu então, deitado, na Argentina. O Vibrador Dinamarquês zunia como um cinzel, à medida que contornava as curvas jovens de Edith. O quarto estava frio e escuro. No subir e descer frenético de seus quadris, um de seus joelhos refletiu a luz da lua, enquanto ela suplicava desesperadamente. De repente parou de gemer; percebi que havia atingido aquele ponto de intenso silêncio sufocado que o orgasmo adora inundar com suspiros de ventríloquo e enredos de marionetes cósmicas.

— Graças a Deus — ela sussurrou finalmente.

— Que bom que você conseguiu gozar, Edith. Fico muito feliz por você.

— Graças a Deus ele saiu de mim. Tive de chupá-lo. Ele me forçou à intimidade oral.

— Qu—?

Antes que eu pudesse terminar a pergunta, ele estava nas minhas nádegas e seu zumbido idiota tinha virado um guincho psicótico. O suporte destacável se inseriu entre minhas coxas peludas, providenciando engenhosamente uma base macia para meus testículos assustados. Eu já tinha ouvido falar em coisas parecidas, e sabia que isso me deixaria amargurado e com raiva de mim mesmo. Como uma cápsula de cianeto atirada na câmara de gás, o V. D. esguichou Fórmula Cremosa sobre a divisa muscular que tanto me esforcei para definir. Enquanto o calor do meu corpo a derretia num filete para facilitar a vergonhosa penetração, ventosas excitantes de látex grudaram em mim por todos os lados. O Facilitador elástico parecia ter ganhado vida própria e as Correias da Alegria deixavam tudo aberto, e eu sentia que o ar condicionado, fresco, fazia evaporar suor e creme de *superfícies minúsculas que eu mal sabia que existiam*. Eu podia ficar ali uns dez dias. Não estava nem surpreso. Sabia que a coisa era insaciável e estava disposto a me submeter a ela. Ouvi Edith me chamando com voz fraca no momento em que o Apoio de Espuma se erguia na altura máxima. Depois disso não ouvi mais nada. Era como se mil Filósofos do Sexo trabalhassem sobre mim em perfeita colaboração. Devo ter gritado na primeira investida do Mastro Branco, mas a Fórmula Cremosa continuou sendo esguichada, e acho que uma das ventosas se converteu num recipiente para os excrementos. A coisa zumbiu em meus ouvidos como se tivesse lábios de alabastro.

Não sei por quanto tempo ela chafurdou em minhas partes íntimas.

Edith mudou a coisa para uma vibração suave. Ela não conseguia olhar para mim.

— Tá feliz, F.?

Não respondi.

— Quer que eu faça alguma coisa?

É possível que o V. D. tenha respondido com um sussurro de satisfação. Sei que puxou os Laços Americanos com a sofreguidão de um comedor de espaguete, as ventosas se desprenderam, meu saco despencou sem cerimônia, e o aparelho deslizou para fora de minhas carnes trêmulas. Acho que eu estava feliz...

— Quer que eu desligue, F.?

— Faça o que quiser, Edith, tô acabado.

Edith deu um puxão no fio elétrico. O V. D. chacoalhou um pouco, foi se aquietando e parou. Edith suspirou de alívio, mas cedo demais. O V. D. começou a apitar estridentemente.

— Ele tá com pilha?

— Não, Edith, ele não tá com pilha.
Ela cobriu os peitos com os braços cruzados.
— Que dizer...?
— Sim. A coisa aprendeu a funcionar sozinha.

Edith fugiu para um canto quando viu que o Vibrador Dinamarquês avançava em sua direção. Ela se curvou de um jeito estranho, como se estivesse tentando esconder a boceta atrás das coxas. Eu não conseguia me mexer na poça melada em que havia sido enrabado com tanta pirotecnia. A coisa atravessou tranquilamente o quarto de hotel arrastando correias e ventosas atrás de si, como uma saia havaiana feita de folhas e tiras de sutiã.

A coisa aprendeu a funcionar sozinha.

(Ó Senhor, Inominado e Indefinível, tirai-me do Deserto do Possível. Já lidei muito com os Fatos. Me esforcei muito para virar um Anjo. Persegui Milagres com um saquinho de Poder para salpicar em suas Caudas selvagens. Tentei domar a Loucura para roubar-lhe o Conhecimento. Tentei programar Computadores com a Loucura. Tentei recriar a Graça para provar que a Graça existia. Não castiguei Charles Axis. Por não enxergar a Evidência, ampliamos a Memória. Meu Senhor, aceitai essa confissão: não nos preparamos para Receber porque achávamos que não havia Nada a Receber e não podíamos viver com essa Crença.)

— Socorro, me ajuda, F.

Mas eu estava preso ao chão por um prego formigante, cuja cabeça era meu ânus.

A coisa ainda demorou um pouco para chegar até ela. Edith, com as costas curvadas no ângulo certo, havia sentado, e se entregava numa posição sem defesa, com as adoráveis pernas abertas. Paralisada de medo, diante da perspectiva de sensações horripilantes, estava pronta para a submissão. Eu já olhei para muitos orifícios, mas nunca tinha visto um com aquela expressão. Os pelos macios haviam se afastado dos lábios molhados como a imagem do sol no emblema de Luís XIV. Os lábios se afastavam e se fechavam, como se alguém estivesse brincando com o diafragma de uma lente. O Vibrador Dinamarquês montou nela devagar, e logo a criança (Edith tinha vinte anos) estava fazendo coisas com a boca e os dedos que ninguém, acredite, velho amigo, ninguém jamais fez com você. Talvez fosse o que você sempre quis que ela fizesse. Mas você não sabia como incentivá-la, e isso não era culpa sua. Ninguém sabia. Esse é o motivo porque tentei afastar a foda de discagens mútuas.

O ataque durou talvez uns vinte e cinco minutos. Antes do décimo minuto, ela estava implorando para que a coisa explorasse suas axilas, especificava qual mamilo era o mais ávido, girava o corpo para oferecer sua mais recôndita região rósea — até que o Vibrador Dinamarquês assumiu o comando. Foi aí que Edith, de bom grado, tornou-se nada mais que um bufê de sucos, carnes, excrementos e músculos para satisfazê-lo em seu apetite.

Claro, as implicações de seu prazer eram enormes.

O Vibrador Dinamarquês escorregou de seu rosto, descobrindo nela um doce sorriso machucado.

— Fica — ela sussurrou.

A coisa subiu no parapeito da janela, ronronando profundamente, e, mudando sua rotação para um lamento agudo, atravessou o vidro, que quebrou e desabou como uma estranha cortina sobre sua saída de cena.

— Faz ele ficar.

— Já foi.

Arrastamos nossos estranhos corpos para a janela. A úmida e perfumada noite tropical inundou o quarto quando nos debruçamos para ver o Vibrador Dinamarquês descer pelos andares de mármore do hotel. Assim que atingiu a calçada, atravessou o estacionamento e logo chegou à praia.

— Ah, meu Deus. Foi lindo, F. Tá sentindo?
— Verdade, Edith. Põe a mão aqui.

Uma cena curiosa se desenrolou na areia deserta e iluminada pela lua, bem à nossa frente. Quando o V. D. avançava lentamente em direção às ondas que quebravam em florações negras na praia brilhante, uma figura surgiu num trecho entre as palmeiras fantasmagóricas. Era um homem vestido numa sunga imaculadamente branca. Difícil dizer se ele se preparava para interceptar o Vibrador Dinamarquês e desligá-lo violentamente ou se estava meramente curioso para ver de perto sua progressão graciosa Atlântico adentro.

A noite era doce como o verso final de uma canção de ninar. Com uma mão na cintura e outra coçando a cabeça, a pequena figura lá embaixo observava, como nós, o mergulho do aparelho nas profundezas móveis do mar, que engoliu as ventosas luminosas como se fosse o fim da civilização.

— Ele vai voltar, F.? Pra gente?
— Não importa mais, ele está solto no mundo agora.

Ficamos ali, um ao lado do outro na janela, duas figuras no início de uma escada de mármore muito alta, construída na vastidão da noite sem nuvens, que terminava no vazio.

Um sopro de brisa afastou alguns fios dos cabelos dela e eu pude sentir as pequenas pontas na minha bochecha.

— Eu te amo, Edith.
— Te amo, F.
— E eu amo seu marido.
— Eu também.
— Nada aconteceu como eu planejei, mas agora sei como vai terminar.
— Eu também, F.
— Ah, Edith, tem alguma coisa nascendo no meu coração, o murmúrio de um amor raro, mas nunca serei capaz de fazer jus a ele. Estou rezando para que seu marido consiga.

— Ele vai conseguir, F.
— Mas estará sozinho. Só dá pra ele chegar lá sozinho.
— Eu sei — ela disse. — Temos de nos afastar dele.

Uma grande tristeza se apoderou de nós enquanto olhávamos a extensão do mar, uma tristeza sem ego, que não nos pertencia e que não iríamos reivindicar. Aqui e ali a superfície inquieta da água refletia pedaços da lua. Nos despedimos de você, querido amante. Não sabíamos quando ou como se daria a separação, mas ela começou naquele momento.

Alguém bateu profissionalmente na porta amarela.

— Deve ser ele — eu disse.
— Devemos nos vestir?
— Pra quê?

Não tivemos nem que abrir a porta. O garçom tinha a chave. Ele usava uma velha capa de chuva e bigode, e por baixo estava totalmente nu. Nos viramos para ele.

— Você gosta da Argentina? — perguntei por educação.
— Sinto falta dos cinejornais — respondeu.
— E as paradas? — continuei.
— Das paradas também. Mas todo o resto tem aqui. Ah!

Ele repara em nossos órgãos avermelhados e começa a acariciá-los com grande interesse.

— Que maravilha! Que maravilha! Vejo que já estão bem preparados.

O que se seguiu era previsível. Não quero aumentar ainda mais a dor que vai sobrar para você com uma descrição minuciosa dos excessos que cometemos com ele. Para que você não se preocupe, posso dizer que, de fato, estávamos bem preparados e praticamente não resistimos às sórdidas e excitantes ordens, mesmo quando ele nos submeteu ao chicote.

— Tenho uma surpresa para vocês — ele disse, lá pelas tantas.
— Ele tem uma surpresa para nós, Edith.

— Manda — ela respondeu, cansada.

Então ele retirou uma barra de sabonete do bolso de sua capa de chuva.

— Os três na banheira — disse alegremente no seu sotaque carregado.

Foi assim que nos esbaldamos com ele. Ele nos ensaboava da cabeça aos pés, proclamando o tempo todo as qualidades especiais daquele sabonete, o qual, a esta altura, você deve ter percebido que era feito de carne humana derretida.

O sabonete agora está em nossas mãos. Fomos batizados por ele, sua mulher e eu. Não sei como você vai lidar com isso.

Veja, eu mostrei para você *como aconteceu*, de todas as formas, do primeiro ao último beijo.

E há mais; há a história de Catherine Tekakwitha — você deve ter tudo sobre ela.

Exaustos, nos enxugamos uns aos outros com as toalhas opulentas do hotel. O garçom foi bastante cuidadoso com nossas partes.

— Tenho um milhão desses ao meu dispor — disse, sem nenhum traço de nostalgia.

Colocou a capa de chuva e ficou em frente ao espelho de corpo inteiro brincando com o bigode e alisando o cabelo sobre a testa, do jeito que ele gostava.

— Não esqueçam de informar a *Police Gazette*. Depois negociamos o preço do sabonete.

— Espere!

Enquanto ele abria a porta para sair, Edith jogou os braços em torno de seu pescoço, puxou-o para a cama e embalou a famosa cabeça entre os peitos.

— Por que você fez aquilo? — perguntei a ela depois que o garçom havia se retirado secamente, deixando um vago odor de flatulência sulfurosa.

— Por um segundo achei que ele fosse um A——.

— Ah, Edith!
Ajoelhei-me diante de sua mulher e pousei a boca nos dedos do pé dela. O quarto estava uma bagunça, com o chão manchado de fluidos e poças de espuma, mas ela emergiu de tudo isso como uma estátua adorável com ombreiras e mamilos da cor do luar.
— Oh, Edith! Não importa o que eu fiz com você, com seus peitos, sua boceta, as falhas hidráulicas na bunda, meu controle de Pigmalião, agora eu sei. Mesmo com tanta acne, você estava além do meu alcance, além de todos meus artifícios. Quem é você?
— Ισις ἐγώ εἰμί πάντα γεγονός καί ὂυ καί ἐσόμενον καί τό ἐμόν πέπλον οὐδείς τῶν θνητῶν ἀπεκάλυψεν!
—É sério? Então só me resta chupar os dedinhos dos seus pés.
— Balança o rabo.

Bem mais tarde.
Lembro da história que você me contou, velho camarada, sobre como os indígenas encaravam a morte. Os indígenas acreditavam que depois da morte física o espírito fazia uma longa viagem para o paraíso. Era uma viagem difícil e perigosa, e muitos não chegavam até o fim. Era preciso atravessar um rio traiçoeiro numa tora que mal se sustentava na correnteza selvagem. Um gigantesco cão uivador ameaçava o viajante. Havia um caminho estreito cercado de grandes rochas dançantes que se quebravam umas contra as outras, pulverizando o peregrino que não soubesse dançar com elas. Os hurões acreditavam que havia uma cabana de madeira no final desse caminho. Lá vivia Oscotarach, que significa o Perturador de Cabeças. Era sua função remover o cérebro daqueles que passavam, como "preparação necessária para a imortalidade".

Quem sabe a casa da árvore em que você está sofrendo não é a cabana de Oscotarach? Já pensou? Você não imaginava que o processo seria tão longo e complicado. O gume cego da machadinha afunda nos miolos sem parar. O luar quer penetrar seu crânio. As vias cintilantes do céu gelado querem passar pelos buracos de seus olhos. O ar da noite invernal, que parece diamante líquido, quer inundar a cumbuca vazia.

Será que eu fui seu Oscotarach? Já pensou? Tomara que sim. A cirurgia está bem avançada, querido. E eu estou ao seu lado.

Mas quem poderia executar a operação em Oscotarach? Se você entender essa pergunta, vai entender meu suplício. Tive de recorrer a instituições públicas para conseguir minha própria operação. A casa na árvore era muito solitária para mim; tive de recorrer à política.

E tudo o que a política me tirou foi o polegar da minha mão esquerda. (Mary Voolnd não se importa.) Provavelmente, o polegar da minha mão esquerda está apodrecendo neste exato momento em algum telhado no centro de Montréal, ou está aos pedaços em meio à ferrugem de uma chaminé de lata. É minha caixinha de relíquias. Piedade, meu velho amigo, piedade para os seculares. A casa na árvore é muito pequena e somos muitos com fome de céu na cabeça.

Mas com meu polegar também se foi o corpo metálico da estátua da rainha da Inglaterra na Sherbrooke Street, ou, como eu prefiro, na Rue Sherbrooke.

BUM! VUUUSH!

Todas as partes daquele corpo oco e majestoso que por muito tempo esperou como uma pedra no rio puro do nosso sangue e destino — SPLASH! — além do polegar de um patriota.

Que chuva caiu naquele dia! Todos os guarda-chuvas da polícia inglesa não foram suficientes para proteger a cidade daquela mudança climática.

QUEBEC LIBRE!

Bombas-relógio!
QUEBEC OUI OTTAWA NON.
Dez mil vozes que só sabiam gritar quando uma bola de couro passava pelas luvas do goleiro, agora cantavam: *MERDE À LA REINE D'ANGLATERRE.*
VOLTA PRA CASA, ELIZABETH.
Há um buraco na Rue Sherbrooke. Antes era tampado pelo traseiro de uma rainha estrangeira. Uma semente de sangue puro foi plantada nesse buraco, do qual deve brotar uma poderosa colheita.

Eu sabia o que estava fazendo quando meti a bomba nas dobras de cobre verde daquele colo imperial. Eu até gostava da estátua, para falar a verdade. Não foram poucas as bocetas estudiosas que toquei sob a proteção de seus auspícios reais. Por isso peço sua compreensão, meu amigo. Nós que não conseguimos viver na Claridade do Dia, devemos lidar com símbolos.

Não tenho nada contra a rainha da Inglaterra. Nunca a culpei por não ser a Jackie Kennedy, nem no fundo do coração. Acho que ela é uma dama muito elegante, vítima de quem desenha a parte de cima de seus trajes oficiais.

Foi bem solitário o desfile da rainha e do príncipe Philip pelas ruas armadas de Québec naquele dia de outubro de 1964. Nem o magnata da ilha em Atlantis podia estar mais sozinho naquele dia em que a onda surgiu. Os pés de Ozymandias tiveram mais companhia na tempestade de areia de 89. Sentados no carro à prova de balas, regiamente eretos, pareciam crianças tentando ler as legendas de um filme estrangeiro. O caminho estava cercado pelo amarelo dos esquadrões antiprotesto e pelas costas da multidão hostil. Não me regozijo com a solidão deles. Assim como tento não invejar a sua. Afinal, fui eu que te indiquei o lugar onde não posso ir. Estou apontando para ele agora — com meu polegar perdido.

Piedade!

Seu mestre te mostra *como acontece*.

Os rapazes e garotas de Montréal andam de um jeito diferente agora. Sai música dos bueiros. Suas roupas são diferentes — sem aqueles bolsos fedorentos, entupidos de lenços de papel com gozo ilegal. Ombros para trás, órgãos se insinuam alegremente em cuecas e calcinhas transparentes. As boas trepadas, como um barco de entusiasmados ratos-d'água, migram dos mármores dos bancos ingleses para os cafés revolucionários. Existe amor na Rue Ste. Catherine, patrona das solteironas. A História amarra os cordões esgarçados do destino do povo e a marcha continua. Não se engane: o orgulho da nação é algo tangível: mede-se pelas ereções que sobrevivem ao sonho solitário e pelos decibéis do explosivo orgasmo feminino.

Primeiro milagre secular: La Canadienne, até agora vítima dos motéis gelados, até agora a favorita na democracia das freiras, até agora presa às sombrias amarras do Código Napoleônico — a revolução conseguiu o que apenas a lubrificada Hollywood havia conseguido.

Repare nas palavras, repare em *como acontece*.

Não é só porque sou francês que desejo um Québec independente. Não é só porque não quero que nosso povo vire um desenho pitoresco no canto de um mapa turístico que anseio por sólidas fronteiras nacionais. Não é só porque sem a independência seremos nada mais que uma Louisiana do norte, com alguns bons restaurantes e um Quartier Latin como as únicas lembranças do nosso sangue. Não é só porque sei que coisas elevadas como destino e um espírito raro devem ser garantidas por coisas empoeiradas como bandeiras, exércitos e passaportes.

Eu quero bater no monolito americano e deixar um belo hematoma colorido. Eu quero uma chaminé respirando na esquina do continente. Eu quero um país que se divida ao meio para que as pessoas possam aprender a dividir suas vidas ao meio. Eu quero que a História deslize pela espinha dorsal do Canadá com patins de hóquei afiados. Eu quero beber a garganta da América na borda de uma lata. Eu quero que duzentos milhões saibam que tudo pode ser diferente, não importa como.

Eu quero que o Estado duvide de si mesmo seriamente. Quero que a Polícia se torne uma companhia limitada e caia no mercado de ações. Quero que a Igreja tenha cismas e lute dos dois lados nos Filmes.

Eu confesso! Eu confesso!

Você viu *como aconteceu*?

Antes de me capturarem e me prenderem neste hospital para criminosos loucos, passei dias escrevendo panfletos contra o imperialismo anglo-saxão, colando relógios em bombas, o habitual programa subversivo. Sentia falta de seus beijos, mas não podia segurá-lo ou acompanhá-lo numa viagem que planejei para você justamente porque eu não podia ir.

Mas à noite! A noite se espalha como gasolina nos meus sonhos mais desesperados.

Os ingleses fizeram com a gente o que fizemos com os indígenas, e os americanos fizeram com os ingleses o que os ingleses fizeram com a gente. Exijo vingança para todos. Vi cidades em chamas, vi filmes se apagando. Vi plantações de milho queimando. Vi os jesuítas sendo castigados. Vi as árvores retomando os telhados das cabanas. Vi tímidas corças matando para ter seus vestidos de volta. Vi os indígenas sendo punidos. Vi o caos devorar o teto de ouro do Parlamento. Vi a água dissolver os cascos dos animais que a bebiam. Vi fogueiras cobertas de urina, postos de gasolina inteiramente engolidos e as estradas, uma atrás da outra, afundando nos pântanos selvagens.

Nós estávamos bem próximos. Eu não estava tão atrás de você.

Ó meu Amigo, segure o fantasma da minha mão e lembre-se de mim. Você foi amado por um homem que leu seu coração com muita ternura, que procurou o descanso eterno na indefinição dos seus sonhos. Pense no meu corpo de vez em quando.

Eu te prometi uma carta alegre, né?

Minha intenção é te livrar do fardo final: a História inútil e confusa que te faz sofrer. Homens do seu tipo nunca vão muito além do Batismo.

A vida me escolheu para ser um homem objetivo: aceito a responsabilidade. Você não precisa mais se debater nessa merda. Evite até mesmo as circunstâncias da morte de Catherine Tekakwitha e a subsequente documentação dos milagres. Leia tudo isso com a parte do cérebro que você usa para detectar moscas e mosquitos.

Diga adeus para a solidão e a prisão de ventre.

INVOCAÇÃO DE F. À HISTÓRIA, NO ESTILO ANTIGO

O milagre que estamos a esperar
virá só quando cair o Parlamento
quando os Arquivos não tiverem mais lugar
e a glória não envenenar o juramento.
As medalhas e registros de abusos
não nos ajudam na romaria ao prazer,
são chicotes de perversos confusos,
condenam a carne à paralisia de não ser.
Vejo um Órfão, fora da lei e sereno,
num canto da celeste amplidão,
seu corpo é como os corpos terrenos,
mas sem tomar o nome em vão.
Criado junto aos fornos, está queimado como vela.
Luz, vento, frio, escuro — o tomam por Donzela!

INVOCAÇÃO DE F. À HISTÓRIA, NO ESTILO MÉDIO

A História é Grinfa[1] Enferrujada[2]
Que anestesia a Mente[3]
Aplicando[4] a Merda[5] da Parada[6]
Que passamos pra frente.[7]

1. Suja, cheia de germes, infectada, que pode dar Sarna ou inflamação nos pontos de punção, além de septicemia e Hepatite.
2. Gíria de drogadicto para agulha hipodérmica (12 mm).
3. [*Cash*] Termo usado no submundo para consciência, cérebro, ou qualquer tipo de percepção dolorosa. Nunca ouvi essa palavra fora de Montreal e arredores, e mesmo lá, mais no Blvd. St. Laurent e no Northeast Lunch, que não existe mais. É popular entre criminosos de origem inglesa ou francesa. Um período longo sem drogas, um encontro acidental com um parente ou o antigo padre da paróquia, uma entrevista com um assistente social ou um antropólogo de jazz é conhecido como "Função da Mente" [*Cash-Work*] ou "*Un job de cash*".
4. Injeção do narcótico na veia. A agulha hipodérmica fica presa a um conta-gotas comum por um "colar" de cartolina.
5. Gíria coprofágica[a, b] para qualquer coisa falsa ou artificial. Originalmente usada em tom de desprezo, também pode ser empregada como expressão de surpresa afetuosa, como em "Há quanto tempo, seu merdinha!", ou, em francês mais explícito, "*Quelle cacahuète!*" O termo surgiu entre os ortodoxos quando um grupo de "marranos" de Ontário decidiu usar manteiga de amendoim em rituais de culto para conquistar o respeito e a aceitação da comunidade. No vocabulário dos adictos, quer dizer a droga pura que foi adulterada com farinha, açúcar ou quinino para aumentar o volume e multiplicar o valor de mercado.
6. Originalmente heroína e "drogas pesadas". Agora é usada em geral para qualquer estimulante, da inofensiva Cannabis sativa à inócua aspirina. Interessante notar que os usuários de heroína estão sempre com prisão de ventre, pois a droga paralisa os intestinos.
7. "Passar pra frente" pode significar, na gíria dos drogadictos, a posse de narcóticos com o intuito de vender e não consumir.
   a. κόπρος (kopros) — grego para bosta, é claro. Já cakrt, em sânscrito, quer dizer adubo. Imagine você como um pescador de esponjas, meu querido. Tem noção de quantas braças esmagam seu tatear no musgo?

b. φαγειν (pha-ein) — comer, em grego. Mas olha o sânscrito: bhajáti — *repartir*, compartilhar; bháksati — *usufruir*, consumir; bhágas — *felicidade*, fortuna. As próprias palavras que você usa são sombras no solo sem sol do oceano. Nenhuma delas traz uma lição ou reza.

c. Con-stipatum, em latim, passado particípio de stipare — empacotar, prensar, entulhar, amontoar. Cognato do grego (stiphos) — "bolo de coisas firmemente compactadas". Na Atenas moderna de hoje, stiphos quer dizer multidão espremida, bando, formigueiro. Vou bombear oxigênio pelos cabos até você, meu caro, para que você possa começar a respirar, e logo, por minha causa, possa ter suas próprias e adoráveis guelras prateadas.

Os últimos anos na vida de Tekakwitha e os milagres que se seguiram

I.

Havia um cristão convertido chamado Okenratarihen, que era um chefe onneyout. Ele era bastante dedicado à sua nova fé, assim como havia sido em sua vida pregressa. Seu nome significa Cendre Chaude, ou Cinza Quente, o que descrevia bem sua natureza. Seu sonho era ver todos os mohawks adotarem o novo Deus pálido. Em 1677 ele liderou uma missão apostólica no território iroquês. Levou consigo um hurão de Lorette e outro convertido que, por "coincidência" (se quisermos usar um termo menor para Providência), era parente de Catherine Tekakwitha. O primeiro vilarejo que eles visitaram foi Kahnawaké, o mesmo em que vivia nossa neófita e seu confessor, o P. de Lamberville. Okenratarihen era um orador magnífico. Enfeitiçou o vilarejo e Catherine Tekakwitha, que ouviu a história da vida nova na missão de Sault Saint-Louis.

— Antes, o espírito não estava comigo. Eu vivia como bicho. Então ouvi falar do Grande Espírito, o verdadeiro Senhor do céu e da terra, e agora eu vivo como homem.

Catherine Tekakwitha queria ir para o lugar que ele descrevia tão vividamente. Le P. de Lamberville queria garantir que aquela menina especial fosse para um ambiente de maior hospitalidade cristã e por isso ouviu com atenção o seu pedido.

Felizmente, o tio dela estava no Fort Orange (Albany), trocando mercadorias com os ingleses. O padre sabia que as tias não iriam se opor a qualquer plano que tirasse a garota de seu meio. Okenratarihen queria continuar com a missão, então ficou decidido que Catherine deveria fugir com seus dois acompanhantes. Os preparativos foram breves e secretos. De manhã bem cedo puseram a canoa n'água. Le P. de Lamberville abençoou os três, e eles saíram remando em meio à névoa espessa. Catherine segurava nas mãos uma carta para os Padres em Sault. E murmurava para si mesma.

— Adeus, vilarejo. Adeus, terra natal.

Seguiram pelo rio Mohawk no sentido leste, depois subiram o rio Hudson ao norte, com mil obstáculos vegetais pelo caminho, gigantescos galhos que pendiam, vinhas entrelaçadas, matas impenetráveis. Chegaram ao Lac Saint-Sacrement, hoje lago George, e sentiram o alívio das águas paradas. Continuaram pelo norte, lago Champlain adentro, e subiram o rio Richelieu até o Forte Chambly. Abandonaram a canoa e viajaram a pé através das densas florestas que, mesmo hoje, cobrem a margem sul do rio Saint Lawrence. No outono de 1677 os três chegaram à missão São Francisco Xavier de Sault Saint-Louis. É tudo o que você precisa saber. Esqueça a promessa que Catherine Tekakwitha fez a seu tio e quebrou. Logo ficará evidente que Catherine Tekakwitha não estava presa a votos seculares. Não se preocupe com o velho tio sussurrando uma triste canção de amor enquanto tenta encontrar o rastro dela nas folhas caídas.

2.

Tenho de correr porque os órgãos de Mary Voolnd não vão ficar sexualmente surpresos para sempre, apitando como uma eterna máquina de fliperama e talvez mesmo minha mão de quatro dedos se canse. Mas te darei tudo o que você precisa saber. Os padres no comando da missão eram le P. Pierre Cholenec e le P. Claude Chauchetière, nossas velhas fontes. Eles leram a carta que ela levava: "Catherine Tegakoita veio para viver em Sault. Por gentileza, cuidem de sua educação. Logo vão perceber o tesouro que lhes foi dado. *Qu'entre vos mains, il profite à la gloire de Dieu* e fortaleça sua alma, que certamente Lhe é querida". A garota foi alojada na cabana da velha Anastasie, uma das primeiras iroquesas a se converter, e que, "coincidentemente", conheceu a mãe algonquina de Catherine Tekakwitha. Parece que a menina adorava a missão. Ela se ajoelhava diante da cruz de madeira na praia do Saint Lawrence. As águas entravam em ebulição e mais além se via o horizonte verde e distante e o monte Ville-Marie. Atrás dela ficava o tranquilo vilarejo cristão e todas as torturas significativas que mencionarei. A beira do rio, onde ficava a cruz, era seu canto favorito. Consigo imaginá-la conversando com peixes e guaxinins e garças.

3.

Esse foi o incidente mais importante da sua nova vida. No inverno de 1678-79, surgiu outro projeto de casamento. Todo mundo, até Anastasie, queria que a xana de Catherine Tekakwitha fosse aberta. Tanto no vilarejo cristão quanto no meio dos pagãos a situação era a mesma. Toda comunidade era, por natureza, essencialmente secular. Sua xana, porém, estava fora de alcance, não importando quem a reivindicasse, se um bravo mohawk ou um caçador cristão. Já havia um bom rapaz como candidato. E, além disso, o parente que a tinha resgatado e sustentado não fazia ideia de que naquela manhã brumosa estaria assumindo para sempre uma obrigação financeira.

— Eu não vou comer nada.

— Não é pela comida, querida. É que não é normal.

Ela correu chorando para le P. Cholenec. Ele era um homem sábio com os pés no chão, com os pés no chão, com os pés no chão.

— Bem, minha menina, eles têm um ponto.
— Arrrggghhh!
— Pense no futuro. O futuro está definhando.
— Não me importo com o que aconteça com meu corpo.
 Mas você se importa com o corpo dela, não é, meu velho amigo e discípulo?

4.

A missão foi tomada por um grande fervor. Ninguém estava muito feliz na própria pele. Os pecados pré-batismo se penduravam em seus pescoços como os pesados colares de dentes que haviam jogado fora, e eles tentavam apagar essas velhas sombras com penitências rigorosas. "*Ils en faisaient une rigoureuse penitence*", diz le P. Cholenec. Eis algumas das coisas que eles fizeram. Pense no vilarejo como uma mandala ou uma pintura de caça de Bruegel ou um diagrama de números. Olhe para a missão lá embaixo e veja os corpos distribuídos aqui e ali, olhe de um helicóptero que paira sobre a distribuição de corpos sofridos na neve. Certamente esse é o diagrama a ser gravado na almofada do seu dedão. Não tive tempo de tornar essa descrição mais sangrenta. Basta ler pelo prisma de suas bolhas pessoais, e, dentre elas, escolha a que surgiu por acaso. Eles gostam de tirar sangue de seus corpos, gostam de botar para fora um tanto de seu sangue. Alguns usavam arreios de ferro com pregos virados para dentro. Alguns usavam arreios de ferro nos quais penduravam uma carga de madeira que arrastavam por toda parte. Ali está uma mulher nua rolando na neve a quarenta graus abaixo de zero. Ali outra mulher está mergulhada até o pescoço num córrego ao lado do rio congelado, recitando o Rosário nessa posição estranha, e é preciso levar em conta que a tradução indígena dessa saudação angelical demora o dobro de tempo da francesa para ser dita. Ali um homem nu abre um buraco no gelo e então mergulha o corpo na água até a cintura, quando recita *"plusieurs dizaines de chapelet"*. Ele tira o corpo como uma sereia de gelo, sua ereção eternizada pelo congelamento. Ali, uma mulher que mergulhou sua filha de três anos para expiar os pecados da criança de antemão. Esses convertidos esperavam pelo inverno para estender seus corpos diante dele, que passava por cima como um enorme pente de ferro. Catherine Tekakwitha recebeu um arnês de ferro e saiu tropeçando por suas tarefas. Como Santa Teresa, ela podia dizer: *"Ou souffrir, ou mourir"*. Catherine perguntou a Anastasie:

— O que provoca a dor mais horrível pra você?
— Minha filha, acho que não tem nada pior do que o fogo.
— Também acho.

Essa conversa está documentada. Aconteceu num inverno canadense, sobre o rio sólido de Montréal, em 1678. Catherine esperou que todos estivessem dormindo. Então foi até a cruz ao lado do rio e fez uma fogueira. Passou várias horas acariciando lentamente suas pernas patéticas com carvão em brasa, do mesmo modo como os iroqueses faziam com seus escravos. Ela tinha visto aquilo sendo feito e queria saber qual era a sensação. E assim se marcou como escrava de Jesus. Eu me recuso a tornar isso interessante, velho amigo, não seria bom para você, e todo meu treinamento teria sido em vão. Isso não é brincadeira. Trata-se de jogar. Além do que, você sabe como é a dor, esse tipo de dor, já que você foi fundo nas imagens de Belsen.

5.

Ajoelhada ao pé da cruz de madeira, Catherine Tekakwitha rezava e jejuava. Não rezava para que sua alma entrasse no paraíso. Não jejuava para que seu casamento nunca alimentasse a história. Não cortou sua barriga com pedras para que a missão prosperasse. Ela não sabia por que rezava e jejuava. Ela se penitenciava em pobreza de espírito. Nunca acredite que o estigma não dói. Nunca tome uma decisão quando você tem de mijar. Nunca fique numa sala em que é feita a leitura da sorte para sua mãe. Nunca pense que o Primeiro-Ministro te inveja. Sabe, querido, tenho de te prender num altar diante do qual eu possa te contar tudo, do contrário meus ensinamentos serão apenas uma manchete, uma onda passageira.

6.

Ela vagou pela densa folhagem na margem sul do rio St. Lawrence. Viu uma corça surgir da mata, atenta no arco de seu pulo. Viu o coelho desaparecer na toca. Viu o esquilo remexendo seu tesouro de nozes. Reparou num pombo construindo um ninho em um pinheiro. Daqui a duzentos anos os pombos estarão acabados, vadiando nas estátuas da Dominion Square. Viu os bandos de gansos, em forma de instáveis pontas de flecha. Caiu de joelhos e gritou, "Ó Senhor da Vida, por que nossos corpos precisam depender dessas coisas?". Ela sentou à beira do rio e ficou imóvel. Viu o esturjão saltar espalhando gotas como contas de concha. Viu a perca esguia, veloz como uma nota única de flauta numa canção selvagem. Viu o lúcio prateado e comprido, e abaixo dele a lagosta, cada qual na sua faixa de água. Com os dedos na água, gritou, "Ó Senhor da Vida, por que nossos corpos precisam depender dessas coisas?". Voltou para a missão lentamente. Viu o campo de milho, amarelo e seco, penas e borlas farfalhando ao vento como dançarinos numa ancestral dança do sacrifício. Viu pequenos arbustos de mirtilo e arbustos de morango e fez uma pequena cruz com duas agulhas de pinheiro e uma gota de resina e colocou-a do lado de uma groselha caída. Um pisco de peito vermelho escutava seu choro, a porra de um pisco parou para escutá-la. Preciso te animar com a ficção, tal é nossa herança. Era noite e o noitibó ergueu seu canto melancólico como o espectro de uma tenda sobre o choro dela, uma tenda ou pirâmide, pois bem de longe a canção do noitibó tem três lados. Alguns homens lidam com tendas, outros com pirâmides, e isso não parece ter importância, mas em 1966, e em seu dilema — importa muito! "Ó Senhor da Vida", ela clamava, "por que nossos corpos precisam depender dessas coisas?". Aos sábados e domingos Catherine Tekakwitha não tocava na comida. Quando a forçaram a tomar sopa, só cedeu depois de botar cinzas dentro e mexer. *"Elle se dédommageait en mêlant de la cendre à sa soup."*

7.

Ó Deus, me perdoe, mas consigo ver no meu dedão: todo o vilarejo invernal parece um experimento médico nazista.

> "Comparando cinco crânios iroqueses vejo que eles têm uma capacidade interna média de 1442 cm cúbicos, o que é 33 cm cúbicos abaixo da média caucasiana." — Morton, *Crania Americana*, p. 195. Chama a atenção que a capacidade interna dos crânios de tribos de bárbaros norte-americanos seja maior do que a de mexicanos e peruanos. "A diferença de volume se dá principalmente nas regiões occipital e basal" — em outras palavras, na área correspondente aos impulsos animais. Cf. J.S.Phillips, *Mensurações de Crânios dos Principais Grupos Indígenas nos Estados Unidos*.

Essa é uma nota de rodapé que está na página 32 do livro de Francis Parkman sobre jesuítas na América do Norte, publicado em 1867. Decorei essa parte olhando por cima do seu ombro na biblioteca. Você entende agora que minha memória fotográfica seria desastrosa se ficasse rondando muito tempo o seu ouvido?

8.

A melhor amiga de Catherine Tekakwitha na missão era uma jovem viúva que havia sido batizada com o nome de Marie-Thérèse. Ela era uma onneioute, e seu nome original era Tegaigenta. Era uma jovem muito bonita. Na missão de la Prairie, ficou conhecida pelo mau comportamento. No inverno de 1676, ela saiu com o marido numa expedição de caça ao longo do rio Outaouais. Havia onze pessoas no grupo, incluindo uma criancinha. Era um inverno rigoroso. O vento apagava as marcas de patas. Pesadas nevascas impediam a caminhada. Um dos integrantes foi morto e comido. O bebê comeu um pouco em meio a piadas. Então a fome apertou. Primeiro eles comeram pequenos pedaços de pele que tinham trazido para fazer sapatos. Depois passaram a comer cascas de árvore. O marido de Tegaigenta ficou doente. Ela ficou de guarda ao seu lado. Dois caçadores, um mohawk e um tsonnontouan, foram ver se encontravam algum bicho. No final da semana o mohawk apareceu sozinho, de mãos vazias, mas arrotando. O grupo decidiu continuar a jornada. Tegaigenta se recusou a abandonar o marido. Os outros a deixaram, piscando o olho. Dois dias depois ela se juntou novamente ao grupo. Quando chegou, eles estavam sentados em volta da viúva do tsonnontouan e seus dois filhos. Antes de comer os três, um dos caçadores perguntou a Tegaigenta:

— O que os cristãos acham de refeições antropofágicas? (*repas d'anthropophage*).

Não importa o que ela respondeu. Ela correu pela neve. Sabia que seria a próxima a ser assada. Sua vida sexual agitada passou pela cabeça. Tinha vindo para a caçada sem ter se confessado. Pediu a Deus que a perdoasse e prometeu mudar de vida se conseguisse voltar para a missão. Das onze pessoas que partiram para a caçada, só cinco retornaram à missão de la Prairie. Marie-Thérèse era uma delas. A missão de la Prairie se mudou para Sault Saint-Louis no outono de 1676. As jovens se encontraram pouco depois da páscoa de 1678, em frente à igrejinha que estava sendo construída, quase pronta. Catherine tomou a iniciativa.

— Vamos entrar, Marie-Thérèse.
— Eu não mereço, Catherine.
— Eu também não. Tem gosto de quê?
— Que parte?
— Em geral.
— Porco.
— Morangos têm gosto de porco também.

9.

Elas eram sempre vistas juntas. Evitavam a companhia dos demais. Rezavam juntas ao pé da cruz na beira do rio. Falavam só de Deus e das coisas relativas a Deus. Catherine olhou atentamente para o corpo da jovem viúva. Inspecionou os mamilos que foram sugados pelos homens. Estavam apoiados na relva macia.

— Vire-se.

Olhou para as coxas nuas, marcadas delicadamente por folhas de samambaia.

Então Catherine descreveu para sua amiga exatamente o que ela viu. E então foi sua vez de se virar com a barriga para baixo.

— Não vejo nada de diferente.
— Eu já imaginava.

10.

Ela parou de comer às quartas-feiras. No sábado elas se prepararam para a Confissão açoitando uma à outra com varas de bétula. Catherine sempre insistia em ser despida primeiro. "*Catherine, toujours la première pour la pénitence, se mettait à genoux et recevait les coups de verges*." Por que ela insistia em apanhar primeiro? Porque, quando fosse a vez de ela bater, o esforço alargaria a abertura dos cortes proporcionados pelas mãos da amiga. Catherine reclamava a todo momento que Marie-Thérèse não estava batendo com força suficiente, e só deixava ela terminar quando seus ombros estivessem cobertos de sangue, sangue o suficiente para pingar sobre as folhas: esse era o teste para a quantidade de sangue. Eis uma das suas orações, como registrada por le P. Claude Chauchetière:

— Meu Jesus, sei que vou me arriscar convosco. Eu vos amo, mas vos ofendi. Estou aqui para me curvar à vossa lei. Deixai-me, Senhor, receber o peso da vossa ira...

Eis a oração em francês, para que mesmo a tradução para o inglês desse documento possa servir à Língua:

— *Mon Jésus, il faut que je risque avec vous: je vous aime, mais je vous ai offensé; c'est pour satisfaire à votre justice que je suis ici; déchargez, mon Dieu, sur moi votre colère...*

Às vezes, conta le P. Chauchetière, ela não conseguia terminar a oração, mas as lágrimas em seus olhos sim. Esse material tem força própria, não acha? Não é só pesquisa de biblioteca, né? Acho que esses escritos vão acabar com os cestos de lixo na T. O.

II.

A guerra entre franceses e iroqueses continuava. Os indígenas pediam a alguns dos irmãos convertidos em Sault que se unissem a eles, prometendo liberdade total para praticar sua religião. Se os convertidos se recusassem, os iroqueses os sequestravam e queimavam na estaca. Um cristão chamado Etienne queimou tão bravamente, gritando o evangelho enquanto morria, e rezando pela conversão de seus algozes, que os indígenas ficaram bastante impressionados. Vários deles quiseram ser batizados, acreditando que a cerimônia lhes daria uma coragem igual. Mas como não tinham a intenção de parar os ataques aos franceses, foram recusados.

— Eles deveriam ter conseguido — sussurrou Catherine para as manchas de sangue. — Deveriam ter conseguido. Não importa o que vão fazer com isso. Mais forte! Mais forte! O que acontece com você, Marie-Thérèse?

— É minha vez, agora.

— Tudo bem. Mas quero aproveitar que eu estou nessa posição para checar uma coisa. Abre um pouco as pernas.

— Assim?

— Sim. Como eu pensei. Você voltou a ser virgem.

12.

Em segredo, Catherine Tekakwitha parou de comer às segundas e terças-feiras. Isso é do maior interesse para você, especialmente no que diz respeito à sua complicação intestinal. Tenho informações vitais para te dar. Uma camponesa da Baviéria chamada Theresa Neuman se recusou a comer qualquer coisa sólida a partir do dia 25 de abril de 1923. Um pouco depois ela declarou que não sentia mais necessidade de comer. Por trinta e três anos, passando pelo Terceiro Reich e a Divisão da Alemanha, ela viveu sem comida. Mollie Francher, que morreu no Brooklyn em 1894, ficou anos sem comer. A espanhola Madre Beatriz Maria de Jesus, contemporânea de Catherine Tekakwitha, jejuava por longos períodos. Um deles durou cinquenta e um dias. Durante a Quaresma, se sentisse cheiro de carne, entrava em convulsoes. Faça um esforço de memória. Você lembra de ver Edith comendo alguma vez? Lembra daqueles sacos plásticos que ela levava dentro da blusa? Você lembra daquele aniversário em que ela se inclinou para assoprar as velas e vomitou no bolo todo?

13.

Catherine Tekakwitha ficou gravemente doente. Marie-Thérèse contou para os padres os detalhes de seus excessos. Le P. Cholenec pressionou gentilmente Catherine a prometer que não seria tão rigorosa nas penitências. Foi a segunda promessa secular que ela quebrou. Recobrou lentamente a saúde, se é que podemos chamar de saúde um estado tão cronicamente frágil.

— Padre, posso fazer o Juramento da Virgindade?
— *Virginitate placuit.*
— Sim?
— Você será a primeira Virgem Iroquesa.

Foi no dia da Anunciação, em 25 de março de 1679, que Catherine Tekakwitha formalmente ofereceu seu corpo ao Salvador e Sua Mãe. A questão do casamento estava resolvida. Os Padres ficaram muito felizes com essa oferenda secular. A igrejinha estava cheia de velas brilhantes. Ela adorava as velas. Piedade! Piedade por nós que amamos apenas as velas, ou o Amor que as velas tornam manifesto. Da perspectiva de um olhar maior, acredito que as velas fossem perfeitas moedas de troca, assim como são todas as Andacwandets, as Curas pela Trepada.

14.

Le P. Chachetière e le P. Cholenec estavam espantados. O corpo de Catherine estava coberto de feridas sangrentas. Observavam-na, espiavam quando ela se ajoelhava diante da cruz à beira do rio, contavam as chicotadas que ela e sua parceira trocavam, mas não conseguiram perceber qualquer indulgência excessiva. No terceiro dia ficaram preocupados. Ela parecia a morte. *"Son visage n'avait plus que la figure d'un mort."* Não podiam mais atribuir seu declínio físico a uma doença comum. Interrogaram Marie-Thérèse. A garota confessou. Naquela noite os padres foram até a cabine de Catherine Tekakwitha. Firmemente embrulhada nas cobertas, a jovem indígena dormia. Eles arrancaram as cobertas. Catherine não estava dormindo. Ela apenas fingia. Ninguém conseguiria dormir com tanta dor. Com a mesma habilidade que ela usava para fazer as cintas de contas, a jovem tinha costurado milhares de espinhos no cobertor e na esteira. Cada movimento do seu corpo abria uma nova fonte externa de sangue. Por quantas noites ela tinha se torturado desse jeito? Ela estava nua à luz do fogo, e sua carne era um rio de sangue.

— Não se mexa!
— Para de mexer!
— Vou tentar.
— Você se mexeu!
— Desculpe.
— Se mexeu de novo!
— São os espinhos.
— Nós sabemos que são os espinhos.
— Claro que sabemos que são os espinhos.
— Vou tentar.
— Tente.
— Estou tentando.
— Tente ficar parada.
— Você se mexeu!
— Ele tem razão.
— Eu não me mexi exatamente.
— O que você fez?
— Eu tremi.
— Tremeu?
— Não me mexi exatamente.
— Você tremeu?
— Sim.
— Para de tremer!

— Vou tentar.
— Ela está se matando.
— Estou tentando.
— Você está tremendo!
— Onde?
— Ali embaixo.
— Assim é melhor.
— Olha a sua coxa!
— O que que tem?
— Está tremendo.
— Desculpe.
— Você está nos enganando.
— Juro que não.
— Para!
— A bunda!
— Está tremendo!
— O cotovelo!
— O quê?
— Tremendo.
— O joelho. O joelho. O JOELHO.
— Tremendo?
— Sim.
— O corpo todo dela está tremendo.
— Ela não consegue controlar.
— Ela está arrancando a própria pele.
— Ela está tentando nos ouvir.
— Sim. Está tentando.
— Ela sempre tenta.
— É verdade, Claude.
— Esses espinhos são feios.
— Fazem uma ferida feia.
— Minha filha?
— Sim, Padre.

— Sabemos que você está sofrendo terrivelmente.
— Não é tão ruim assim.
— Não minta.
— Ela disse uma inverdade?
— Achamos que você está tramando alguma coisa, Catherine.
— Ali!
— Não foi uma tremida.
— Foi um movimento deliberado.
— Traga o fogo mais perto.
— Vamos dar uma olhada nela.
— Acho que ela não consegue mais nos ouvir.
— Ela parece muito distante.
— Olha o corpo dela.
— Parece estar longe daqui.
— Ela parece uma espécie de pintura.
— Sim, muito longe.
— Que noite.
— Hmmm.
— Como uma dessas pinturas que sangram.
— Como uma dessas estátuas que choram.
— Tão longe.
— Ela está bem na nossa frente mas nunca vi ninguém tão longe.
— Encosta num espinho.
— Você.
— Au!
— Como eu pensava. São reais.
— Fico feliz que somos padres, não acha, Claude?
— Terrivelmente feliz.
— Ela está perdendo muito sangue.
— Será que ela nos ouve?
— Minha filha?
— Catherine?

— Sim, Padres.
— Você está nos ouvindo?
— Sim.
— Como soam nossas vozes?
— Soam como uma máquina.
— Isso é bom?
— É maravilhoso.
— Que tipo de máquina?
— Uma eterna máquina comum.
— Obrigado, minha filha. Agradeça a ela, Claude.
— Obrigado.
— Será que essa noite vai acabar alguma hora?
— Será que vamos voltar para a cama em algum momento?
— Eu duvido.
— Vamos ficar aqui por muito tempo.
— Sim. Observando.

15.

Shakespeare está morto há sessenta e quatro anos. Andrew Marvell está morto há dois anos. John Milton está morto há seis anos. E nós estamos agora no coração do inverno de 1680. Estamos agora no coração da nossa dor. Estamos agora no coração da nossa evidência. Quem diria que se passaria tanto tempo? Quem diria que eu, lépido e faceiro, penetraria a mulher? Em algum lugar você ouve minha voz. São muitos ouvindo. Há um ouvido em cada estrela. Em algum lugar você veste trapos horríveis e se pergunta quem eu fui. Será que finalmente minha voz soa como a sua? Será que eu assumi um fardo maior na tentativa de te deixar mais leve? Passei a desejar Catherine Tekakwitha depois de acompanhar seus últimos anos. Fui de cafetão a cliente. Meu velho, essa preparação toda não serviu para nada além de um triângulo de cemitério?

Estamos agora no coração da nossa dor. É isso que é o desejo? Minha dor vale tanto quanto a sua? Desisti muito fácil do Bowery? Quem amarrou as rédeas do governo com um nó de amor? Posso conduzir a Magia que eu abasteci? É esse o sentido da Tentação? Estamos agora no coração da nossa agonia. Galileu. Kepler. Descartes. Alessandro Scarlatti está com vinte anos. Quem irá exumar Brigitte Bardot para ver se os dedos dela sangram? Quem irá testar se a tumba de Marilyn Monroe exala um doce perfume? Quem irá escorregar com a cabeça de James Cagney? Será que James Dean continua flexível? Ó Senhor, o sonho deixa impressões digitais. Pegadas de fantasmas no verniz empoeirado! Eu quero ficar no laboratório onde está o corpo de Brigitte Bardot? Eu queria tê-la encontrado na praia dos motoqueiros, quando eu tinha vinte anos. O sonho é um buquê de pistas. Ei, famosa loira nua, tem um fantasma falando com seu bronzeado enquanto te desenterram. Eu vi sua boca aberta flutuando em formol. Acho que eu te faria feliz se pudéssemos manter o dinheiro e os guarda-costas. Mesmo depois que acenderam as luzes, a tela de Cinerama continuou a sangrar. Acalmei a multidão erguendo um dedo escarlate. Na tela branca seu erótico acidente de carro continuava a sangrar! Eu queria passear pela revolucionária Montréal com Brigitte Bardot. Marcaremos o encontro já velhos, na cafeteria de um antigo ditador. Ninguém sabe quem você é, exceto o Vaticano. Tropeçamos na verdade: podíamos ter sido felizes juntos. Eva Perón! Edith! Mary Voolnd! Hedy Lamarr! Madame Bovary! Lauren Bacall era Marlene Dietrich! B.B., aqui é F., fantasma das margaridas verdes, do poço de pedra do próprio orgasmo, da obscura fábrica mental da parte inglesa de Montréal. Deite-se na minha folha de papel, pequena carne de cinema. Deixe que a toalha preserve a marca dos seus peitos. Torne-se numa pervertida em nossa privacidade. Choque-me com um pedido de drogas ou de língua. Saia do chuveiro com o cabelo molhado e cruze as pernas depiladas sobre a mesinha. Deixe a toalha cair quando você pegar no sono na nossa primeira discussão, enquanto o ventilador levanta o mesmo fio comprido de caminho dourado toda vez que te encara. Oh, Mary, voltei para você. Voltei com meu braço para a verdadeira amostra de escuras frestas corporais, a xana do agora, o presente encharcado. Eu me guiei até a Tentação e *mostrei isso acontecendo*!

— Você não precisava — diz Mary Voolnd.
— Não?
— Não. Está tudo incluído na assim chamada foda.
— Posso fantasiar o que eu quiser?
— Pode. Mas vai logo!

16.

Estamos no coração do inverno de 1680. Catherine Tekakwitha está fria, morrendo. Esse é o ano em que ela morreu. Esse é o grande inverno. Ela estava muito doente para sair da cabana. Na sua fome secreta, o tapete de espinhos continuava a rebater o corpo dela como um malabarista. Agora a igreja estava muito longe. Mas, como nos conta le P. Chauchetière, ela passava parte dos dias ajoelhada ou balançando num banco tosco. As árvores apareciam para açoitá-la. Estamos agora no começo da Semana Santa antes da Páscoa, em 1680. Na Segunda Sagrada, ela ficou consideravelmente fraca. Disseram-lhe que ela estava morrendo rápido. Quando Marie-Thérèse a acariciava com bétula, ela rezava:

Ó Deus, mostrai-me que a Cerimônia é Vossa. Revelai a esta serva a fissura no Ritual. Mudai Vosso Mundo com a mandíbula de uma Ideia ruim. Ó meu Senhor, jogai comigo.

Existia um costume curioso na missão. Nunca levavam a Hóstia Sagrada para a cabana onde ficavam os doentes. Em vez disso, carregavam os enfermos numa maca de madeira até a capela, mesmo que fosse perigoso. Definitivamente a jovem estava doente demais para fazer esse caminho na maca. O que podiam fazer? Costumes não eram facilmente adquiridos nos primórdios do Canadá, e eles ansiavam por um Jesus Canadense legitimado pela convenção e pelos tempos antigos, como Ele é hoje, pálido e plastificado, pairando sobre as multas de trânsito. Por isso eu adoro os Jesuítas. Eles debatiam se seu principal compromisso era com a História ou com o Milagre, ou, colocando de forma mais heroica, com a História ou com um Possível Milagre. Eles viram uma luz estranha nos olhos remelentos de Catherine Tekakwitha. Ousariam negar a ela a suprema consolação do Corpo do Salvador na Forma da Extrema-Unção, da Bolacha Disfarçada? A resposta foi dada à moribunda, seminua entre os trapos espinhosos. A multidão aplaudiu. A exceção estava justificada no caso da Tímida Perfeita, como alguns dos convertidos começaram a chamá-la. Um humilde detalhe tornou a ocasião ainda mais digna, Catherine pediu que Marie-Thérèse a cobrisse com outra manta ou algo que o valha para esconder sua seminudez. Todos no vilarejo testemunharam o momento em que a Hóstia Sagrada foi levada à cabana da enferma. A multidão se apertava em volta do tapete dela, todos os indígenas convertidos da missão. Ela era sua maior esperança. Os franceses estavam matando seus irmãos nas florestas, mas esta moça moribunda legitimaria de algum modo as escolhas difíceis que fizeram. Se alguma vez a melancolia ficou bastante entrelaçada com milagres não materializados, foi aqui, foi agora. A voz do padre se fez ouvir. Depois da absolvição geral, ela recebeu a "*Viatique du Corps de Nôtre-Seigneur Jésus-Christ*" com ardentes olhos cinematográficos e a língua ferida. Era visível que ela estava prestes a morrer. Muitos dos que presenciavam a cena queriam ser lembrados nas preces da moça moribunda. Le P. Cholenec perguntou se ela receberia as pessoas individualmente. Perguntou com delicadeza, já que ela estava em agonia. Ela sorriu e disse que sim. Ao longo do dia, acompanhados de seus pecados, todos fizeram fila diante do tapete dela.

— Pisei num besouro. Reza por mim.
— Ofendi a cachoeira com urina. Reza por mim.
— Agarrei minha irmã. Reza por mim.
— Sonhei que eu era branco. Reza por mim.
— Deixei o cervo morrer muito lentamente. Reza por mim.
— Desejei um pedaço de carne humana. Reza por mim.
— Fiz um chicote de plantas. Reza por mim.
— Tirei a gosma de uma lesma. Reza por mim.
— Usei uma pomada para a barba crescer. Reza por mim.
— O vento oeste me detesta. Reza por mim.
— Deixei a colheita armazenada estragar. Reza por mim.
— Dei meu rosário para os ingleses. Reza por mim.
— Sujei uma tanga. Reza por mim.
— Matei um judeu. Reza por mim.
— Vendi pomada que ajuda a barba a crescer. Reza por mim.
— Fumei adubo. Reza por mim.
— Forcei meu irmão a ver. Reza por mim.
— Fumei adubo. Reza por mim.
— Desafinei numa cantiga. Reza por mim.
— Me masturbei enquanto remava. Reza por mim.
— Torturei um guaxinim. Reza por mim.
— Creio no poder das ervas. Reza por mim.
— Tirei a casca de uma ferida. Reza por mim.
— Orei para que fôssemos castigados pela fome. Reza por mim.
— Fiz número dois nas minhas miçangas. Reza por mim.
— Tenho oitenta e quatro anos. Reza por mim.

Um por um, eles se ajoelharam e passaram por aquele espinhoso leito de Lênin, deixando com ela suas patéticas bagagens espirituais, até que toda a cabana parecesse uma enorme

Alfândega do desejo, e a lama ao lado da pele de urso fosse polida pelos joelhos e brilhasse como as laterais prateadas do último e único foguete programado para fugir do amaldiçoado mundo, com a noite comum caindo sobre o vilarejo na Páscoa e indígenas e franceses se amontoando em volta de suas fogueiras crepitantes, os dedos pressionados na boca em sinal de silêncio e de envio de beijos. Por que me sinto tão solitário contando essas coisas? Depois das preces vespertinas, Catherine Tekakwitha pediu permissão para ir ao bosque mais uma vez. Le P. Cholenec deu permissão. Ela se arrastou pela plantação de milho coberta de neve que derretia, passou pelos perfumados pinheiros, pelas sombras poeirentas da floresta, e forçou caminho com as unhas quebradas sob a tênue luz das estrelas de março até a beira do gelado rio Saint Lawrence, onde estava a base congelada da Cruz. Le P. Lecompte nos conta que *"Elle y passa un quart d'heure à se mettre les épaules en sang par une rude discipline"*. Ela ficou ali por quinze minutos açoitando os ombros até deixá-los cobertos de sangue, e isso sem a ajuda da amiga. Amanheceu o dia, Quarta-Feira Santa. Era seu último dia, o dia consagrado aos mistérios da Eucaristia e da Crucificação. *"Certes je me souviens encore qu'à l'entrée de sa dernière maladie."* Le P. Cholenec sabia que era o último dia dela. Às três da tarde a agonia final começou. Ajoelhada, orando com Marie-Thérèse e outras moças açoitadas, Catherine tinha dificuldade de dizer os nomes de Jesus e Maria corretamente. *"... elle perdit la parole en prononçant les noms de Jésus et de Marie."* Por que vocês não registraram os exatos sons que saíam de sua boca? Ela estava jogando com o Nome, estava se aperfeiçoando para dizer o Nome certo, estava enxertando todos os galhos caídos na Árvore viva. Aga? Muja? Jumu? Idiotas, ela conhecia o Tetragrammaton! Vocês deixaram ela escapar! Nós deixamos mais um escapar. E agora precisaremos ver se os dedos dela sangram! Tínhamos ela nas mãos, tranquila e falante, pronta para desfazer o mundo, e deixamos os afiados dentes das caixas de relíquias roerem seus ossos. Parlamento!

17.

Às 3h30 da tarde, ela estava morta. Era uma Quarta-Feira Santa, 17 de abril de 1680. Ela tinha vinte e quatro anos. Estamos no coração da tarde. Le P. Cholenec rezava ao lado do novo cadáver. Seus olhos estavam fechados. De repente ele abriu os olhos e gritou de espanto, "*Je fis un grand cri, tant je fus saisi d'étonnement*".

— Aaaaaoooouuuu!

O rosto de Catherine Tekakwitha tinha ficado branco!

— *Viens ici*!

— Olha o rosto dela!

Examinemos o relato testemunhal do P. Cholenec e façamos o esforço de suprimir nossos julgamentos políticos, lembrando que te prometi boas notícias. "Quando tinha quatro anos, o rosto de Catherine Tekakwitha ficou marcado pela Peste; a doença e as provações por que ela passou contribuíram para a desfiguração. Mas esse rosto, tão maltratado e bastante moreno, se transformou de repente, cerca de quinze minutos depois de sua morte. Num piscar de olhos ela ficou linda e muito branca..."

— Claude!

Le P. Chauchetière veio correndo e todo o vilarejo dos indígenas veio atrás. Como num sono tranquilo, como se estivesse sob um guarda-sol de vidro, ela flutuava na tarde escura canadense, o rosto sereno e brilhante como alabastro. Foi assim que ela iniciou sua morte, com o rosto branco voltado para cima, sob o olhar concentrado do vilarejo. Le P. Chauchetière disse:

— *C'était un argument nouveau de crédibilité, dont Dieu favorisait les sauvages pour leur faire goûter la foi.*

— Shhhhhh!
— Silêncio!
Mais tarde, dois franceses passaram por ali. Um deles disse:
— Olha aquela linda garota que está dormindo.
Quando descobriram quem era, ajoelharam-se para rezar.
— Vamos fazer um caixão.
Nesse preciso momento, a jovem entrou no eterno mecanismo do céu. Olhando para trás sobre seu ombro atômico, ela lançou um raio de alabastro em seu rosto antigo e flutuou na louca e agradecida risada de sua amiga.

18.

Vermelho e branco, pele e espinhas, margaridas desabrochadas e sementes queimando — *pace*, caro amigo e todos vocês, racistas. Que tenhamos o talento de criar lendas a partir da posição das estrelas, mas que tenhamos também a glória de esquecer das lendas e olhar para a noite sem buscar sentido. Que a Igreja mundana sirva à Raça Branca com uma mudança de cor. Que a Revolução mundana sirva à Raça Cinzenta com uma igreja em chamas. Que os Manifestos anexem nossas propriedades. Ficamos maravilhados com a visão, do alto de uma torre, de corpos de arco-íris. Que mudem de vermelho para branco, vocês que produzem insígnias, isto é, todos nós em nossa noite. Mas somos apenas um faz de conta. Mais um segundo além de nossos dedos rudes e já estamos apaixonados por bandeiras puras, nossa privacidade não vale nada, nossa própria história não nos pertence, carregada num jorro poeirento de pequenas sementes, tentamos filtrá-la em uma rede de margaridas brotadas ao acaso, e nossos costumes se transformam lindamente. Uma pipa sobrevoa o hospital, alguns prisioneiros da T.O. a seguem ou a ignoram, enquanto Mary e eu mergulhamos numa orgia de gregos em vasos e gregos em restaurantes. Uma nova borboleta sobe e desce entre as trêmulas sombras de cera da vegetação, um pequeno circo desaba como pipa inflável, o paraquedista do vilarejo desce derrubando samambaias e acaba pousando em selos postais com a imagem de um Ícaro desfocado. As roupas lavadas de Montréal balançam nas altas varandas — mas naturalmente eu falho à perfeição, desde que decidi promover a Piedade Factual. Eis algumas boas novas para a maioria de nós: todos os partidos e igrejas podem usar essas informações. St. Catherine de Bolonha morreu em 1463. Era uma freira de cinquenta anos. As irmãs a enterraram sem caixão. Logo se sentiram culpadas, pensando em todo o peso da lama sobre o rosto dela. Receberam a permissão de exumar o corpo. Limparam o rosto dela. Tinha sido muito levemente afetado pela pressão da terra, talvez uma narina entupida como único troféu depois de dezoito dias enterrada. O corpo cheirava bem. Ao ser examinado, "o corpo que era branco como a neve foi lentamente ficando vermelho, secretando um líquido oleoso de fragrância inefável".

19.

O funeral de Catherine Tekakwitha. Anastasie e Marie-Thérèse preparavam o corpo com delicadeza. Lavaram braços e pernas, tiraram o sangue que havia secado. Passaram pente nos cabelos e óleo na pele. Vestiram-na com um manto de pele ornado por contas brancas. Cobriram seus pés com mocassins novos. Normalmente um morto era levado para a igreja numa maca de madeira. Os franceses fizeram para ela um caixão de verdade, *"un vrai cercueil"*.

— Não fecha!
— Deixa eu ver!

Era preciso satisfazer a multidão. Queriam muito contemplar sua nova beleza por mais uma hora. Estamos agora na

Quinta-Feira Santa, dia da tristeza, dia da alegria, como seus biógrafos observaram. Da igreja, carregaram-na até a grande cruz do cemitério situado ao lado do rio, onde a jovem adorava inventar suas preces. Le P. Chachetière e P. Cholenec discutiram a localização do túmulo. Le P. Chauchetière queria enterrá-la dentro da igreja. Le P. Cholenec queria evitar o precedente. Numa outra escavação para enterro de que Catherine participara, o padre a ouvira declarar sua preferência pessoal — junto ao rio.

— Foi quando eu cedi.

O dia seguinte era a Sexta-Feira Santa. Os missionários pregaram a paixão de Jesus Cristo para uma audiência tomada pela mais profunda emoção. Queriam chorar por mais tempo. Não deixavam o pároco passar das primeiras duas palavras do *Vexilla*.

— *Vexilla re...*
— Não! Não! Snif! Arrgghh!
— *Vexilla regis...*
— Para! Tempo! Snif! Por favor!

No dia seguinte e no outro, os padres presenciaram as mais exorbitantes flagelações que já tinham visto.

— Eles estão se rasgando!
— Está acontecendo!

Uma mulher passou toda a noite de sexta rolando sobre espinhos. Quatro ou cinco noites depois, outra mulher fez o mesmo.

— Aproxime a chama.

Eles se açoitaram até sangrar. Rastejaram na neve com os joelhos nus. Viúvas juraram nunca mais se casar. Recém-casadas fizeram voto de castidade e renunciaram a casar-se de novo, se os maridos morressem. Casais se separaram e prometeram viver como irmãos. Le P. Chauchetière cita o bom François Tsonnatouan, que fez da sua esposa uma irmã. E produziu um rosário que chamou de "O Rosário de Catherine". Consistia numa cruz com a qual ele dizia o *Credo*, dois "grãos" para o *Pater* e a *Ave*, e três outros "grãos" para os três *Gloria Patri*. A notícia passou de fogueira em fogueira, de convertido a convertido, de convertido a pagão, de pagão a pagão, através da terra dos iroqueses.

— *La sainte est morte.*
— A santa morreu.

Nos primórdios da Igreja esse tipo de reconhecimento popular era chamado *la béatification équipollente*. Olhe lá embaixo, olhe lá embaixo, veja a mandala na neve, veja o vilarejo inteiro, veja as figuras se contorcendo no campo branco, tente ver através do prisma opaco da bolha pessoal de uma queimadura acidental.

20.

Eis o testemunho do Captain du Luth, *commandant* do Forte Frontenac e nome de uma rua em Montréal. Nas palavras do P. Charlevoix, ele era *"un des plus braves officiers que le Roi ait eus dans cette colonie"*. Ele também nomeia uma cidade americana no Lago Superior.

Eu, abaixo assinado, certifico a quem interessar possa que, tendo sido atormentado pela gota por vinte e três anos, com dor tamanha que por três meses seguidos não tive descanso, dirigi-me a Catherine Tegahkouita, virgem iroquesa, falecida em Sault Saint-Louis, uma santa na opinião geral, e que prometi visitar sua tumba caso Deus me concedesse a saúde de volta por conta de sua intervenção. Estou tão perfeitamente curado ao final da novena que mandei fazer em sua honra, pois já faz quinze meses que não tive um só ataque de gota.
Fait au fort Frontenac, ce 15 août 1696.

Signé J. du Luth

21.

Como um imigrante numerado no porto da América do Norte, espero começar de novo. Espero retomar minha amizade. Espero começar minha ascensão à Presidência. Espero começar a Mary de novo. Espero retomar minha devoção Àquele que nunca recusou meus préstimos, em cuja memória fulgurante não tenho passado ou futuro, memória essa que jamais congelou no caixão da história, dentro do qual seus filhos, coveiros amadores, espremem os corpos uns dos outros sem se preocupar com as medidas. Não é pioneiro o sonho americano, pois já havia sido limitado pela coragem e pelo método. O sonho é ser imigrante, navegando entre as antenas na névoa de Nova York, o sonho é ser jesuíta nas cidades dos iroqueses, pois não queremos destruir o passado e seus amplos fracassos, só queremos que os milagres demonstrem que o passado foi alegremente profético, e essa possibilidade nos ocorre mais claramente no convés desse cargueiro com lapelas gigantes, nossos sacos de lenço cheios de metralhadoras obsoletas da última guerra, que vão assombrar e conquistar os indígenas.

22.

Quem teve a primeira visão de Catherine Tekakwitha foi le P. Chauchetière. Cinco dias depois da morte da jovem, às quatro da manhã da Segunda de Páscoa, enquanto rezava com fervor, ela apareceu em uma névoa de glória. À sua direita havia uma igreja de cabeça para baixo. À esquerda, um indígena sendo queimado na estaca. A visão durou duas horas, e o padre teve tempo para analisá-la em êxtase. Foi para isso que ele veio ao Canadá. Três anos depois, em 1683, um furacão atingiu o vilarejo, derrubando a igreja de dezoito metros de comprimento.

E em um dos ataques à missão, um iroquês convertido foi capturado pelos onnontagués e queimado lentamente enquanto proclamava sua Fé. Esses usos da visão podem satisfazer a Igreja, meu caro, mas precisamos estar atentos e não deixar que uma aparição se perca em meros fatos. Uma igreja inutilizada, um homem torturado — não são fatores imediatos demais para o florescimento de uma santa? Oito dias depois de sua morte, ela apareceu para a velha Anastasie cercada de luz incandescente, com a parte do corpo abaixo da cintura dissolvida na claridade, *"le bas du corps depuis la ceinture disparaissant dans cette clarté"*. Ela cedeu as outras partes a você? Também apareceu para Marie-Thérèse quando a amiga estava sozinha na cabana e a admoestou gentilmente por alguns procedimentos que ela vinha adotando.

— Tente não sentar sobre os calcanhares quando estiver açoitando os ombros.

Le P. Chauchetière foi agraciado com duas novas visões, uma em 1º de julho de 1681, e outra em 21 de abril de 1682. Nas duas ocasiões Catherine apareceu em toda sua beleza, e ele a ouviu dizer claramente:

— *Inspice et fac secundum exemplar. Regarde et copie ce modèle.* Veja e copie esse modelo.

Então ele pintou vários retratos dessa visão de Catherine, e eles funcionaram à perfeição na cabeceira dos doentes. Em Caughnawaga foi encontrada uma tela bem antiga. Teria sido uma das que le P. Chauchetière pintou? Nunca saberemos. Rezo para que funcione para você. Mas e le P. Cholenec? Todos tiveram sua cota. Onde estão os filmes a seu respeito? É com ele que eu me pareço mais, pois ele resiste sem ao menos a centelha de um desenho animado, assombrado apenas pelo Papado.

23.

"... Uma infinidade de curas milagrosas", escreve le P. Cholenec, em 1715, *"une infinité de guérisons miraculeuses"*. Não apenas entre os selvagens, mas também entre os franceses de Québec e Montréal. Encheriam livros e livros. Ele a chama de *la Thaumaturge du Nouveau-Monde*. Com um sentimento de dor que você agora pode imaginar, eu registro algumas das curas.

A esposa de François Roaner tinha sessenta anos em janeiro de 1681, e estava quase morrendo. Ela morava na Prairie de la Magdeleine, onde le P. Chauchetière também servia. O padre colocou um crucifixo em volta do pescoço dela. Era o mesmo crucifixo que Catherine Tekakwitha segurou com força junto a seus andrajos antes de morrer. Quando ficou curada, Mme. Roaner se recusou a devolver a relíquia. O padre insistiu, oferecendo à mulher um saquinho com lama tirada da tumba de Catherine para que ela o pendurasse no lugar do crucifixo. Um tempo depois, ela o tirou por algum motivo. Assim que seu pescoço ficou desprotegido, ela desmaiou, caindo dura no chão. Só voltou a ficar boa depois que o saquinho foi colocado em seu peito. Um ano depois, seu marido foi acometido por dores terríveis nos rins. Num rasgo espontâneo de piedade, ela tirou a lama de si e a colocou no pescoço dele. As dores passaram imediatamente, mas ela, por sua vez, voltou a cambalear e passar mal, gritando que seu marido a estava matando. Ele foi persuadido pelas pessoas que por ali passavam a devolver o saquinho para a esposa. Ela ficou curada instantaneamente, mas os rins dele voltaram a doer. Vamos deixá-los aqui, neste novo e cruel pedido a Catherine Tekakwitha, sempre receptiva a suas almas. Achou familiar, meu camarada? Será que Edith passava entre nós como um pacote de lama? Ó Deus, posso ver os miseráveis Roaner, que não haviam se tocado por anos, atracando-se como animais no chão de pedra de sua cozinha.

Em 1693, o padre superior de Sault era le P. Bruyas. Um dia, seus braços ficaram paralisados. Ele foi levado a Montréal para ser tratado. Antes de partir, pediu às *Irmãs de Catherine*, grupo de devotas à memória da santa, que organizassem uma novena em prol de sua cura. Em Montréal ele recusou todo tipo de tratamento. No oitavo dia da novena seus braços continuavam rígidos. Tenham fé, ele dizia, botando os médicos para fora. Às quatro horas da manhã seguinte, ele acordou balançando os braços, não surpreso, mas exultante. Correu para agradecer.

1965. As curas começaram a pipocar entre as classes mais abastadas como se fossem um passo de dança. Começaram com o Intendente, M. de Champigny. Por dois anos ele vinha tendo a mesma gripe, que piorava a cada dia, até o ponto em que mal conseguia falar. A esposa escreveu para os Padres de Sault, implorando que organizassem uma novena para a jovem santa, pedindo a cura de seu marido. As orações escolhidas para a novena foram um *Pater*, uma *Ave* e três *Gloria Patri*. A garganta de M. de Champigny foi melhorando a cada dia, e no nono dia estava normal — na verdade, agora ela tinha uma ressonância especial. Mme. de Champigny ampliou o culto da Virgem Iroquesa. Distribuiu milhares de retratos de Catherine Tekakwitha por toda parte, inclusive na França, onde o próprio Luís XIV olhou para um deles com atenção.

1695. M. de Granville e sua mulher misturaram a lama com um pouco d'água e deram para sua filhinha, que estava morrendo. Ela levantou rindo.

"O poder de Catherine se estendia até mesmo aos animais", escreve le P. Cholenec. Em Lachine morava uma mulher com apenas uma vaca. Um dia, sem motivo aparente, a vaca ficou tão inchada, *"enflée"*, que a mulher pensou que o bicho fosse morrer. Ela caiu de joelhos.

— Ó bondosa e sagrada Catherine, tenha dó de mim, salve minha pobre vaca!

Mal pronunciou as palavras e a vaca começou a desinchar, voltando ao tamanho normal bem diante de seus olhos, *"et la vache s'est bien portée du depuis"*.

No último inverno, escreve le P. Cholenec, um bezerro caiu num buraco no gelo em Montréal. Tiraram-no dali, mas seu corpo estava tão gelado que ele não conseguia andar. Precisou passar o inverno no estábulo.

— Mate o bicho! — ordenava o dono da casa.

— Ó, deixe-o viver mais uma noite — implorava uma jovem serva.

— Muito bem. Mas de amanhã ele não passa!

Então ela colocou um pouco da lama da tumba na água de beber do bezerro, e disse:

— *Pourquoi Catherine ne guérirait-elle pas les bêtes aussi bien que les hommes?*

Foi exatamente assim que ela disse. Na manhã seguinte o bezerro estava de pé, para espanto geral, exceto da jovem e do animal. Naturalmente, os historiadores ignoram a questão mais importante. A vaca e o bezerro foram comidos, no fim das contas? Ou nada realmente mudou?

Milhares de curas, todas registradas, em crianças e velhos. Mil novenas e mil corpos brilham de novo. Vinte anos depois de sua morte, os milagres foram ficando menos frequentes, mas há evidências recentes, que datam de 1906. Vejamos a edição de abril de 1906 de *Le Messager Canadien du Sacre-Coeur*. O milagre aconteceu em Shishigwaning, um posto avançado indígena na ilha Manitouline. Ali vivia uma boa mulher indígena (*une bonne sauvagesse*) que vinha sofrendo, nos últimos onze meses, com úlceras sifilíticas na boca e na garganta. Ela tinha contraído a doença ao fumar o cachimbo de sua filha sifilítica, *"en fumant la pipe dont s'était servie sa fille"*. A doença avançou pavorosamente, com as úlceras se espalhando e aumentando em circunferência e profundidade. Ela não conseguia nem tomar sopa, de tantas feridas que tinha na boca. O padre chegou no dia 29 de setembro, em 1905. Antes de virar jesuíta, ele tinha sido médico. Ela sabia disso.

— Me ajuda, doutor.
— Sou um padre.
— Me ajuda como médico.
— Nenhum médico pode te ajudar agora.

Ele disse a ela que sua cura estava além da capacidade humana. E pressionou a enferma para que pedisse a intervenção de Catherine Tekakwitha, "sua irmã de sangue!". Naquela noite ela começou uma novena em louvor à Virgem Iroquesa, morta há tanto tempo. Um dia se passou, dois dias se passaram e nada aconteceu. No terceiro dia, ela explorou com a língua o céu da boca e a sífilis em braille tinha desaparecido, como os códices de Alexandria!

24.

Em 1689 a missão de Sault Saint-Louis mudou-se para mais acima do rio Saint Lawrence. A razão para o êxodo foi o esgotamento do solo. A antiga localização (onde o rio Portage encontra o Saint Lawrence) era chamada Kahnawaké, ou "nas corredeiras". Hoje, o nome é *Kateri tsi tkaiatat*, "o lugar onde Catherine foi enterrada". Levaram o corpo para o novo vilarejo, chamado Kahnawakon, "dentro das corredeiras". E passaram a chamar o local abandonado de Kanatakwenké, "lugar do vilarejo removido". Em 1696 mudaram-se de novo, subindo a margem sul do grande rio. A última migração data de 1719. A missão se instalou na localização atual, do outro lado das corredeiras de Lachine, hoje ligada por uma ponte a Montréal. Ficou com o nome iroquês de 1676, Kahnawaké, ou Caughnawaga, na versão inglesa. Ainda existem algumas relíquias de Catherine Tekakwitha em Caughnawaga, mas não todas.

Partes do seu esqueleto foram doadas em momentos diferentes. Sua cabeça foi parar em Saint-Régis em 1754, para celebrar a fundação de outra missão iroquesa. A igreja onde a cabeça foi colocada pegou fogo e desabou, não restando traços do crânio.

KATERI TEKAKWITHA
17 de abril, 1689
Onkweonweke Katsitsiio
Teotsitsianekaron

KATERI TEKAKWITHA
17 avril, 1680
La plus belle fleur épanouie
chez les sauvages

O FINAL DA HISTÓRIA DE F. SOBRE OS ÚLTIMOS ANOS DE CATHERINE TEKAKWITHA

Pronto! Feito! Meu querido velho amigo, fiz o que era necessário! Fiz o que sonhei quando você, Edith e eu nos sentamos nas poltronas austeras do System Theatre. Sabe qual foi a questão que me torturou durante aquelas horas prateadas? Até que enfim posso te contar. Estamos agora no coração do System Theatre. Estamos no escuro, disputando o espaço para os cotovelos nos apoios de madeira. Lá fora, na rua Ste. Catherine, a marquise da sala de cinema exibia a única falha de neon em milhas de luz: sem duas letras, que nunca seriam recolocadas, o letreiro piscava *stem Theatre, stem Theatre, stem Theatre*. Como de hábito, grupos secretos de vegetarianos se reúnem sob a marquise para negociar contrabando de itens fora da Restrição Vegetal. Nos pontinhos de seus olhos dança o velho sonho: Jejum Total. Um deles lê a nova atrocidade publicada sem compaixão pelos editores da *Scientific American*: "Ficou provado que um rabanete, quando arrancado do solo, solta um grito eletrônico". Nem a promoção de três sessões por sessenta e cinco centavos vai consolá-los nessa noite. Com uma risada louca de desespero, um deles se joga na barraca de cachorro-quente e se desintegra na primeira mordida em patéticos sintomas de abstinência. Os demais o observam com pesar e se dispersam no bairro boêmio de Montréal. A notícia é mais séria do que supunham. Um deles é arrebatado por uma churrascaria com ventilação na calçada. Num restaurante, um deles reclama para o garçom que havia pedido "tomate", mas, num gesto de galanteria suicida, concorda em comer um espaguete com molho de carne por engano. Mas estamos bem longe da coluna de vidro para os bilhetes, que nós três alimentamos horas atrás. Não podemos esquecer que essas catracas de bilhetes na entrada nem sempre são dóceis. Em várias ocasiões estive atrás de alguém que não conseguia de jeito nenhum enfiar o bilhete na catraca e tinha de pedir o dinheiro de volta para a desdenhosa bilheteira. Não é agradável lidar com essas mulheres plantadas na entrada dos cinemas: estão destinadas, por escolha, a preservar a rua Ste. Catherine da autodestruição: os pequenos escritórios que controlam na calçada protegem o exército do tráfico com uma administração que combina as melhores características da Cruz Vermelha e do Quartel-General. E a inaceitável situação do sujeito que teve seu dinheiro de volta? Para onde ele pode ir? A rejeição cruel teria sido arbitrária, assim como a Sociedade inventa o Crime para se tornar indispensável? Ficou sem o escuro para comer o chocolate Oh Henry! — os doces estão ameaçados. Seria um mero suicídio teatral para os vivos? Ou existe alguma pomada para a recusa da garganta dentada da catraca? Seria o óleo real para a coroação? Algum novo herói descobriu sua provação? Seria o nascimento do eremita, ou de sua igualmente apaixonada contraparte, o antieremita, semente dos Jesuítas? E essa escolha de lado no xadrez, entre o santo e o missionário, é seu primeiro teste trágico? Nada disso importa para Edith, você e eu, pois atravessamos em segurança dois corredores e meio alfabeto, e chegamos à diversão luminosa. Estamos agora no coração do último filme no System Theatre. Bem delimitada, como fumaça numa chaminé, a projeção empoeirada sobre nossos cabelos começou a tremer e se transformar. Como cristais se rebelando num tubo de ensaio, o raio instável foi se transformando e se transformando em seu confinamento escuro. Como batalhões sabotados de paraquedistas caindo da torre de treino em contorções variadas, os quadros eram projetados e espirravam cores contrastantes ao bater na tela, exatamente como os casulos de camuflagem ártica, que, ao estourar, espalhavam um conteúdo orgânico colorido na neve à medida que os mergulhadores se desintegravam, um depois do outro. Não, era mais como uma serpente branca e fantasmagórica presa dentro de um imenso telescópio. Era uma serpente que nadava para casa, preguiçosamente ocupando todo o esgoto que irrigava o auditório. Era a primeira serpente nas sombras do jardim primevo, a serpente albina do pomar oferecendo à nossa memória fêmea o sabor de — tudo! Enquanto ela flutuava e dançava e se torcia no breu sobre nós, levantei os olhos várias vezes para consultar o raio de projeção, mais do que acompanhar a história que ele carregava. Nenhum dos dois percebeu. Às vezes eu cedia de surpresa territórios no apoio do braço para te distrair com prazer. Analisei a serpente e ela me fez ter fome de tudo. No meio dessa contemplação inebriante, fui tentado a formular a questão que mais iria me atormentar. Formulei a questão e ela começou a me atormentar de imediato: *O que vai acontecer quando o noticiário invadir o Filme?* O que vai acontecer quando o noticiário surgir por prazer ou por acaso em qualquer quadro do

Vistavision, quer você queira ou não? O noticiário está situado entre a rua e o Filme como uma Barragem de Pedra, vital como uma fronteira no Oriente Médio — abra uma brecha (como pensei) e um miasma misturado vai colonizar a existência apenas com sua capacidade de corrosão total. Como eu pensei! O noticiário está situado entre a rua e o Filme: como um túnel num passeio de domingo, ele acaba rapidamente, e na escuridão assustadora se une às montanhas do campo até as favelas. Foi preciso coragem! Deixei o noticiário escapar, convidei-o a entrar na trama, o que resultou numa mescla de originalidade espantosa, assim como as árvores e o plástico sintetizam novas paisagens poderosas nas regiões repletas de hotéis de beira de estrada. Vida longa a esses hotéis, o nome, o motivo, o sucesso! Essa é minha mensagem, velho dono do meu coração. Eis o que eu vi: eis o que descobri:

Sophia Loren Faz Strip-Tease Para Uma Vítima De Inundação
ATÉ QUE ENFIM A INUNDAÇÃO É DE VERDADE

Felicidade? Eu não tinha prometido? Você não sabia que eu ia conseguir? E agora preciso te deixar, mas acho isso muito difícil. Mary está agitada agora, ela está se remexendo sem parar, nenhum de nós teve prazer ainda, e alguns dos fluidos dela estão tão abandonados e desabastecidos que sinto pinicar no braço trechos em evaporação. Os pacientes da T.O. estão assinando seus cestos inacabados para que possam ser identificados na coleção da enfermeira. A tarde curta de primavera escureceu e os brotos tensos dos lilases além da janela suja de barro mal exalam perfume. Os lençóis da tarde foram esterilizados e a aspereza das camas feitas já nos chama.
— Au au au! Au au! Grrrrrr!
— O que tá acontecendo lá fora, Mary?

— São os cachorros.
— Cachorros? Não sabia que tinha cachorros aqui.
— Bom, tem. Agora, vai logo! Tira!
— Minha mão?
— O embrulho! O embrulho com o creme pra pele!
— Tem certeza?
— Foram nossos amigos que mandaram!

Com movimentos de peixe, ela manobrou as ancas, alterando toda a arquitetura interna da recepção de sua boceta. Como uma truta arrastando o anzol para o céu da boca, uma brusca e deliciosa protuberância de fontes em miniatura colocou a embalagem de creme nos meus quatro dedos em gancho, e eu a puxei. Seu amplo uniforme branco me protegia da curiosidade enquanto eu lia o bilhete. Leio agora, por insistência de Mary Voolnd.

PATRIOTA ANCESTRAL
PRIMEIRO FUNDADOR PRESIDENTE
A REPÚBLICA SAÚDA SEUS PRÉSTIMOS
COM A MAIS ALTA HOMENAGEM
a fuga está marcada para essa noite

é o que está escrito em tinta invisível, ativado pelas lubrificações dela! Essa noite.
— Grrrrrr! Auuuuuuu!
— Tô com medo, Mary.
— Não se preocupe.
— A gente não pode ficar aqui mais um pouquinho?

_____

_____

— Tá vendo essas linhas lindas, Mary?
— É muito tarde para sexo agora, F.

— Mas acho que eu podia ser feliz aqui. Eu podia chegar à desolação que eu tanto almejei na minha disciplina.
— Mas é só isso, F. Fácil demais.
— Eu quero ficar, Mary.
— Receio que seja impossível, F.
— Mas eu estou quase lá, Mary. Estou quase acabado, perdi quase tudo, estou quase atingindo a humildade!
— Desencana! Desencana de tudo!
— Socorro! Alguuuuuéeeeemmm me ajude!
— Ninguém vai ouvir seus gritos, F. Vem.
— SOCOOOOOOOOOOORRRROOOO!
— Clique, cliqueclique. Bzzzzzzzz. Hgrhwz!
— Que som estranho é esse, Mary?
— Estática. É do rádio, F.
— O rádio! Você não disse nada sobre rádio.
— Quieto. Ele tá tentando nos dizer alguma coisa.

(A CÂMERA FECHA NUM CLOSE DO RÁDIO QUE ASSUME A FORMA IMPRESSA)

Aqui é o rádio falando. Boa tarde. O rádio se dá o direito de interromper este livro para mostrar a você um furo histórico: LÍDER TERRORISTA À SOLTA. Há poucos minutos, um Líder Terrorista não identificado escapou do Hospital para Criminosos Insanos. Há o receio de que sua presença na cidade ative novos extremos revolucionários. Ele foi ajudado na fuga por uma cúmplice infiltrada entre os funcionários do Hospital. Mutilada por cães policiais ao tentar distrair os perseguidores, ela está na mesa de cirurgia, mas seu estado é muito grave. Acredita-se que o criminoso foragido vai tentar fazer contato com refúgios terroristas nas florestas nos arredores de Montréal.
— Isso tá acontecendo agora, Mary?
— Sim, F.
— Grrrr! Morde! Rauraurau! Arf!

— Corre, F.! Corre. Corre!
— Au au! Auuuuuuuuuu! Grrrrrr! R-a-s-g-a!
(SALIVANDO, CÃO POLICIAL ENFIA OS DENTES NA CARNE DE MARY VOOLND)
— Seu corpo!
— Corre! Corre, F. Corre por todos nós A——s!
(CLOSE NO RÁDIO EXIBINDO UM FILME SOBRE SI MESMO)
Aqui é o rádio falando. Iiiiik! He he! Esse é nosso ha ha ha, esse é nosso he he, aqui é o rádio falando. Ha ha ha ha ha ha, ho ho ho ho, ha ha ha ha ha ha, tá fazendo cócega, tá fazendo cócega! (EFEITO SONORO: CÂMERA DE ECO) Aqui é o rádio falando. Abaixem as armas! Esse é a Vingança do Rádio.

E aqui é seu amante, F., terminando esta carta alegre que prometi. Deus te abençoe! Ah, meu querido, seja o que eu quero ser!

Sinceramente seu,
Signé F.

Livro três
Belos fracassados
Um epílogo em terceira pessoa

A primavera chega em Québec pelo oeste. É a Corrente quente do Japão que traz a mudança de estação para a costa oeste do Canadá, gerando então o Vento Oeste. Ele atravessa as pradarias no fôlego do Chinook, despertando os grãos e as cavernas dos ursos. Ele sobrevoa Ontario como um sonho legislativo, e se embrenha por Québec, em nossos vilarejos, entre nossas bétulas. Como um campo de tulipas prontas a florescer, os cafés de Montréal brotam das adegas num cenário de cadeiras e toldos. A primavera em Montréal é como uma autópsia. Todo mundo quer ver como é o mamute congelado por dentro. As garotas arrancam suas mangas e sua carne é doce e branca, como a madeira sob a casca verde. Das ruas se ergue um manifesto sexual, como um pneu sendo enchido, "Sobrevivemos ao inverno de novo!". A primavera vem do Japão para o Canadá, e como um prêmio pré-guerra na caixa de cereais, se quebra no primeiro dia, porque usamos muita força na hora de brincar com ela. A primavera chega a Montréal como um filme americano de Amor na Riviera, e todos têm de transar com uma pessoa de fora, e de repente as luzes da casa se inflamam e já é verão, mas a gente não se importa porque a primavera é meio espalhafatosa para o nosso gosto, um pouco afeminada, como as peles nos banheiros de Hollywood. A primavera é um exótico produto importado, como os brinquedos eróticos de Hong Kong, que só queremos por uma tarde especial, e se for preciso pagamos amanhã a tarifa da alfândega. A primavera atravessa nosso meio como uma turista sueca, subeditora que visita um restaurante italiano para uma experiência com bigodes e é assediada por velhos Valentinos, dos quais escolhe uma caricatura ao acaso. A primavera passa por Montréal tão brevemente que você pode marcar o dia e planejar nada.

Foi num dia desses na floresta nacional ao sul da cidade. Um velho estava de pé na entrada de sua curiosa moradia, uma casa na árvore, maltratada e precária como um clubinho secreto de meninos. Ele não sabia dizer há quanto tempo morava ali, e tentava entender por que não sujava mais o barraco com excrementos, mas não pensava tanto nisso. Ele aspirou a fragrância da brisa oeste e inspecionou algumas pinhas, escurecidas nas pontas, como se o inverno tivesse passado um pincel de fogo. O novo perfume no ar não foi suficiente para despertar nostalgias no coração escondido atrás de sua barba imunda e emaranhada. A vaga névoa de dor, como limão espremido numa mesa distante, fez com que acertasse os olhos: raspava a memória em busca de um momento no passado que o ajudasse a mitificar a mudança da estação, alguma lua de mel, ou uma caminhada, ou algum triunfo que pudesse ser renovado pela primavera, mas sua dor não encontrava nada. Na memória não continha tal lembrança, era tudo apenas uma lembrança, e ela fluía muito depressa, como o conteúdo de uma escarradeira em piadas de quinta série. Parecia que ter sido um instante atrás que o vento de vinte graus abaixo de zero varrera os galhos carregados de neve dos abetos de segunda geração, vento de mil espanadores levantando pequenos furações entre a escuridão dos ramos. Na frente dele ainda havia ilhas de neve derretendo, como o ventre de peixes inchados e podres na praia. Era um dia bonito como sempre.

— Logo vai ficar quente — disse em voz alta. — Logo vou ficar fedido de novo, e minhas calças grossas, que agora são simplesmente grossas, vão provavelmente ficar grudentas. Eu não ligo.

Ele também não ligava para os problemas óbvios do inverno. Claro que nem sempre foi assim. Anos (?) atrás, quando uma pesquisa ou busca infrutífera por escape o levara tronco acima, ele detestou o frio. O frio envolveu seu barraco como um ponto de ônibus, e o congelou com uma fúria claramente pessoal e mesquinha. O frio o escolheu como uma bala inscrita com o nome de um paraplégico. Noite após noite, ele chorou de dor durante a ação congelante. Mas neste último inverno, o frio só passou por ele como uma visita protocolar, deixando-o meramente à beira da morte gelada. Os sonhos arrancaram gritos torcidos de sua saliva, implorando por alguém que pudesse salvá-lo. A cada manhã ele se erguia do colchão de folhas e papéis sujos, com a fuça gelada e lágrimas nas sobrancelhas. Tempos atrás, os animais fugiam a cada vez que ele quebrava o ar com seu sofrimento, mas isso era quando ele gritava *por* alguma coisa. Agora que ele simplesmente gritava, os coelhos e doninhas não se assustavam mais. Ele concluiu que eles agora aceitavam os gritos como sendo seu latido habitual. E quando essa fina névoa de dor fez com que apertasse os olhos, como neste dia de primavera, ele escancarou a boca, desfazendo os nós de pelos no rosto, e oficializou seu grito por toda a floresta nacional.

— Aaaaaaarrrrrrggggggghhhhhh! Ah, olá!

O grito virou saudação quando o velho reconheceu um menino de sete anos que vinha correndo até a árvore, tomando cuidado para não escorregar nas poças de neve. Ele era o filho caçula do gerente de um hotel para turistas perto dali.

— Oi! Oi! Tio!

O garoto não era parente do velho. Ele usava a palavra numa combinação charmosa de respeito pela idade avançada e uma tímida Desobediência, já que ele sabia que o sujeito era sem vergonha e meio louco.

— Olá, meu querido!

— Oi, Tio. Como tá a concussão?
— Sobe aqui! Senti sua falta. A gente pode ficar pelado hoje.
— Hoje eu não posso, Tio.
— Por favor.
— Não tenho tempo hoje. Me conta uma história, Tio.
— Se você não tem tempo para subir aqui, você não tem tempo para ouvir uma história. Tá calor suficiente para tirar a roupa.
— Ah, conta uma daquelas histórias de indígenas que você sempre diz que vai botar num livro um dia, como se eu me importasse se você fosse conseguir ou não.
— Não tenha pena de mim, garoto.
— Cala a boca, seu esquisitão nojento!
— Sobe aqui, vai. Não é muito alto. Eu te conto uma história.
— Conta daí, se não se importa, se não tiver com coceira nos dedos, se são três metros e meio, vou me agachar aqui mesmo.
— Se agacha aqui! Eu abro espaço.
— Não me faz vomitar, Tio. Tô esperando.
— Cuidado! Olha o jeito como você está agachado! Você está acabando com seu corpinho assim. Mantenha os músculos da coxa ativados. Tire suas pequenas nádegas do calcanhar, mantenha uma distância saudável ou os músculos da bunda vão ficar hipertrofiados.
— Me perguntaram se você fala sujeira pras crianças na floresta.
— Quem perguntou?
— Ninguém. Posso mijar?
— Eu sabia que você era um bom garoto. Cuidado com suas calças. Diz seu nome.
— A história, Tio! Talvez mais tarde eu diga. Talvez.
— Tá bem. Ouça com atenção. É uma história fascinante:

IROQUÊS	INGLÊS	FRANCÊS
Ganeagaono	Mohawk	Agnier
Onayotekaono	Oneida	Onneyut
Onundagaono	Onondaga	Onnontagué
Gweugwehono	Cayuga	Goyogouin
Nundawaono	Seneca	Tsonnontouan

O final iroquês *ono* (*onon* em francês) quer dizer simplesmente povo.

— Obrigado, Tio. Tchau.

— Eu preciso me ajoelhar?

— Te avisei pra não falar palavras feias. Não sei por quê, mas nessa manhã eu contei à Polícia da Província sobre a gente.

— Você entrou em detalhes?

— Precisei.

— Tipo?

— Tipo sua mão fria e esquisita no meu saquinho enrugado.

— O que eles disseram?

— Disseram que há anos suspeitavam de você.

O velho ficou na estrada, agitando o braço com o sinal de carona. Os carros passaram por ele, um por um. Os motoristas que não o confundiam com um espantalho o achavam um velho escandalosamente medonho, e não deixariam ele tocar nem a porta. Nos bosques atrás de si, um pelotão de cristãos vasculhava os arbustos. O melhor que ele podia esperar se fosse pego era a morte pelo chicote e ser vergonhosamente apalpado, como os turcos fizeram com Lawrence. Os primeiros corvos do ano se empoleiravam nos fios elétricos, dispostos entre os postes como contas num ábaco. Seus sapatos sugavam a água da lama como um par de raízes. Haveria uma névoa de dor quando ele esquecesse *esta* primavera, o que deve acontecer. Não havia muito trânsito, mesmo assim ele era menosprezado regularmente, com pequenas explosões de ar na passagem veloz dos para-lamas. De repente, como se uma cena fosse congelada no cinema, um Oldsmobile se materializou do nada e passou por ele. Uma linda garota estava ao volante, talvez uma dona de casa loira. Suas pequenas mãos, que pendiam levemente do alto do volante, estavam cobertas por elegantes luvas brancas, que caíam sobre os pulsos como uma dupla de acrobatas perfeitamente entediados. Ela dirigia sem esforço, como o ponteiro numa mesa espírita. Usava o cabelo solto, como se estivesse acostumada a carros velozes.

— Sobe — ela disse olhando o para-brisa. — Tente não fazer nada indecente.

Ele se enfiou no assento de couro ao lado dela e teve de bater a porta várias vezes, à medida que recolhia seus trapos. Tirando os sapatos, ela estava nua abaixo do apoio do braço e mantinha as luzes do teto acesas para garantir que ele percebesse. Assim que o carro avançou, foi atacado com pedras e chumbo grosso pelo pelotão que havia chegado na beira da estrada. Na fuga em velocidade máxima, viu que ela tinha virado a ventilação para baixo, de forma que soprasse seus pelos pubianos.

— Você é casada? — perguntou.
— E se eu for?
— Não sei por que perguntei, me desculpe. Posso botar a cabeça no seu colo?
— Sempre me perguntam se sou casada. O casamento é só o símbolo de uma cerimônia que pode se desgastar tão facilmente quanto se renovar.
— Me poupe da sua filosofia, senhorita.
— Seu verme imundo! Me chupa!
— Com prazer.
— Tira sua bunda do acelerador.
— Assim tá bom?

— Sim, sim, sim, sim.
— Vem um pouco pra frente. O couro tá machucando meu queixo.
— Você tem ideia de quem eu sou?
— Ulamblamblamb — nenhuma — ulamblamblamb.
— Adivinha! Seu monte de bosta!
— Não tô nem um pouco interessado.
— Ισις έγώ.
— Estrangeiros me entediam.
— Você ainda não acabou, seu podre imundo? Ui! Ui! Você é maravilhoso nisso!
— Você devia usar um daqueles assentos antitranspirantes feitos de escada de madeira. Assim você não fica sentada nos seus fluidos num dia inteiro de seca.
— Estou muito orgulhosa de você, querido. Agora sai! Dá o fora!
— Já chegamos ao centro?
— Já. Adeus, querido.
— Adeus. Tenha um acidente magnífico.

O velho desceu do carro em marcha lenta bem em frente ao System Theatre. Ela pisou fundo com o mocassim no acelerador e saiu cantando pneu pela pista central da Phillips Square. O velho parou um instante debaixo da marquise, olhando o bando de vegetarianos por dois prismas, o da nostalgia e o da pena. Desencanou deles assim que comprou o bilhete. Sentou-se no escuro.

— Por favor, senhor, quando começa o espetáculo?
— Você é louco? Sai de perto, você tá fedendo muito.

Mudou de assento três ou quatro vezes, esperando o noticiário começar. Finalmente ele tinha toda a primeira fileira só para si.

— Lanterninha! Lanterninha!
— Shhh. Silêncio!

— Lanterninha! Não vou ficar sentado aqui a noite toda. Quando começa o espetáculo?

— O senhor está perturbando os outros.

O velho se virou e viu fileiras e fileiras de olhos silenciosamente erguidos, e a ocasional boca mastigando mecanicamente, e olhos que ficavam se mexendo sem parar, como se estivessem vendo uma pequena partida de pingue-pongue. Às vezes, quando todos os olhos captavam exatamente a mesma imagem, como todas as janelinhas de uma máquina de cassino gigante, mostrando a mesma figura de um sino, eles soltavam um som em uníssono. Só acontecia quando todos viam exatamente a mesma coisa, e o som era chamado risada, disso ele lembra.

— Começou o último filme, senhor.

Agora entendeu o que estava acontecendo. O filme era invisível para ele. Os olhos estavam piscando no mesmo ritmo do obturador no projetor, um tanto por segundo, e portanto a tela ficava simplesmente preta. Era automático. Em meio à audiência, um ou dois espectadores, percebendo o prazer diferente que sentiam diante da gargalhada maníaca de Richard Widmark em *Beijo da morte*, se deram conta de que estavam provavelmente na presença de um Mestre da Ioga da Posição no Cinema. Sem dúvida esses estudantes se aplicavam às suas disciplinas com grande entusiasmo, esforçando-se para garantir a intensidade da trama contínua, sem imaginar que seus exercícios levavam não ao suspense perpétuo, mas à tela preta. Pela primeira vez na vida o velho relaxou totalmente.

— Não, o senhor não pode mudar de lugar de novo. Ops, para onde ele foi? Que estranho. Hum.

O velho sorria enquanto o facho de luz atravessava seu corpo.

Os cachorros-quentes pareciam pelados no banho de vapor do Main Shooting and Game Alley, fliperama no St. Lawrence Boulevard. O Main Shooting and Game Alley não era novo, e nunca seria modernizado, pois só escritórios podiam satisfazer a especulação imobiliária. O Photomat estava quebrado; aceitava quartos de dólar, mas não entregava nem flashes nem retratos. A Máquina Grua não obedecia nenhum engenheiro, e uma poeira melada cobria as barras de chocolate e isqueiros de metal. Havia algumas máquinas de pinball amarelas do tipo antigo, quando as palhetas ainda não tinham sido introduzidas. As palhetas, é claro, estragaram o jogo, pois legalizaram a noção de segunda chance. Enfraqueceram a tensão do agora ou nunca que sente o jogador e modificaram o mergulho insano da bola de aço desobstruída. Palhetas representam o primeiro assalto totalitário contra o Crime; ao incorporá-las mecanicamente ao jogo, subverteram o desafio e a velha emoção. Desde as palhetas, as novas gerações desaprenderam aquele gingado ilegal, e o TILT, antes tão honorável quanto uma cicatriz de sabre, não é mais importante que uma bola ruim. A segunda chance é a essência da ideia criminosa; é a alavanca do heroísmo, o único santuário dos desesperados. A não ser que tenha sido arrancada do destino, a segunda chance perde sua vitalidade e gera chateações em vez de criminosos, ladrões amadores em vez de novos Prometeus. Viva o Main Shooting and Game Alley, onde um homem ainda pode ser treinado. Nunca mais ficou cheio. Alguns prostitutos adolescentes se reuniam perto do calor da máquina de amendoins e sortidos, rapazes lá embaixo na cadeia do desejo de Montréal, e seus cafetões usavam peles falsas e dentes de ouro e bigodes pintados a lápis, e olhavam para a Principal (como é chamado o St. Lawrence Boulevard) de um jeito patético, como se os passantes indiferentes nunca fossem descobrir o Barco do Prazer do Mississippi que eles poderiam corromper legitimamente. A luz era fluorescente, o que era ruim para os cabelos oxigenados, pois tinha o efeito de uma radiografia, revelando as raízes escuras nos topetes amarelos, e localizava cada espinha adolescente como um mapa rodoviário. A barraca de cachorro-quente, composta principalmente de aparatos de alumínio, exibia a higiene cinzenta de clínicas de favela, resultado de uma contínua distribuição, bem mais do que eliminação, de gordura. Os funcionários eram poloneses tatuados que se odiavam por motivos antigos e nunca se esbarravam. Eles usavam prováveis uniformes de uma infantaria de barbeiros e falavam apenas polonês e um esperanto mínimo para questões sobre cachorros-quentes. Não valia a pena discutir com eles por causa de um centavo perdido. Uma apática anarquia reinava nos sinais de NÃO FUNCIONA nas fendas para moedas de telefones quebrados e nas emperradas galerias eletrônicas de tiro. A Máquina de Boliche dividia cada *strike* entre Primeiro e Segundo Jogador, não importando quem ou quantos lançavam a bola. Ainda assim, no meio das máquinas do Main Shooting and Game Alley um verdadeiro jogador estaria disposto a perder moedas numa tentativa de incorporar a decadência ao risco e, quando um alvo devidamente acertado não dobrasse os pontos ou acendesse as luzes, ele entenderia isso como meramente uma extensão da complexidade do jogo. Apenas os cachorros-quentes não entraram em declínio, e só porque eles não têm partes que quebram.

— Senhor, aonde você pensa que vai?
— Ah, deixa ele. É o primeiro dia da primavera.
— Escuta, seguimos *um certo* padrão aqui.
— Entra aí, meu senhor. Pega um cachorro-quente por conta da casa.
— Obrigado, mas eu não como.

Enquanto os poloneses discutiam, o velho se enfiou para dentro da Main Shooting and Game Alley. Os cafetões deixaram-no passar sem falar obscenidades.

— Não chegue perto dele. O cara fede!
— Cai fora daqui.

A pilha de trapos e cabelos parou diante da Caçada Polar William's De Luxe. Acima do pequeno cenário ártico, via-se pelo vidro mal iluminado um desenho com figuras realistas de ursos-polares, focas, icebergs e dois exploradores americanos, barbudos e agasalhados. A bandeira do seu país estava fincada num córrego. Em dois lugares o desenho abria espaço para janelinhas mostrando as palavras PLACAR e TEMPO. A pistola de brinquedo apontava para várias fileiras de figuras móveis de lata. Cuidadosamente o velho leu as instruções que tinham sido coladas com adesivo num canto do vidro cheio de marcas de dedo.

> Pinguins valem 1 ponto — 10 pontos na segunda vez
> Focas valem 2 pontos
> Quem acertar a entrada do Iglu em cheio quando ela for acesa ganha 100 pontos
> O Polo Norte, quando visível, vale 100 pontos
> Se o Leão-Marinho que aparece depois do Polo Norte for atingido cinco vezes, o jogador ganha 1000 pontos

Aos poucos ele decorou as instruções, que passaram a fazer parte do seu jogo.

— Tá quebrado, senhor.

O velho pressionou a mão no cabo de abacaxi e enganchou o dedo no gasto gatilho prateado.

— Olha a mão dele!
— Tá toda queimada!
— E falta o polegar!
— Não é o Líder Terrorista que escapou hoje à noite?
— Parece mais o pervertido que apareceu na TV e está sendo perseguido pelo país.

— Tira ele daqui!
— Ele fica! É um Patriota!
— Ele é um filho da puta fedorento!
— Ele é praticamente o Presidente do nosso país!

Bem na hora que os funcionários e a clientela do Main Shooting and Game Alley estavam prontos para um sórdido tumulto político, algo impressionante aconteceu ao velho. Um enxame de vinte homens ia em sua direção, metade para expulsar o intruso asqueroso, metade para deter os que queriam expulsá-lo e consequentemente aumentar o nobre peso sobre seus ombros. Num segundo, o trânsito na Principal parou, e uma multidão passou a ameaçar os vidros esfumaçados do fliperama. Pela primeira vez na vida, vinte homens saborearam a doce certeza de que estavam no centro das ações, não importava de que lado. Brados de júbilo eram ouvidos à medida que os homens se aproximavam de seu objetivo. Àquela altura o acúmulo de sirenes misturadas provocava a multidão de passantes como uma orquestra numa tourada. Era a primeira noite da primavera, as ruas pertenciam ao Povo! A alguns quarteirões dali, um policial botava o distintivo no bolso e abria o colarinho. Mulheres duras nas bilheterias avaliavam a situação e sussurravam para os lanterninhas enquanto as janelas eram travadas por fechos de madeira em forma de ancinho. As salas de cinema foram se esvaziando porque estavam do lado errado do movimento. A ação acontecia agora nas ruas! Todos tinham o pressentimento quando chegavam na Principal: aquele era um momento histórico em Montréal! Um sorriso amargo podia ser detectado nos lábios de revolucionários treinados e Testemunhas de Jeová, que imediatamente saudaram o povo lançando seus panfletos como confete. Todo homem que era no fundo um terrorista suspirou, Até que Enfim. A polícia se organizou em direção ao tumulto, arrancando as insígnias como se fossem casquinhas de ferida que pudessem se regenerar, mas preservaram a formação dos pelotões, de modo a oferecer uma disciplina não identificada para servir aos vencedores na disputa. Poetas chegavam com a esperança de transformar a comoção num sarau. Mães se adiantaram para garantir que tinham orientado seus filhos a agir direito em momentos de aperto para ir ao banheiro. Médicos apareceram em grande número, inimigos naturais da ordem. Homens de negócio chegaram ao local disfarçados de consumidores. Andróginos fumantes de haxixe se apressaram por uma segunda chance de trepada. Todos os segundo-chancistas acorreram, os divorciados, os convertidos, todos se apressaram para ganhar sua segunda chance, mestres de caratê, adultos colecionadores de selos, Humanistas, deem-nos, deem-nos a segunda chance! Era a Revolução! Era a primeira noite de primavera, a noite das pequenas religiões. Dali a um mês haveria vaga-lumes e lilases. Todo um culto de perfeccionistas do amor Tântrico dedicou sua segunda chance à compaixão, derrubando padrões públicos de amor egoísta com belas demonstrações de adesão aceitável ao sexo genital nas ruas. Adolescentes de um pequeno Partido Nazista se sentiram verdadeiros estadistas ao desertarem e se misturarem à turba vibrante. O exército sobrevoava a rádio para determinar se a situação era definitivamente histórica, caso em que surpreenderia a Revolução com a Tartaruga de alguma Guerra Civil. Atores profissionais, artistas de todo tipo, incluindo mágicos, acorreram para sua segunda e última chance.

— Olha pra ele!
— O que tá acontecendo?

Entre a Caçada Polar De Luxe e os vidros laminados das janelas da Main Shooting and Game Alley, as arfadas de espanto deram início a algo que iria se espalhar por sobre as cabeças da multidão chocada como um vazamento na atmosfera. O velho tinha começado sua impressionante performance (que não pretendo descrever). Basta dizer que ele foi se desintegrando lentamente; assim como uma cratera aumenta sua circunferência com infinitos microdeslizamentos a partir de sua borda, ele se dissolveu de dentro para fora. Não tinha desaparecido completamente quando começou a se materializar de novo. "Não tinha desaparecido completamente" não é a expressão correta. Sua presença era como a forma da ampulheta, mais rija onde era mais fina. Foi no ponto em que ele estava menos visível que as arfadas de assombro começaram, já que o futuro passa por esse ponto, pra um lado e pro outro. Essa é a beleza da cintura da ampulheta! Esse é o ponto da Luz Clara! Deixe que mude para sempre o que não conhecemos. Por um instante adorável, toda a areia fica comprimida na haste entre os dois frascos! Ah, esta não é uma segunda chance. No espaço de um suspiro, ele permitiu que os espectadores tivessem a visão de Todas as Chances ao Mesmo Tempo! Para a maioria dos puristas (que destroem informação compartilhada pela simples menção a ela) esse ponto de maior ausência foi o filme da noite. Num átimo, como se ele próprio ficasse empolgado diante do desconhecido, ele se materializou sofregamente em — em um filme do Ray Charles. Então ele aumentou a tela de pouco em pouco, como um documentário sobre a Indústria. A lua ocupou uma lente de seus óculos escuros, e ele montou as teclas de seu piano numa estante no céu, e se debruçou sobre ele como se fosse verdadeiramente uma fileira de peixes gigantes para alimentar uma multidão faminta. Uma frota de jatos arrastou sua voz sobre nós, que nos dávamos as mãos.

— Apenas se encostem em alguma coisa e aproveitem, acho.
— Graças a Deus é apenas um filme.
— Ei! — gritou um Judeu Novo, acionando a alavanca do Teste de Força quebrado. — Alguém tá conseguindo!

O fim deste livro foi alugado para os Jesuítas. O Jesuítas pedem pela beatificação oficial de Catherine Tekakwitha!

"*Pour le succès de l'entreprise,* pelo sucesso dessa empreitada, *il est essentiel que les miracles éclatent de nouveau,* é essencial que os milagres brilhem novamente, *et donc que le culte de la sainte grandisse,* e assim fortaleçam o culto da santa, *qu'on l'invoque partout avec confiance,* de forma a que se possa invocá-la com confiança de qualquer lugar, *qu'elle redevienne par son invocation,* e que ela seja novamente pela simples invocação, *par les reliques,* por suas relíquias, *par la poudre de son tombeau,* pelo pó de sua tumba, *la semeuse de miracles qu'elle fut au temps jadis,* a semeadora de milagres que ela foi em outros tempos." Requeremos ao país evidências dos milagres, *e submetemos este documento, sem outras intenções, como primeiro item num novo certificado para a jovem indígena.* "*Le Canada et les États-Unis puiseront de nouvelles forces au contact très pur des bords de la mohawk et des rives du Saint-Laurent.* O Canadá e os Estados Unidos irão adquirir uma nova força através do contato com o mais puro lírio das praias do Mohawk e margens do rio St. Lawrence."

Pobres homens, pobres homens que, como nós, fugiram e foram embora. Vou suplicar da torre de eletricidade. Vou suplicar da torre de controle aéreo. Ele vai revelar Seu rosto. Ele não vai me deixar sozinho. Vou difundir Seu nome no Parlamento. Vou acolher Seu silêncio com sofrimento. Atravessei o fogo da família e do amor. Fumei com minha amada, dormi com meu amigo. Falamos dos homens pobres e acabados, e fugimos. Sozinho com meu rádio, ergo as mãos. Seja bem-vindo, você que me lê agora. Seja bem-vindo, você que parte meu coração. Sejam bem-vindos, amada e amigo, sei que sentirão sempre minha falta em sua viagem final.

Posfácio

> *So you're the kind of vegetarian*
> *that only eats roses*
> *Is that what you mean*
> *with your beautiful losers*
>
> Leonard Cohen, 1965

Perto de finalizar *Belos fracassados* (1966), Cohen resgata Ray Charles da epígrafe e faz dele uma deidade fílmica que sobrevoa Montréal. O narrador, por sua vez, sozinho com seu rádio, sujo, envelhecido, magro a ponto de desaparecer, levanta as mãos e acena aos leitores.

Impossível não confundir ambos nesta cena final — e em boa parte do livro. Como o narrador, empolado na casa da árvore, Cohen isolou-se na ilha de Hydra, e, para garantir o foco na escrita do livro ao longo de nove meses, jejuou e tomou anfetaminas (além de LSD).

Escrevia no terraço da casa caiada de branco. Nos intervalos, conversava com as margaridas, com Marianne Ilhen, sua musa, e eventualmente ia para o bar local beber ouzo e cantar com os amigos. Sua maior companhia, no entanto, era *The Genius Sings the Blues*, álbum de Ray Charles que ouvia o tempo todo. Até o LP derreter sob o sol mitológico da Grécia.

Então aderiu ao rádio, passando a ouvir a estação de música country, gênero de outro ídolo, Hank Williams. Sua cabeça, inclinada sobre a máquina de escrever, vivia desprotegida ("*Belos fracassados* é mais uma insolação que um livro").*

---

* Essas e outras declarações de Cohen e seus contemporâneos constam da biografia do artista: *I'm Your Man, a vida de Leonard Cohen*, de Sylvie Simmons (Rio de Janeiro: Best Seller, 2016).

Começou a derreter também, com as drogas, com os raios de fogo e com o esforço — chegava a escrever por vinte horas seguidas. Ao terminar o livro, entrou em colapso e jejuou por dez dias, tendo de ser hospitalizado.

À essa altura, Cohen tinha 31 anos, três livros de poesia e um romance na bagagem, premiados e muito elogiados no Canadá, além de lotar auditórios de universidades com leituras de seus textos, por vezes com acompanhamento musical. O documentário *Ladies and Gentlemen... Mr. Leonard Cohen* (1965), disponível no Youtube, ao mostrar seus passos no meio literário e boêmio de Montréal, consolidou a fama local.

Cohen vinha de *Flowers for Hitler* (1964), tentativa deliberada de ativar uma voz antilírica, de inverter expectativas, de sair do pódio de garoto de ouro da poesia canadense. Havia encontrado uma forma nova, a retórica do sarcasmo em alta voltagem criativa, o dedo erógeno na ferida oculta, o humor ácido e perturbador, longe da influência de românticos ingleses e de Yeats, entre outros, explicitadas nos livros anteriores.

A relação com os tios que o queriam nos negócios da família e o establishment judeu, como escreve a biógrafa Sylvie Simmons, azedou. Mas o pior foi ser bem-recebido pela crítica. Seu lugar no pódio se mantinha confortável, ao contrário do que esperava. Daí que apostou alto em *Belos fracassados*.

Apostou consigo mesmo, era tudo ou nada. O gesto do livro anterior, de provocação e liberdade, se manteve na feitura do romance, mas expandido. Um gesto que ia contra o uso limitador da lógica e da inibição sexual, que via como os verdadeiros entraves para o desenvolvimento humano em geral e para o orgulho *québécois* em particular, depois de séculos obliterado pela Igreja e pelas convenções vindas da França.

"Eu estava escrevendo uma liturgia... uma prece confessional, longa e louca, usando todas as técnicas do romance moderno... Coloquei tudo o que eu podia dar naquele momento em *Belos *fracassados*. Eu não tinha nada a perder. E realmente não estava interessado em guardar nada", declarou, em entrevista.

Assim como estava aberto a todas as experiências sensoriais, sexuais, místicas e estéticas, seu segundo romance almejava a totalidade que lhe era possível, como se aquela fosse sua última tentativa como autor literário. Não seria. Mas já no ano seguinte, 1967, ele gravaria o primeiro álbum, *Songs of Leonard Cohen*, iniciando uma carreira de cantor e compositor que deixaria um tanto de lado, mas não completamente, suas criações em papel.

Para quem está acostumado a suas letras, resultado de um rigor sofrido, presas que estão a uma métrica, a uma cadência, o transbordamento de *Belos fracassados* pode até causar espanto. Perto de uma canção, ou mesmo de um conjunto de canções, um romance não tem limites. Foi, de fato, sua despedida da prosa, um movimento purgatório, de excessos e esforços condensados, extremos, que parecem ter esgotado, intencionalmente ou não, sua verve para narrativas longas.

Pode-se dizer que o épico intimista, psicodélico, histórico e surreal em torno de Catherine Tekakwitha é uma versão maximalista de *The Favourite Game*, seu primeiro romance, um exercício mais bem-comportado, por assim dizer, mais limpo e contido, com espaços para respirar entre blocos epigramáticos.

Em *Belos fracassados* não há tais espaços: a prosa é profusa, a paisagem verbal é densa. A forma se faz por estilhaços. Monólogos, cartas, diários, notas de rodapé, rezas, propagandas, programas de rádio, teatro, cinema, quadrinhos, movimentos políticos, eventos históricos e muito sexo, sempre imaginativo, estranho, até (o que teria ofendido muita gente).

Provavelmente um raio X da cabeça de Cohen no momento da escrita, ainda que seu entorno fosse sereno, povoado por burricos, telhados, paredes caiadas de branco e rochas. Quase não há árvores em Hydra. A inspiração vinha do seu próprio tumulto interior e, quem sabe, das emanações mitológicas do Mediterrâneo.

Veio também de algumas leituras pontuais, usadas na pesquisa para o romance, que mostram a variedade de seus interesses — embora seja evidente um maior entusiasmo por questões esotéricas e religiosas.

Alguns desses textos o acompanhariam pela vida toda, como *O livro tibetano dos mortos*, o *I Ching*, o *livro do Apocalipse*, *O segredo da flor de ouro*, obras de Martin Buber, Gershom Scholem e Swedenborg, os quais debatia com outros escritores em Hydra.

Outros eram mais específicos: dois tratados sobre a vida de Catherine Tekakwitha, um sobre os jesuítas na América do Norte, uma revista em quadrinhos (*Blue Beetle*), um épico em versos de Longfellow (*A canção de Hiawatha*) e *Crepúsculo dos ídolos*, de Nietzsche, fonte decisiva para os aforismos de F.

Curiosamente, nada sobre a história contemporânea do Canadá, tão presente ao longo do romance. Talvez porque ela estava viva — por vezes Cohen voltava para Montréal para reavivar seus laços edípicos. Numa das muitas cenas (histericamente) engraçadas de *Belos fracassados*, em um protesto pela independência de Québec, o narrador confunde orgasmo e triunfo libertário, a eletricidade da multidão com os espasmos do prazer. Finda a manifestação, fica desesperado porque não gozou e incita todos a voltarem. Alguns replicam: "Deve ser inglês! Ou judeu!".

Como sempre, ele está sendo irônico consigo mesmo — e com os outros. Nascido em uma das famílias judias mais antigas de uma Montréal majoritariamente católica, como Leopold Bloom na Dublin de *Ulysses* — uma clara influência —, Cohen era também um *anglais* (canadense de língua inglesa) em meio à maioria francófona (e bilíngue) local.

A ironia não está aí à toa. A estudiosa do pós-modernismo Linda Hutcheon afirma que cada personagem no livro simboliza um aspecto da consciência canadense. O narrador (que ela classifica como "eu") seria o anglo-canadense. F., o professor espiritual do narrador, é o parlamentar e terrorista francófono. Edith, os indígenas em extinção, e Catherine o passado do país.

Claro que não é tão simples assim, pois nada é simples no universo de Cohen. ("Perdi minha ereção. Será porque eu tropecei na verdade sobre o Canadá?") Mas dá uma ideia do mapa político-histórico que o livro percorre. "Os ingleses fizeram com a gente o que fizemos com os indígenas, e os americanos fizeram com os ingleses o que os ingleses fizeram com a gente" é a fórmula de F. A História, afinal, "só quer saber de quem é a vez".

Margaret Atwood, canadense contemporânea de Cohen, considera que *Belos fracassados* "é um romance selvagemente fabulista". E discorre sobre um de seus aspectos centrais: "O Canadá tem uma tradição ambivalente em relação aos indígenas". Para ela, essa relação "não é entre Bom e Mau, como nos Estados Unidos, mas entre Vitorioso e Vítima". E não é isso que o título ambivalente do romance sugere?

Assim como Atwood, Cohen foi personagem da "Revolução Silenciosa", um período, no começo dos 1960, de políticas progressistas, pujança econômica e efervescência cultural, especialmente na literatura, que passou a ganhar relevância fora do país. Esse período também viu intensificarem-se, no lado francês, as manifestações contra os ingleses, a Igreja e o domínio econômico dos Estados Unidos.

Inspirados pelos ensinamentos de Frantz Fanon, ou por uma leitura rápida do prefácio de Sartre para o livro *Os condenados da Terra*, em que se entende a violência como uma forma legítima de vencer a opressão, muitos jovens aderiram a práticas terroristas. Cohen achava que Sartre se apoiava demais na razão. Sua sugestão era o êxtase como solução para os impasses contemporâneos.

Frequentemente, traduzia esse êxtase em uma palavra: carne (ou corpo), presença constante em seus textos e letras, seja por si mesma ou nos complexos intercâmbios com o espírito.

É preciso dizer que o termo no inglês original, *flesh*, tem algo de mais sensual. Para pronunciá-lo, movemos os lábios de modo parecido ao beijo. (Na prisão psiquiátrica, F. discorre sobre as qualidades eróticas dos sons em shhh.)

Cohen buscava algum tipo de transcendência a partir da carne, de sua beleza e pulsões. Em grande parte, *Belos fracassados* pode ser lido como um manifesto psicodélico pela libertação da carne. Na sua acusação à Igreja (que não se estendia à mitologia católica, a qual ele admirava) e ao papel dos jesuítas na repressão sexual dos povos originários do Canadá, reserva um espaço grande à automutilação de Catherine Tekakwitha e seus pares. As cenas de severos castigos corporais autoinfligidos faz contraste com outra cena memorável entre os indígenas, de uma suruba como elemento de cura ("A doença é um desejo não satisfeito"). E remete, de alguma maneira, à Cabala, o sistema de práticas místicas do judaísmo. De acordo com Harry Freedman, no ótimo *Leonard Cohen: the mystical roots of Genius*, a Cabala afirma a conjunção sexual como antessala da união mística entre o humano e o divino.

Perseguidor explosivo desse caminho, F. é aquele que se pauta pelos excessos de todo tipo — na política, na amizade, no desenvolvimento do corpo (de acordo com a cartilha hilária de Charles Axis), no sexo. Ele não se furta a nada ("Quem sou eu para recusar o universo"). Sua cruzada pelo prazer inclui até as poucas remanescentes da fracassada tribo dos A——s, para desespero do narrador (de resto, seu amante).

Como bem mostrou Michael Ondaatje, num ensaio iluminador, F. faz das exigências impulsivas da carne uma religião. Ao contrário do narrador, com a libido aprisionada por inibições e culpas, o que é comicamente espelhado na sua prisão de ventre, F. deixa que o desejo se satisfaça sem reservas e, mais do que contrariar as proibições religiosas, cria seus próprios mandamentos. O principal deles, "toda carne é erógena", se manifesta em protestos contra o "imperialismo de paus e bocetas": o orgasmo, afinal, também pode estar nos joelhos, orelhas, umbigos e narinas. É, ao mesmo tempo, uma adesão a Reich e algumas práticas esotéricas, e uma paródia de gurus oportunistas dos 1960.

Como as duas musas de *Belos fracassados*, porém, F., o sátiro nietzschiano, testa o corpo (a carne) até o limite da morte. Se elas atingem a beleza, a verdade do amor (terreno e celestial) quando deixam de existir enquanto matéria, tornando-se supremamente desejadas, porque inatingíveis, belas porque etéreas, um sifilítico F. apodrece numa cela acolchoada, com o rosto preto e o pau carcomido.

Os três personagens são objeto do amor e desejo descabelados do narrador, cada qual à sua maneira. Os três atingem alguma forma de santidade por meio de seus sacrifícios. O próprio narrador encontra uma brecha nos fotogramas de um filme para desmaterializar-se e alçar-se ao céu. Sem Edith e sem F., mortos desde o começo do livro, seu corpo havia ficado sem destino, foi desaparecendo, trancou seu metabolismo, mergulhou os pensamentos na confusão, no desespero. E no pó de "cinco mil livros inúteis".

Sim, há muito desespero em *Belos fracassados*. Mas temperado por altas doses de humor. Esse é o modo habitual de Leonard Cohen: a beleza e o sarcasmo, o desespero e a ironia, o espiritual e o corpóreo. A própria angústia do narrador, que por vezes parece um cruzamento de Rimbaud e Woody Allen, pode soar engraçada.

Mas esses equilíbrios difíceis, essa busca por transcender as formas literárias cobrou seu dízimo e castigou, também, a carne de Cohen, que terminou o livro numa espiral de delírio. "Eu me achava um fracassado. Não gostava da minha vida." Deprimido, tinha pensamentos suicidas. Fez, por outras vias e com outros destinos, o caminho de Catherine, Edith e do narrador. E de F., a luz debochada que anima freneticamente *Belos fracassados*.

E por que F.? Remete a Fanon, francês, *fucker*? As três possibilidades soam bastante plausíveis. Cohen não tem interesse em elucidar, da mesma forma que nunca se sentiu confortável para explicar suas letras. Acreditava que o encanto poderia ser quebrado. Para ele, a verdade e o mistério se confundem. Na tradição zen que adotaria, seu universo é coalhado de koans líricos e antilíricos, soltos no texto como fogos de artifício coloridos. Tudo isso tem ressonância nos enigmas judaicos, o que reflete bem o sincretismo íntimo do autor.

Em sua descrição do estilo do *Zohar*, obra literária mais importante da Cabala, o estudioso da mística judaica Gershom Scholem parece estar falando de Cohen, ainda que por vias tortas: "o autor tende a ser verborrágico e sinuoso em contraste com o estilo conciso e promissor de uma verdadeira *Midrash* [exegese bíblica]". Em termos mais gerais, o grande pensador aponta: "Quanto mais genuína e característica for uma teoria ou doutrina judaica, mais deliberadamente assistemática ela é. Sua elaboração não segue um sistema lógico".

Mas, ao contrário dos beatniks, que o inspiraram de outras maneiras, Cohen era avesso ao fluxo sem edição — era rigoroso, mesmo no aparente redemoinho verbal. Elogiando a estrutura do livro, Michael Ondaatje acentua a diferença intencional no discurso do narrador e de F. Se o sensualista abençoado, "usa a linguagem como uma espada", o narrador "se afoga nas imagens", constipado, preso ao círculo infernal do narcisismo, "incapaz de dizer o que quer dizer". F. é seu Mefistófeles, que "tenta quebrar as leis e valores restritivos que limitam o narrador [...] levando-o à santidade através da loucura e liberdade total".

Ao final, as narrativas convergem. O narrador, louco e sem o dedão como F., que o perdera ao explodir a estátua da rainha britânica, é confundido pela multidão com o terrorista. Edith suicida-se com a mesma idade de Catherine Tekakwitha, aos vinte e quatro anos. Ao matar-se, tenta eliminar a carne, desfeita sob o peso do elevador. Como queria a santa.

Essa obsessão por Catherine Tekakwitha vem de longe. Quando pequeno, o pai de Cohen o levava para ver as danças indígenas em uma reserva ao sul de Montréal. Ele não sabia, mas era ali que estavam enterrados os restos mortais daquela que viria a ser sua estrela-guia. Tekakwitha sobrevoa todas as páginas de *Belos fracassados*. É o ponto de partida e de chegada, símbolo da revelação cósmica, e o espelho em que se refletem os personagens. Oriunda de uma tribo de belos fracassados, que nunca venceram nenhuma batalha, e são inábeis na caça e na pesca, ela salta dos estudos do narrador para sua vida e de seus amores.

A água benta de Catherine, única mulher no livro a ter nome e sobrenome, com exceção da lúbrica enfermeira (Mary Voolnd), faz as vezes de heroína para F. e Edith, que a injetam. Num outro momento, Edith se lambuza de vermelho para se oferecer ao marido, numa espécie de ritual. Remonta a uma das cenas mais fortemente imagéticas e bonitas do livro, quando Tekakwitha derruba uma taça de vinho em uma ceia formal e o vermelho toma conta de tudo, um milagre nada auspicioso, apocalíptico.

"Eu realmente amava aquela garota. Ela falava a mim. Fala até hoje", declarou Cohen. De fato, desde que uma amiga apresentou-o a Tekakwitha, ele virou devoto. Prendia lírios com elástico aos pés de sua estátua numa igreja em Nova York, carregava seu santinho na carteira e tinha retratos dela nas paredes do quarto. Os retratos, aliás, mostram uma beleza irresistível, sexy e celestial, o que deve ter sido um fator para a eleição de Cohen ("Eu venero a beleza como os outros veneram a religião de seus pais").

Um dos títulos pensados antes de *Belos fracassados* foi *A Pop Novel*. Faria sentido com todos os recursos pop usados no livro — quadrinhos, rádio, cinema etc. —, mas talvez perdesse em força e escopo. De qualquer forma, esses recursos, associados a referências em profusão, levaram parte da crítica a considerar a obra como aquela que introduziu o pós-modernismo no Canadá.

Como se antecipasse essa avaliação, Cohen disse ao editor Jack McClelland que tinha escrito o "*Bhagavad Gita* de 1965", assim que terminou o romance. E que ele faria sucesso se conseguisse driblar a censura.

O processo de edição foi bastante tortuoso. Havia dúvidas se o livro deveria ser publicado. A princípio, McClelland achou o manuscrito "chocante, estarrecedor, nojento", mas também "louco, incrível e maravilhosamente bem escrito".

A Universidade de Toronto, que já vinha colecionando os escritos do autor, comprou os originais. Antes mesmo de sua publicação, Otto Preminger, entre outros, pensou em transformar aquele romance "revoltante" em filme.

Quando finalmente foi lançado, em abril de 1966, *Belos fracassados* recebeu críticas ultraelogiosas, mas também foi tratado como uma espécie de lixo obsceno. De um lado, foi chamado de "o livro mais revoltante jamais escrito no Canadá". Uma crítica chegou a escrever: "depois de ler o novo romance de Leonard Cohen, precisei lavar minha mente". De outro (mais numeroso), disseram tratar-se de um cruzamento entre James Joyce e Henry Miller e de ser o melhor romance contemporâneo dos últimos anos.

Vendeu na época cerca de três mil cópias, para desânimo de Cohen, que ficou incomodado com a divulgação. O passo seguinte: ir para Nashville e entrar para a história da música popular do século XX. A partir daí, o livro só cresceu — há muito ultrapassou a casa dos três milhões vendidos. Em 2000, quando foi traduzido para o chinês, depois de ter sido vertido para inúmeras outras línguas, Cohen declarou, com alguma singeleza: "Acho que foi a melhor coisa que fiz".

Daniel de Mesquita Benevides

Beautiful Losers © Leonard Cohen, 1966
Todos os direitos reservados.

Todos os direitos desta edição reservados à Todavia.

Grafia atualizada segundo o Acordo Ortográfico da Língua Portuguesa de 1990, que entrou em vigor no Brasil em 2009.

capa
Felipe Braga
foto de capa
Michael Ochs Archives/ Getty Images
composição
Jussara Fino
preparação
Julia de Souza
revisão
Paula Queiroz
Ana Alvares

Dados Internacionais de Catalogação na Publicação (CIP)

Cohen, Leonard (1934-2016)
Belos fracassados / Leonard Cohen ; Tradução e posfácio Daniel de Mesquita Benevides. — 1. ed. — São Paulo : Todavia, 2024.

Título original: Beautiful Losers
ISBN 978-65-5692-560-8

1. Literatura canadense. 2. Romance. 3. Ficção contemporânea. I. Benevides, Daniel de Mesquita. II. Título.

CDD 813

Índice para catálogo sistemático:
1. Literatura canadense : Romance 813

Bruna Heller — Bibliotecária — CRB 10/2348

todavia
Rua Luís Anhaia, 44
05433.020 São Paulo SP
T. 55 11 3094 0500
www.todavialivros.com.br

fonte
Register*
papel
Pólen natural 80 g/m²
impressão
Geográfica